KB253865

창비교양문고 45

자 유 종

이해조 소설선
최원식 校註

창작과비평사

1996

차 례

자유종

　설헌　천지간 만물 중에 동물 되기 희한하고 천만가지 동물 중에 사람 되기 극난하다. 그같이 희한하고 그같이 극난한, 동물 중 사람이 되어 압제를 받아 자유를 잃게 되면 하늘이 주신 사람의 직분을 지키지 못함이어늘, 하물며 사람 사이에 여자 되어 남자의 압제를 받아 자유를 빼앗기면, 어찌 희한코 극난한 동물 중 사람의 권리를 스스로 버림이 아니라 하리요?

　여보 여러분, 나는 옛날 태평시대에 숙부인[1]까지 받쳤더니 지금은 가련한 민족 중의 한 몸이 된 신설헌이올시다. 오늘 이매경씨 생신에 청첩을 인(因)하여 왔더니 마침 홍국란씨와 강금운씨와 그외 여러 귀중하신 부인들이 만좌(滿座)하셨으니 두어 말씀 하오리다.

------

1) 淑夫人: 조선시대 때 정3품 당상관(堂上官) 아내의 봉작(封爵).

이전 같으면 오늘 이러한 잔치에 취하고 배부르면 무슨 걱정 있으리까마는 지금 시대가 어떠한 시대며 우리 인족[2]은 어떠한 인족이오? 내 말이 연설 체격[3]과 흡사하나 우리 규중 여자도 결코 모를 일이 아니올시다.

일본도 삼십년 전 형편이 우리나라보다 우심(尤甚)하여 혹 천하대세라 혹 자국전도(自國前途)라 말하는 자는 미친 자라 괴악한[4] 사람이라 지목하고 인류로 치지 않더니, 점점 연설이 크게 열리매 전도하는 교인같이, 거리거리 떠드나니 국가형편이요 부르나니 민족사세라,[5] 이삼인 모꼬지[6]라도 술잔을 대하기 전에 소회(素懷)를 말하고 마시니, 전국 남녀들이 십여 년을 한담도 끊고 잡담도 끊고, 언필칭 국가라 민족이라 하더니, 지금 동양의 제일 제이 되는 일대 강국이 되었습니다.

오늘 우리나라는 어떠한 비참 지경이오? 세월은 물같이 흘러가고 풍조는 날로 닥치는데, 우리 비록 아홉 폭 치마는 둘렀으나, 오늘만도 더 못한 지경을 또 당하면, 상전벽해가 눈결에 될지라. 하늘을 부르면 대답이 있나, 부모를 부르면 능력이 있나,

---

2) 人族: 이를 민족의 오자로 보는 경우가 흔한데, 인간족속의 준말로 보면 될 것.

3) 體格: 여기서는 형식이란 뜻.

4) 怪惡한: 고약한.

5) 이는 국회 개설을 목표로, 전국적인 민주화 투쟁으로 발전했다가 국권론으로 변질된 일본의 자유민권운동(1870·80년대)을 가리키는 듯.

6) 여러 사람이 놀이나 잔치 또는 그밖의 다른 일로 모이는 일.

가장을 부르면 무슨 방책이 있나? 고대광실 누가 들며 금의옥식 내 것인가? 이 지경이 이마에 당도했소.[7] 우리 삼사인이 모였든지 오륙인이 모였든지, 어찌 심상한 말로 좋은 음식을 먹으리까? 승평무사할 때에도 유의유식[8]은 금법이어든 이 시대에 두 눈과 두 귀가 남과 같이 총명한 사람이 어찌 국가 의식(衣食)만 축내리까? 우리 재미있게 학리상으로 토론하여 이날을 보냅시다.

매경 절당절당[9]하오이다. 오늘이 참 어떠한 시대요? 이같은 수참[10]하고 통곡할 시대에 나 같은 요마한 여자의 생일 잔치가 왜 있겠소마는 변변치 못한 술잔으로 여러분을 청하기는 심히 부끄럽고 죄송하나, 본의인즉 첫째는 여러분 만나뵈옵기를 위하고 둘째는 좋은 말씀을 듣고자 함이올시다.

남자들은 자주 상종하여 지식을 교환하지마는 우리 여자는 한 번 만나기 졸연[11]하오니까? 『예기(禮記)』에 가로되, "여자는 안에 있어 밖의 일을 말하지 말라" 하였고, 『시전(詩傳)』에 가로되, "오직 술과 밥을 마땅히 할 뿐이라" 하였기로, 층암절벽 같은 네 기둥 안에서 나고 자라고 늙었으니, 비록 사마자장[12]의 재주 있을지라도, 보고 듣는 것이 있어야 아는 것이 있지요. 이러

---

7) 반식민지(보호국)에서 식민지로 전락하는 국치가 눈앞에 닥쳤음을 강력하게 암시하고 있다.

8) 遊衣遊食: 하는 일 없이 놀고 먹음.

9) 切當: 사리에 꼭 들어맞음.

10) 羞慙: 매우 부끄러움.

11) 卒然하다: 갑작스럽다.

12) 司馬子長: 『사기』의 작자 사마천(司馬遷).

므로 신체 연약하고 지각이 몽매하여, 쌀이 무슨 나무에 열리는지 도미를 어느 산에서 잡는지 모르고, 다만 가장의 비위만 맞춰, 앉으라면 앉고 서라면 서니, 진소위[13] 밥 먹는 안석(案席)이요 옷 입은 퇴침(退枕)이라, 어찌 인류라 칭하리까? 그러나 그는 오히려 현철한 부인이라, 행검[14] 있는 부인이라 하겠지마는, 성품이 괴악하고 행실이 불미하여, 시앗에 투기하기, 친척에 이간하기, 무당 불러 굿하기, 절에 가서 불공하기, 제반 악징(惡症)은 소위 대갓집 부인이 더합디다. 가도가 무너지고 수욕(獸慾)이 자심하니, 이것이 제 한 집안 일인 듯하나 그 영향이 실로 전국에 미치니 어찌 한심치 않으리까?

그런 부인이 생산도 잘 못하고 혹 생산하더라도 어찌 쓸 자식을 낳으리요? 태내 교육부터 가정교육까지 없으니, 제가 생지[15]의 바탕이 아닌 바에 맹모(孟母)의 삼천(三遷)하시던 교육이 없이 무슨 사람이 되리요? 그러나 재상도 그 자제이요, 관찰·군수도 그 자제니 국가의 정치가 무엇인지 법률이 무엇인지 어찌 알겠소? 우리 비록 여자나 무식을 면치 못함을 항상 한탄하더니, 다행히 오늘 여러분 고명하신 부인께서 왕림하여 좋은 말씀을 들려주시니 대단히 기꺼운 일이올시다.

설헌 변변치 못한 구변이나 내 먼저 말씀하오리다. 우리 대한의 정계가 부패함도 학문 없는 연고요, 민족의 부패함도 학문 없는 연고요, 우리 여자도 학문 없는 연고로 기천년 금수 대우를

---

13) 眞所謂: 참말로.

14) 行檢: 품행이 방정함.

15) 生而知之: 태어나면서 아는 것.

받았으니, 우리나라에도 제일 급한 것이 학문이요, 우리 여자 사
회도 제일 급한 것이 학문인즉, 학문 말씀을 먼저 하겠소. 우리
이천만 민족 중에 일천만 남자들은 응당 고명한 학교에 졸업하
여, 정치·법률·군제·농상공 등 만가지 사업이 족하겠지마는
우리 일천만 여자들은 학문이 무엇인지 도무지 모르고 유의유식
으로 남자만 의뢰하여 먹고 입으려 하니, 국세가 어찌 빈약지 아
니하겠소? 옛말에 '백지장도 맞들어야 가비엽다' 하였으니 우리
일천만 여자도 일천만 남자의 사업을 백지장과 같이 거들었으면,
백년에 할 일을 오십년에 할 것이요 십년에 할 일을 다섯 해면
할 것이니 그 이익이 어떠하뇨? 나라의 독립도 거기 있고 인민
의 자유도 거기 있소.

세계 문명국 사람들은 남녀의 학문과 기예가 차등이 없고, 여
자가 남자보다 해산하는 재주 한 가지가 더하다 하며, 혹 전쟁이
있어 남자가 다 죽어도 겨우 반굽이[16]라 하니, 그 여자의 창법·
검술까지 통투[17]함을 가히 알겠도다.

사람마다 대성인 공부자[18] 아니어든 어찌 생이지지하리요? 법
국[19] 파리대학교에서 토론회를 열매, 가편(可便)은 사람을 가르
치지 못하면 금수와 같다 하고 부편(否便)은 사람이 천생(天生)
한 성질이니 비록 가르치지 아니할지라도 어찌 금수와 같으리요

---

16) 활 만드는 재료로서 곧은 참나무를 반쯤 구부려놓은 것. 반은 남
　　아 있다는 뜻.
17) 通透: 사리를 꿰뚫듯 환히 아는 것.
18) 孔夫子: 공자.
19) 法國: 프랑스.

하여 경쟁이 대단호되 귀결치 못하였더니, 학도들이 실지를 시험
코자 하여 무(無)부모한 아해들을 사다가 심산궁곡에 집 둘을 짓
되 네 벽을 다 막고 문 하나만 뚫어 음식과 대소변을 통하게 하
고 그 아해를 각각 그 속에서 기를새, 칠팔년이 된 후 그 아해를
학교로 데려오니 제가 평생에 사람 많은 것을 보지 못하다가 육
칠층 양옥에 인산인해됨을 보고 크게 놀라 서로 돌아보며 하나는
꼬꼬댁꼬꼬댁 하고 하나는 끼익끼익 하니, 이는 다름 아니라 제
집에 아무것도 없고 다만 닭과 도야지만 있는데 닭이 놀라면 꼬
꼬댁 하고 도야지가 놀라면 끼익끼익 하는 고로 그 아해가 지금
놀라운 일을 보고 그 소리가 각각 본 대로 난 것이니, 그것도 닭
과 도야지의 교육을 받음이라. 학생들이 이것을 본 후에 사람을
가르치지 아니하면 금수와 다름없음을 깨달아 가편이 득승하였다
하니, 이로 보건대 우리 여자가 그와 다름이 무엇이오? 일용범
절에 여간 안다는 것이 저 아해의 꼬꼬댁 끼익보다 얼마나 낫소
이까? 우리 여자가 기천년을 암매하고 비참한 경우에 빠져 있었
으니, 이렇고야 자유권이니 자강력이니 세상에 있는 줄이나 알겠
소? 일생에 생사고락이 다 남자 압제 아래 있어 말하는 제용[20]
과 숨 쉬는 송장을 면치 못하니 옛 성인의 법제가 어찌 이러하겠
소? 『예기』에도 여인스승이 있고 유모를 택한다 하였고, 『소학
(小學)』에도 여자교육이 첫편이니 어찌 우리나라 여자 같은 자고
송[21]이 있단 말이오?

우리나라 남자들이 아무리 정치가 밝다 하나 여자에게는 대단

---

20) 제웅의 방언. 짚으로 만든 사람의 형상.

21) 自枯松: 스스로 말라 죽은 소나무.

히 적악하였고 법률이 밝다 하나 여자에게는 대단히 득죄하였습니다. 우리는 기왕이라 말할 것 없거니와, 후생이나 불가불 교육을 잘하여야 할 터인데, 권리 있는 남자들은 꿈도 깨지 못하니 답답하오. 남자들 마음에는 아들만 귀하고 딸은 귀치 아니한지. 일분자라도 귀한 생각이 있으면, 사지오관(四肢五官)이 구비한 자식을 어찌 차마 금수와 같이 길러 이같은 고해에 빠지게 하는고? 그 아들 가르치는 법도 별수는 없습디다. 『사략』22) 『통감』23)으로 제일등 교과서를 삼으니 자국정신은 간데없고 중국혼만 길러서, 언필칭 『좌전』24)이라 『강목』25)이라 하여 남의 나라 기천년 흥망성쇠만 의론하고 내 나라 빈부강약은 꿈도 아니 꾸다가 오늘 이 지경을 하였소.

　이태리국 역비다산에 올자학이라는 구멍이 있어 해수로 통하였더니, 홀연 산이 무너져 구멍 어구가 막힌지라. 그 속이 칠야같이 캄캄한데 본래 있던 고기들이 나아오지 못하고 수백년을 생장하여 눈이 있으나 쓸 곳이 없더니 어구의 막혔던 흙이 해마다 바닷물에 패어가며 일조에 궁기26) 도로 열리매 밖의 고기가 들어와 수없이 잡아먹되 그 안에 있던 고기는 눈을 멀뚱멀뚱 뜨고도 저 해하려는 것을 전연히 모르고 절로 밀려 어구 밖에를 혹 나아왔으나 못 보던 눈이 졸지에 태양을 당하매 현기가 나며 정신이 없

---

22) 史略: 중국의 18사를 초학자용으로 편찬한 책.
23) 通鑑: 중국의 편년체 사서.
24) 左傳: 『춘추』의 해석서.
25) 綱目: 『통감』을 강과 목으로 나눈 역사서.
26) 구멍이.

어 어릿어릿하더라 하니[27], 그와같이 대문 중문 꽉꽉 닫고 밖에 눈이 오는지 비가 오는지 도무지 아지 못하고 살던 우리나라 이왕 교육은 올자학 교육이라 할 만하니 그 교육 받은 남자들이 무슨 정신으로 우리 정치를 생각하겠소? 우리 여자의 말이 쓸데없을 듯하나 자국의 정신으로 하는 말이니, 오히려 만국 공사의 헛담판보다 낫습니다. 여러분 부인들은 대한 여자교육계의 별방침(別方針)을 연구하시오.

금운 여보 설헌씨는 학문 설명을 자세히 하셨으나 그 성질과 형편이 그래도 미진한 곳이 있습니다.

---

27) 이는 원래 양계초(梁啓超)의 「동물담」(1899)에 실려 있는 것을 작가가 변형한 것이다. 참고로 그 부분만 번역해 소개하면 다음과 같다. 을(乙)이 가로되, "내가 일찍이 이태리를 여행할 때다. 이태리의 역비다(歷脾多)산에 큰 구렁이 있어 그 이름은 올혈(兀子)이다. 해와 통하지 않아 구렁이 캄캄하다. 물이 찼는데 너비가 십수리에 이른다. 그 가운데 눈먼 고기가 있어 번식하여 못 안에 가득하다." 생물학 대가 달이문씨가 풀어 가로되, "이 어종은 원래 눈먼 것이 아니다. 그 구렁 땅은 본래 바깥의 호수와 서로 이어져 있었는데, 뒤에 화산이 폭발, 터지면서 구렁이 되고 도랑이 끊어져 바깥과 불통되었다. 그 호수의 고기 가운데 구렁 속에서 태어난 것들은 캄캄함 때문에 시력을 쓸 데가 없어졌다. 그 형질이 자손에 전해져 세월이 흐르자 마침내 시력을 잃게 되었다. 십수년 전부터 광산이 열리면서 갑자기 호수와 구렁의 경계가 통하게 되자, 눈먼 고기와 눈멀지 않은 고기가 다시 서로 섞인 곳으로 되었다. 생존경쟁의 힘이 부족하여 상대가 되지 못하자 눈먼 종은 거의 멸종하게 되었다." 『飮氷室文集』(上海: 廣智書局 1908) 下 23면.

　우리나라 지식을 보통케 하려면 그 소위 '무슨 변에 무슨 자' '무슨 아래 무슨 자'라는 옛날 상전으로 알던 중국글을 폐지하여야 필요하겠소. 대저 글이라 하는 것은 말과 소와 같아서 그 나라의 범백 정신을 실어두나니, 우리나라 소위 한문은 곧 지나[28]의 말과 소라 다만 지나의 정신만 실었으니, 우리나라 사람이야 평생을 끌고 단긴들 무슨 이익이 있겠소? 그런 중에 그 말과 소가 대단히 사오나와 좀체 사람은 끌지 못하오.

　그 글은 졸업 기한이 없고 일평생을 읽을지라도 이태백·한퇴지[29]는 못 되며 혹 상등으로 총명한 자가 물 쥐어먹고[30] 십년 이십년을 읽어서 실재(實才)라 거벽(巨擘)이라 하여, 눈앞에 영웅이 없고 세상이 돈짝만하여 '내가 내로라'고 도리질 치더라도 그 사람더러 정치를 물으면 '모른다', 법률을 물으면 '모른다', 철학·화학·이학을 물으면 '모르노라', 농학·상학·공학을 물으면 '모르노라', 그러면 우리 대종교 공부자 도학의 성질은 어떠하냐 묻게 되면 그 신성하신 진리는 모르고 다만 아노라 하는 것은 '공자님은 꿇어앉으셨지, 공자님은 광수의[31] 입으셨지' 하여 가장 도통을 이은 듯이 여기니, 다만 광수의만 입고 꿇어만 앉았으면 사람마다 천만년 종교 부자[32]가 되오리까?

---

28) 支那: 중국.

29) 李太白은 당의 대시인 李白이고, 韓退之는 당송팔대가의 하나인 韓愈.

30) 물 주워 먹을 사이가 없다: 매우 바쁘다.

31) 廣袖衣: 직령, 도포, 단령 등 양반들이 입던 폭이 넓은 소매가 달린 옷.

　　공자님은 춤도 추시고 노래도 하시고 풍류도 하시고 선비도 되시고 문장도 되시고, 장수가 되셔도 가하고 정승이 되셔도 가하고 천자도 가히 되실 신성하신 우리 공부자님을 어찌하여 속은 컴컴하고 외양만 번주그레한 위인들이, 광수만 입고 꿇어만 앉아 ‘공자님 도학이 이뿐이라’ 하여 고담준론을 하면서 ‘이렇게 하여야 집을 보존하고 인군(人君)을 섬긴다’ 하여 자기 자손뿐 아니라 남의 자제까지 연골33)에 버려 골생원님이 되게 하니 그런 자들은 종교의 난적(亂賊)이요 교육의 공적(公敵)이라, 공자님께서 대단히 욕보셨소. 설사 공자님이 생존하셨을지라도 오히려 북을 울려 그자들을 벌하셨으리다. 34)

　　그만도 못한 승부꾼35)이라 일차꾼36)이라 하는 자는 천시도 모르고 지리도 모르고 다만 의취 없는 ‘강남풍월한다넌’37)이라, 뜻

---

32) 夫子: 덕행이 높아 만인의 스승이 될 만한 사람에 대한 경칭.

33) 軟骨: 어린 나이.

34) 이 구절은 『논어』 先進편에 근거를 두고 있다. 대부 계씨가 주공보다 부유한데, 그 가신 구가 세금을 가혹하게 거두어 그 부를 더욱 늘려주니, 공자 가로되 “구는 내 제자가 아니다. 소자아, 북을 울려 그 죄를 성토함이 가하리라.” (季氏富於周公 而求也爲之聚斂 而附益之 子曰 非吾徒也 小子 鳴鼓而攻之可也.)

35) 아마도 시회(時會)나 과거장을 돌면서 상이나 따먹는 사람을 가리키는 듯.

36) 일차가 과거장에서 시험지를 첫번째로 낸다는 뜻이 있는 점으로 미루어, 이 역시 과거나 열심인 자를 가리키는 듯.

37) 아마도 江南風月閑多年. ‘강남에서 풍월로 한가로이 세월을 보낸다’로 풀 수 있을 듯.

14

도 모르는 것을 원코 형코[38]라 하여 국가의 수용하는 인재 노릇을 하였으니 그렇고야 어찌 나라이 이 지경이 아니 되겠소?

대체 글은 무엇에 쓰자고 읽소? 사리를 통하려고 읽는 것인데 내 나라 지지(地誌)와 역사를 모르고서 『제갈량전』과 『비사맥[39]전』을 천번 만번이나 읽은들 현금 비참한 지경을 면하겠소? 일본 학교 교과서를 보시오. 소학교 교과하는 것은 당초에 대한이라 청국이라는 말도 없이 다만 자국 인물이 어떠하고 자국 지리가 어떠하다 하여, 자국 정신이 굳은 후에 비로소 만국 역사와 만국 지지를 가르치니, 그런고로 무론남녀(毋論男女)하고 자국의 보통 지식 없는 자이 없어 오늘날 저러한 큰 세력을 얻어 나라의 영광을 내었소.

우리나라 남자들은 거룩하고 고명한 학문이 있는 듯하나, 우리 여자 사회에야 그 썩고 내암새 나는 천지현황, 글 잘나 아는 사람이 몇이나 되오? 남자들도 응당 귀도 있고 눈도 있으리니 타국 남자와 같이 학문을 힘쓰려니와, 우리 여자도 타국 여자와 같이 지식이 있어야 우리 대한 삼천리 강토도 보전하고, 우리 여자 누백년 금수도 면하리니, 지식을 넓히려면 하필 어렵고 어려운, 십년 이십년 배워도 천치를 면치 못할 한문이 쓸 데 있소? 불가불 자국 교과를 힘써야 되겠다 합니다.

국란 아니오. 우리나라이 가뜩 무식한데 그나마 한문도 없어지면 수모[40]세계를 만들려오? 수모란 것은 눈이 없이 새우를 따

---

38) 元코 亨코: 『주역』은 "乾 元亨利貞"으로 시작됨.

39) 比斯麥: 독일의 재상 비스마르크.

40) 水母: 해파리.

라단기면서 새우눈을 제 눈같이 아나니, 수모세계가 되면 새우는 어디 있나? 아니 될 말이오. 졸지에 한문을 없이하고 국문만 힘 쓰면 무슨 별지식이 나리까? 나도 한문을 좋다 하는 것은 아니나, 형편으로 말하면 요순 이래 치국평천하 하는 법과 수신제가 하는 천사만사가 모두 한문에 있으니 졸지에 한문을 없애고 국문만 쓰면, 비유컨대 유리창을 떼어버리고 흙벽 치는 세음이오. 국문은 우리나라 세종대왕께서 만드실 때 적공이 대단하셨소. 사신을 여러번 중국에 보내어 그 성음 이치를 알아다가 자모음을 만드시니 반절이 그것이오.

우리 세종대왕 근로하신 성덕은 다 말씀할 수 없거니와 반절 몇줄에 나라 돈도 많이 들었소. 그렇건마는 백성들은 줏들은[41] 한문자만 숭상하고 국문은 버려두어서, 암글이라 지목하여 부인이나 천인이 배우되 반절만 깨치면 다시 읽을 것이 없으니, 보는 것은 다만 『춘향전』『심청전』『홍길동전』 등물뿐이라. 『춘향전』을 보면 정치를 알겠소, 『심청전』을 보고 법률을 알겠소, 『홍길동전』을 보아 도덕을 알겠소? 말할진대 『춘향전』은 음탕 교과서요, 『심청전』은 처량 교과서요, 『홍길동전』은 허황 교과서라 할 것이니, 국민을 음탕 교과로 가르치면 어찌 풍속이 아름다우며, 처량 교과로 가르치면 어찌 장진지망[42]이 있으며, 허황 교과로 가르치면 어찌 정대한 기상이 있으리까? 우리나라 난봉 남자와 음탕한 여자의 제반 악징이 다 이에서 나니 그 영향이 어떠하오?

---

41) 이를 '죽도록'의 오자로 보기도 하는데, 아마 '줏어들은'의 준말인 듯.

42) 長進之望: 크게 진출할 희망.

혹 발명[43]하려면, '『춘향전』을 누가 가르쳤나, 『심청전』을 누가 배우라나, 『홍길동전』을 누가 읽으라나? 비록 읽으라 할지라도 다 제게 달렸지' 할 터이나, 이것이 가르친 것보다 더하지. 휘문의숙 같은 수층 양옥과 보성학교 같은 너른 교장(校場)에 칠판·괘종·책상·걸상을 벌여놓고 고명한 교사를 월급 주어 가르치는 것보다 더 심하오. 그것은 구역과 시간이나 있거니와, 이것은 구역도 없고 시간도 없이 전국 남녀들이 자유권으로 틈틈이 보고 곳곳이 읽으니 그 좋은 몇백만 청년을 음탕하고 처량하고 허황한 구멍에 쓸어 묻는단 말이오.

그나 그뿐이오? 혹 기도하면 아해를 낳는다, 혹 산신이 강림하여 복을 준다, 혹 면례[44]를 잘하여 부귀를 얻는다, 혹 불공하여 재액을 막는다, 혹 돌구멍에서 용마가 났다, 혹 신선이 학을 타고 논다, 혹 최판관[45]이 붓을 들고 앉았다 하는 제반 악징의 괴괴망칙한 말을 다 국문으로 기록하여 출판한 판책도 많고 등출[46]한 세책(貰冊)도 많아, 경향 각처에 불똥 튀어 박이듯 없는 집이 없으니, 그것도 오거서[47]라 평생을 보아도 못다 보오.

그 책을 나도 여간 보았거니와 좋은 종이에 주옥 같은 글씨로 세세성문[48]하여 혹 이삼권 혹 수십여 권 되는 것이 많고 백권 내

---

43) 發明: 죄나 잘못이 없음을 변명하여 밝히는 것.

44) 緬禮: 무덤을 옮기고 다시 장사지냄.

45) 崔判官: 불교에서, 죽은 사람의 생전의 선악을 판단한다고 이르는 저승의 벼슬아치.

46) 謄出: 원본에서 옮겨 베낌.

47) 五車書: 다섯 수레의 책. 많은 책을 일컬음.

외 되는 것도 있으니 그 자본은 적으며 그 세월은 얼마나 허비하
였겠소? 백해무리(百害無利)한 그 책을 값을 주고 사며 세를 주
고 얻어 보니, 그 돈은 헛돈이 아니오. 국문폐단은 그러하지마는
지금 금운씨의 말과 같이 한문을 전폐하고 국문만 쓸진대 『춘향
전』『심청전』『길동전』이, 괴악망측한 소설이 제자백가(諸子百
家)가 되겠소. 그는 다 나의 분격한 말이라. 나도 항상 말하기를
자국 정신을 보존하려면 국문을 써야 되겠다 하지마는 그 방법은
졸지에 계획할 수 없습니다.

　가령 남의 큰 집에 들었다가 그 집이 본래 남의 집이라 믿음성
이 없다 하고 떠나려면 한편으로 차차 재목을 준비하고 목수·석
수를 불러 시역(始役)할새, 먼저 배산 임류[49] 좋은 곳에 터를 닦
아 모월 모일 모시에 입주(立柱)하고 일대 문장에게 상량문[50]을
받아 아랑위아랑위 하는 소리에 수십척 들보를 높이 얹고, 정
당[51] 몇간, 침실 몇간, 행랑 몇간을 예산대로 세워놓니, 차방[52]
다락 조밀하고 도배 장판 정쇄[53]한데, 우리나라 효자 열녀의 좋
은 말씀을 문장 명필의 고명한 솜씨로 기록하여 부벽주련[54]으로

---

48) 細細成文: 꼼꼼히 글을 만듦.

49) 背山臨流: 산을 등지고 물에 면한 길지(吉地).

50) 上樑文: 집 지을 때 기둥에 보를 얹고 그 위에 마룻대를 올리는
　　일을 축복하는 글.

51) 正堂: 여러 채로 된 살림집에서 주가 되는 채의 대청.

52) 茶房: 흔히 안방 옆에 붙어 있는 식료품 두는 방.

53) 精灑: 매우 맑고 깨끗함.

54) 付壁柱聯: 벽이나 기둥에 붙이는 그림이나 글씨.

여기저기 붙이고, 나도 내 집 사랑한다는 대자현판(大字懸板)을 정당에 높이 단 연후에, 그제야 세간 집물을 옮겨다가 쌓을 데 쌓고 놓을 데 놓아 질자배기[55] 부지땡이 한개라도 서실[56]이 없어야 이사한 해가 없나니, 만일 옛집을 남의 집이라 하여 졸지에 몸만 나오든지 세간 집물을 한데[57] 내어놓든지 하고 그 집을 비워 주인을 맡기면 어디로 가자는 말이오?

  우리나라 국문은 미상불 좋은 글이나 닦달 아니한 재목과 같으니, 만일 한문을 버리고 국문만 쓰려면 한문에 있는 천만사와 천만법을 국문으로 번역하여 유루[58]한 것이 없은 연후에, 서서히 한문을 폐하여 지나 사람을 되주든지 우리가 휴지로 쓰든지 하고 그제야 국문을 가위 글이라 할 것이니, 이 일을 예산한즉 50년 가량이라야 성공하겠소.

  만일 졸지에 한문을 없이하려면 남의 집이라고 몸만 나오는 것과 무엇이 다르오? 남의 집은 주인이 있어 혹 내어노라고 독촉도 하려니와, 한문이야 누가 내어노라 하는 말이 있소? 서서히 형편을 보아 폐지함이 가할 것이오. 국문만 쓸지라도 옛날 보던 『춘향전』이니 『길동전』이니 『심청전』이니 그외에 여러가지 음담패설을 다 엄금하여야 국문의 영향이 정대하고 광명하지, 그렇지 못하면 수천년 숭상하던 한문만 잃어버리리니, 정대한 국문만 쓸진대 누가 편리치 않다 하오리까?

---

55) 둥글넓적하고 아가리가 쩍 벌어진 질그릇.
56) 閪失: 물건을 흐지부지 잃어버림.
57) 집채의 바깥.
58) 遺漏: 새어 없어짐.

가령 한문의 부자군신이 국문의 부자군신과 경중이 있소? 국
문의 백냥 천냥이 한문의 백냥 천냥과 다소가 있소? 국문으로
패독산[59] 방문(方文)을 내어도 발산되기는 일반이요, 국문으로
삼해주[60] 방법을 빙거(憑據)하여도 취하기는 한 모양이오. 국문
으로 욕설하면 탄하지 않겠소, 한문으로 칭찬하면 더 좋아하겠
소? 국문의 호랑이도 무섭고 국문의 원앙새도 어여쁘리라.

국문과 한문이 다름없으나 어찌 우리 여자 권리로 연혁을 확정
하리요? 문부[61] 관리들 참 딱한 것이, 국문은 쓰든지 아니 쓰든
지 그 잡담소설이나 금하였으면 좋겠소. 그것 발매하는 자들이
투전장사나 다름없나니, 투전은 재물이나 상하려니와 음담소설은
정신조차 버리오. 문부 관리들 그 아니 답답하오? 청년 남녀의
정신 잃는 것을 어찌 차마 앉아 보기만 하오?

학무국은 무슨 일들 하며 편집국은 무슨 일들 하는지 저러한
관리를 믿다가는 배꼽에 노송나무가 나겠소. 우리 여자 사회가
단체하여 문부 관리들에게 질문 한번 하여보옵시다.

매경 여보, 사회 단체가 그리 용이하오? 우리나라 백년 이하
각항 단체를 내 대강 말하오리다. 관인사회는 말할 것이 없거니
와, 종교사회로 말할지라도, 무론 어느 나라하고 종교 없이 어찌
사오? 야만 부락의 코끼리게 절하는 것과 태양에 비는 것과 불
과 물을 위하는 것을 웃기는 웃거니와, 그 진리를 연구하면 용혹
무괴[62]오. 만일 다수한 국민이 겁내는 것도 없고 의귀할 곳도 없

---

59) 敗毒散: 감기와 몸살을 푸는 약.

60) 三亥酒: 정월에 담그는 술의 한 가지.

61) 文部: 지금의 교육부.

고 존중할 것도 없으면 어찌 국민의 질서가 있겠소? 약육강식하는 금수세계만도 못하리다.

그런고로 태서[63] 정치가에서 남의 나라의 강약허실을 살피려면 먼저 그 나라 종교 성질을 본다 하니 그 말이 유리(有理)하오. 만일 종교에 의귀할 바이 없으면 비록 인물이 번성하고 토지가 광대한 나라로 군부[64]에 대포가 가득하고 탁지[65]에 금전이 가득하고 공부[66]에 기계가 가득할지라도, 수백년 전 남미 인종과 다름없으리다.

동서양 종교 수효와 범위를 말씀하건대, 회회교·희랍교[67]·토숙탄교[68]·천주교·기독교·석가교와 그외에 여러 교가 각각 범위를 넓혀 세계에 세력을 확장호되, 저 교는 그르다 이 교는 옳다 하여 경쟁하는 세력이 대포·장창보다 맹렬하니 그중에 망하는 나라도 많고 흥하는 사람도 많소.

우리 동양 제일 종교는 세계의 독일무이(獨一無二)하신, 대성지성(大聖至聖)하신 공부자 아니시오? 그 말씀에 정대한 부자 군신 형제 붕우에 일용상행(日用常行)하는 일을 의론하사, 사람

---

62) 容或無怪: 혹시 그러할지라도 괴이할 것 없다.

63) 泰西: 서양.

64) 軍部: 지금의 국방부.

65) 度支: 구한국 때 정부의 재정을 통할하던 관아. 탁지부.

66) 工部: 공사에 관한 모든 일을 맡아보는 공무아문.

67) 동로마교회를 이은 희랍정교.

68) 토숙탄은 터키스탄 지방을 뜻한다고 할 때 이는 페르시아의 조로아스터교를 가리키는 듯.

으로 하여금 사람 되는 도리를 가르치시니, 그 성덕이 거룩하시고 융성하시며, 향념(向念)하시는 마음이 일광과 같으사 귀천남녀 없이 다 비추이건마는, 우리나라는 범위를 좁혀서 남자만 종교를 알지 여자는 모를 게라, 귀인만 종교를 알지 천인은 모를 게라 하여, 대성전[69]에 제관 싸움이나 하고 시골 향교에 재임[70]이나 팔아먹고 소민[71]들은 향교 출렴(出斂)이나 물리니, 공자님 도(道) 하는 것이 무엇이오?

　도포나 입고 쌍상투[72]나 틀고 혁대와 죽영[73]이나 달고 꿇어앉아서, '마음이 어떠한 것이라 성품이 어떠한 것이라' 하며 진리는 모르고 줏들은 풍월같이 지꺼리면서, 이만하면 수신제가도 자족하지 치국평천하도 자족하지, 세상도 한심하지 나 같은 도학군자를 아니 쓰기로 이렇다 하여 백가지로 괴탄[74]하다가, 혹 세도재상에게 소개하여 좨주[75]·찬선[76]으로 초선[77]이나 되면, 공자님이 당시에 자기로만 알고 도태[78]를 뽑아내며 괴팍한 위인에 야매

---

69) 大成殿: 문묘 안에 있는, 공자의 위패를 모시는 전각.

70) 齋任: 거재(居齋)유생 중의 임원.

71) 小民: 상사람. 조선 중엽 이후에 평민을 일컫던 말.

72) 옛날 관례 때에 머리를 갈라 두 개로 틀어올린 상투.

73) 竹纓: 가는 대로 꿰어 만든 갓끈.

74) 怪歎: 괴상하게 여기고 개탄함.

75) 祭酒: 성균관의 종3품 벼슬.

76) 贊善: 세자(世子) 시강원(侍講院)의 정3품 벼슬.

77) 抄選: 의정 대신과 이조(吏曹) 당상이 모여 특별히 어떤 벼슬에 맞는 사람을 뽑는 일.

78) 도도한 태도.

한[79] 언론으로, 천하대세도 모르고 '척양합시다 척왜합시다' 상소
나 요명[80]차로 눈치 보아가며 한두번 하여 시골 선비의 칭찬이나
듣는 것이 대욕소관[81]이지.

옛적 정자산[82]의 외교수단을 공자님도 칭찬하셨으니 공자님은
척화를 모르시오? 척화도 형편대로 하는 것이지, 붓끝으로만 척
화 척화 하면 척화가 되오? 또 고상하다 자칭하는 자는 당초 사
직(辭職)으로 장기를 삼아 나라가 내게 무슨 상관 있나, 백성이
내게 무슨 이해 있나, 독선기신[83]이 제일이지. 자질(子姪)도 이
렇게 가르치고 문인(門人)도 이렇게 어거[84]하여 혹 총명재자가
있어 각국 문명을 흠선[85]하여 정치가 어떠하다, 법률이 어떠하
다, 교육이 어떠하다, 언론을 하게 되면 자세히 듣지는 아니하고
돌려세우고 고담준론으로 아무 집 자식도 버렸다, 그 조상도 불
쌍하다 하여 문인 자제를 엄하게 신칙하되, 아무개와 상종을 말
라, 그 말을 듣다가는 너희가 내 눈앞에 보이지 말라 하니, 우리
이천만 인이 다 그 사람의 제자 되면 나라 꼴은 잘 되겠지요.

그만도 못한 시골 고라리[86] 사회는 더구나 장관이지. 공자님

---

79) 野昧한: 촌스럽고 어리석은.

80) 要名: 명예를 구함.

81) 大慾所關: 큰 욕망에 관계되는 바.

82) 鄭子產: 정나라의 대부 공손교(公孫喬).

83) 獨善其身: 자기 한 몸의 처신만을 온전하게 함.

84) 馭車: 소나 말을 몰다.

85) 欽羨: 우러러 부러워함.

86) 어리석고 고집이 센 시골 사람.

성씨가 누구신지요, 휘자[87]가 무엇인지 알지도 못하는 인류들이 향교와 서원은 자기들의 밥자리로 알고, '사돈 여보게, 출표하러 가세. 생질, 너도 술 먹으러 오너라. 도야지나 잡았는지 개장국 도 꽤 먹겠네. 수복아, 출렴 통문(通文) 놓아라. 고직[88]아, 별 하기[89] 닦아라. 아무가 문필은 똑똑하지마는 지체가 나빠 봉향가 음[90] 못 되어. 아무는 무식하지마는 세력을 생각하면 대축[91]이야 갈 데 있나? 명륜당[92]이 견고하여 술주정 좀 하여도 무너질 배 없지. 교궁[93]은 이렇게 위하여야 종교를 밝히지. 아무 골 향교에 는 학교를 설시하였다 하고, 아무 골 향교 전답을 학교에 붙였다 하니, 그 골에는 사람의 새끼 같은 것이 하나 없어. 그러한 변이 어디 또 있나. 아무 골 향족[94]이 명륜당에 앉았다니, 그 마룻장 은 대패질을 하여라. 아무 집 일명[95]이 색장[96]을 붙었다니, 그 재판[97]을 수세미질이나 하여라' 하여, 종교라는 종자는 무슨 종 자며 교자는 무슨 교자인지 착착 접어 먼지 속에 파묻고, 싸우나

---

87) 諱字: 돌아간 높은 어른의 이름자.

88) 고지기: 관아의 창고를 지키는 사람.

89) 別下記: 특별히 알리기 위해 적은 기록.

90) 아마도 '제사를 받들 재목'이라는 뜻인 듯.

91) 大祝: 종묘나 문묘 제향에서 축문을 읽는 사람, 또는 그 벼슬.

92) 明倫堂: 성균관 안에 있는 유학을 강학하던 곳.

93) 校宮: 향교.

94) 鄕族: 좌수·별감 등 향청의 직원이 될 자격이 있는 집안.

95) 逸名: 서얼.

96) 色掌: 성균관·향교·사학(四學) 등에 기거하는 유생의 한 임원.

97) 아마도 '제판(題判)'의 오식인 듯.

24

니 양반이요 다투나니 재물이라. 이것이 우리 신성하신 대종교라 하오. 한심하고 통곡할 만도 하오. 종교가 이렇듯 부패하니 국세가 어찌 강성하겠소?

향교와 서원 성질을 말하리다. 서원은 소학교 자격이요, 향교는 중학교 자격이요, 태학은 대학교 자격이라. 서원은 선현화상(先賢畵像)을 봉안하여 소학 동자로 하여금 자국 인물을 기념케 함이요, 향교에는 대성인 위패를 봉안하여 중학 학생으로 하여금 종교를 경앙케 함이요, 태학에는 예악문물을 더 융성히 하여 태학 학생으로 하여금 종교 사상이 더욱 견고케 함이니, 어찌 다만 제사만 소중이라 하여 사당집과 일반으로 돌려보내리요? 교육을 주장하는 고로 향교와 서원을 당초에 설시하였고 종교를 귀중하는 고로 대성인과 명현을 모셨고, 성현을 모신 고로 제례를 행하나니, 교육과 종교는 주체가 되고 제사는 객체가 되거늘, 근래는 주체는 없어지고 객체만 숭상하니 어찌 열성조(列聖朝)의 설시하신 본의라 하리요?

제사만 위한다 할진대 태묘[98]도 한 곳뿐이어늘 아무리 성인을 존봉할지라도 어찌 삼백육십여 군에 골골마다 향화(香火)를 받들리까? 저 무식한 자들이 교육과 종교는 버리고 제사만 위중하다 한들 성현의 마음이 어찌 편안하시리까?

종교에야 어찌 귀천과 남녀가 다르겠소? 지금이라도 종교를 위하려면 성경현전[99]을 알아보기 쉽도록 국문으로 번역하여 거리거리 연설하고 성묘[100]와 서원에 무애회[101] 농용하며, 가령 제사

---

98) 太廟: 종묘.

99) 聖經賢傳: 성인이 지은 경과 현인이 지은 전.

로 말할지라도 귀인은 귀인 예복으로 참사(參祀)하고 천인은 천인 의관으로 참사하고 여자는 여자 의복으로 참사하여 너도 공자님 제자, 나도 공자님 제자 되기 일반이라 하면, 종교 범위도 넓고 사회 단체도 굳으리다.

또 사회의 폐습을 말할진댄, 확실한 단체는 못 보겠습디다. 상업사회는 에누리사회요, 공장사회는 날림사회요, 농업사회는 야매사회라, 하나도 진실하지 아니하고 기묘하여 외국문명을 당할 것은 없으니 무슨 단체가 되겠소? 근래 신교육사회는 구교육사회보다는 낫다 하나 불심상원[102]이오.

관공립은 화욕[103]학교라 실상은 없고 문구뿐이요, 각처 사립은 단명학교라 기본이 없어 번차례로 폐지할 뿐 아니라, 무론 아무 학교든지 그중에 열심한다는 교장이니 찬성장[104]이니 하는 임원더러 묻되 '이 학교에 제갈량과 이순신과 비사맥과 격란사돈[105] 같은 인재를 교육하여 일후의 국가대사를 경륜하려오?' 하면 열에 한둘도 없고, 또 묻되 '이 학교에 인재 성취는 이 다음 일이요

---

100) 聖廟: 공자를 모신 사당. 문묘.

101) 원효가 파계 후, 무애희(無㝵戲)로 전국을 떠돌며 노래하고 춤춰 불교를 대중화함.

102) 不甚相遠: 서로 비슷함.

103) 아마도 겉만 번지르르한 華縟을 가리키는 듯.

104) 후원회장.

105) William Ewart Gladstone(1809~98): 영국의 정치가. 자유당 당수로 1868년 이후 수상을 4번 역임하였고, 재직중 아일랜드 자치법 통과에 노력하고 제1차 선거법 개정에 공헌한 자유주의자.

교육사회에 명예나 취하려오?' 하면 열에 칠팔이 더 되니 그 성의가 그러하고야 어찌 장구히 유지하겠소? 교원 강사도 한만한 출입을 아니하고 시간을 지키어 왕래한다니 그 열심은 거룩하오. 공익을 위함인지 명예를 위함인지 월급을 위함인지, 명예도 아니요 월급도 아니요 실로 공익만 위한다 하는 재[106] 몇이나 되겠소?

무론 공사관립(公私官立)하고 여러 학생들에게 묻되, '학문을 힘써 일후에 사환(仕宦)을 하든지 일신 쾌락을 희망하느냐, 국가에 몸을 바치는 정신 얻기를 주의하느냐'[107] 하게 되면, 대 중 소학교 몇만명 학도 중에 국가정신이라고 대답하는 자 몇몇이나 되겠소?

또 여자교육회니 여학교니 하는 것도 권리 없고 자본 없는 부인에게만 맡겨두니 어찌 흥왕하리요? 무론 아무 사회하고 이익만 위하고, 좀 낫다는 자는 명예만 위하고, 진실한 성심으로 나라를 위하여 이것을 한다든가 백성을 위하여 이것을 한다는 자 역시 몇이나 되겠소?

이렇게 교육 교육 할지라도 십년 이십년에 영향을 알리니 그중에도 몇사람이야 열심 있고 성의 있어 시사를 통곡할 자가 있겠지요마는 단체 효력을 오히려 못 보거든, 하물며 우리 여자에 무슨 단체가 조직되겠소? 아직 가정 여러 자녀를 잘 가르치고, 정분 있는 여자들에게 서로 권고하여 십인이 모이고 이십인이 모여 차차 단정히 서립[108]하여야 사회든지 교육이든지 하여보지, 졸지

---

106) 자가.

107) 主意하다: 으뜸되는 요지로 삼다.

108) 아마도 徐立(서서히 세움)일 듯.

에 몇백명 몇천명을 모아도 실효가 없어 일상 남자사회만 못하리다.

설헌 그러하오마는 세상일이 어찌 아무것도 아니하고 앉아서 기다리기만 하리까? 여보, 우리 여자 몇몇이 지꺼리는 것이 풀벌레 같을지라도 몇사람이 주창하고 몇사람이 권고하면 아니될 일이 어디 있소? 석달 장마에 한 점 볕이 개일 장본이요, 몇달 가물에 한 조각 구름이 비 올 장본이니, 우리 몇사람의 말로 천만인 사회가 되지 아니할지 뉘 알겠소?

청국 명사 양계초[109]씨 말씀에 하였으되, ‘대저 사람이 일을 하려면 이기려다가 패함도 있거니와, 패할까 염려하여 당초에 하지 아니하면 이는 당초에 패한 사람이라’ 하니, 오늘 시작하여 내일 성공할 일이 우리 팔자에 왜 있겠소? 그러나 우리가 우줄거려야 우리 자식 손자들이나 행복을 누리지, 일향[110] 우리나라 사람을 부패하다 무식하다 조롱만 하면, 똑똑하고 요료[111]한 남의 나라 사람이 우리게 소용 있소?

우리나라 삼백년 이전이야 어떠한 정치며 어떠한 문물이오? 일본이 지금 아무리 문명하다 하여도 범백(凡百) 제도를 우리나라에서 많이 배워 갔소. 그 나라 국문도 우리나라 왕인(王仁)씨가 지은 것이니, 근일 우리나라이 부패치 아니한 것은 아니나 단군 기자 이후로 수천년 이래에 어떠한 민족이오?

---

109) 梁啓超(1873~1929): 중국의 사상가. 변법파로 무술정변에 참가했다가 실패한 후 일본에 망명해 공화제를 선전했지만, 뒤에 개명군주론에 입각하여 혁명파와 대립함.

110) 一向: 한결같이.

111) 아마도 ‘遙遙(아득하고 멀다)’인 듯.

철학가 말에 '편안한 것이 위태한 근본이라' 하니, 우리나라 사람이 기백년 평안하였은즉 한번 위태한 일이 어찌 없겠소? 또 말하였으되, '무식은 유식의 근원이라' 하였으니, 우리나라 사람이 오래 무식하였으니 한번 유식하지 아니할 이유가 있겠소?

가령 남의 집에 가서 보고 '그 집 사람들은 음식도 잘하더라, 의복도 잘하더라, 내 집에서는 의복 음식 솜씨가 저러하지 못하니 무엇에 쓸꼬?' 하고 가속을 박대하면, 남의 좋은 의복 음식이 내게 무슨 상관 있소? 차라리 '저 음식은 어떠하니 좋지 아니하다, 이 의복은 어떠하니 좋지 아니하다' 하여 제도를 자세히 가르쳐서 남의 것과 같이하는 것만 못하니, 부절없이 내 집안 사람만 불만히 여기면 가도(家道)가 바로잡힐 리가 있으리까?

『소학』에 가로되, "좋은 사람이 없다 함은 덕 있는 말이 아니라" 하였으니, 내 나라 사람을 무식하다고 능멸하여 권고 한마디 없으면 유식하신 매경씨만 홀로 살으시려오? 여보, 여보 열심을 잃지 말고 어서어서 잡지도 발간, 교과서도 지어서 우리 일천만 여자 동포에게 돌립시다!

우리 여자의 마음이 이러하면 남자도 응당 귀가 있겠지. 십년 이십년을 멀다 마오. 산림[112] 어른이 연설꾼 아니될지 뉘 알며, 향교 재임이 체조교사 아니될지 뉘 알겠소? 속담에 이른 말에 "뜬쇠[113]가 달면 더 뜨겁다" 하였소.

지금은 범백 권리가 다 남자에게 있다 하나 영원한 권리는 우리 여자가 차지하옵시다. 매경씨 말씀에 자녀를 교육하자 함이

112) 山林: 학식과 덕이 높으나 벼슬하지 않고 시골에 은거한 선비.
113) 무른 쇠.

진리를 알으시는 일이오. 우리 여자만 합심하고 자녀를 잘 교육하면 제이서에 문명은 우리 사업이라 할 수 있소.

자식 기르는 방법을 대강 말하오리다. 자식을 낳은 후에 가르칠 뿐 아니라 태 속에서부터 가르친다 하였으니, 그런고로 『예기』에 태육법을 자세히 말하였으되, "부인이 잉태하매 돗자리가 바르지 아니하거든 앉지 아니하며, 버힌 것이 바르지 아니하거든 먹지 말라" 하였으니, 그 앉는 돗, 먹는 음식이 탯덩이에 무슨 상관이 있겠소마는 바른 도리로만 행하여 마음에 잊지 말라 함이오. 의원의 말에도 자식 밴 부인이 잡것을 먹지 말라 하고, 음식의 차고 더운 것을 평균케 하고 배를 항상 더웁게 하고, 당삭[114] 하거든 약간 노동하여야 순산한다 하였소.

뱃속에서도 이렇게 조심하려든, 나온 후에 어찌 범연히 양육하오리까? 제가 비록 지각이 없을 때라도 어찌 그 앞에서 터럭만치 그른 일을 행하겠소? 밥 먹는 법, 잠자는 법, 말하는 법, 걸음 걷는 법, 일동일정을 가르치되, 속이지 아니함을 주장하여 정대한 성품을 양육한즉, 대인군자가 어찌하여 되지 못하리까?

맹자님 모친께서 맹자님 기르실 때에, 마침 동편 이웃집에서 도야지를 잡거늘 맹자께서 물으시되, "저 돗은 어찌하여 잡나이까?", 맹모 희롱으로 "너를 먹이려고 잡는다" 하셨더니, 즉시 후회하시되 '어린 아해를 속이는 법을 가르쳤다' 하고 그 고기를 사다가 먹이신 일이 있고, 맹자 점점 자라실새, 장난이 심하사 산밑에서 살 때에 상두꾼 흉내를 내시거늘 맹모 가라사대 "이곳

---

114) 當朔: 해산할 달을 당함.

이 아해 기를 곳이 못 된다" 하시고, 저자 근처로 이사하였더니 맹자께서 또 물건 매매하는 형용을 지으시니, 맹모 또 집을 떠나 학궁[115] 곁에 거하시매 그제야 맹자 예절 있는 희롱을 하시는지라. 맹모 말씀이 "이는 참 자식 기를 곳이라" 하시고 가르쳐 만세 아성[116]이 되셨소. 한 아들을 가르쳐 억조창생에게 무궁한 도학이 밎게 하시니 교육이란 것이 어떠하오? 만일 맹자께서 상두 나 메이시고 물건이나 팔러 다니셨더면 오늘날 맹자님을 누가 알았소?

『비유요지』라 하는 책에 말하였으되, 서양의 한 부인이 그 아들을 잘 교육할새, 그 아들이 장성하여 장사차로 나아가거늘 그 부인이 부탁하되, "너는 어디 가든지 남 속이지 아니하기로 공부하라." 그 아들이 대답하고 지화(紙貨) 몇백원을 옷깃 속에 넣고 행하다가 중로에서 도적을 만나니, 그 도적이 묻되 "너는 무슨 업을 하며 무슨 물건을 몸에 지녔느냐?" 한데, 그 아해 대답호되, "나는 장사하는 사람이니 지화 몇백원이 옷깃 속에 있노라" 하니, 도적이 그 정직함을 괴히 여겨 뒤여본즉 과연 있는지라. 당초에 깊이 감추고 당장에 은휘[117]치 아니하는 이유를 물은즉 그 사람이 대답호되, "내 모친이 남을 속이지 말라 경계하셨으니 어찌 재물을 위하여 친교[118]를 어기리요?" 도적이 각각 탄복하여 말호되, "너는 효성 있는 사람이라, 우리 같은 자는 어찌 인

---

115) 學宮: 성균관의 별칭.
116) 亞聖: 성인(聖人)에 다음 가는 현인.
117) 隱諱: 꺼리어 숨기고 피함.
118) 親敎: 부모의 교훈.

류라 하리요?" 그 지화를 다시 옷깃에 넣어주고 그후로는 다시 도적질도 아니 하였다 하였소.

그 부인이 자기 아들을 잘 교육하여 남의 자식까지 도적의 행위를 곧게 하니 교육이라는 것이 어떠하오? 송나라 구양수[119]씨도 과부의 아들로 자라매, 집이 심히 간난하여 서책과 필묵(筆墨)이 없거늘 그 모친이 갈대로 따[120]를 그어 글을 가르쳐 만고 문장이 되었고, 우리나라 퇴계 이선생[121]도 어릴 때 그 모친이 말씀호되, "내 일찍 과부 되어 너희 형제만 있으니 공부를 잘하라. 세상사람이 과부의 자식은 사귀지 아니한다니 너희는 그 근심을 면하게 하라" 하고 평상시에 무슨 물건을 보면 이치를 가르치며 아무 일이고 당하면 사리를 분석하여 순순히[122] 교훈하사 동방 공자가 되셨으니 교육이라는 것이 어떠하오?

예로부터 교육은 어머니께 받는 일이 많으니 우리도 자식을 그런 성력(誠力)과 그런 방법으로 교육하였으면 그 영향이 어떠하겠소? 우리 여자사회에 큰 사업이 이에서 더할 일이 있겠소? 여러분 여자들, 지금 남자와 지금 여자를 조롱 말고 이 다음 남자와 이 다음 여자나 교육 좀 잘하여보옵시다.

국란 그 말씀 대단히 좋소. 자식 기르는 법과 가르치는 공효를 많이 말씀하셨으나, 자식 사랑하는 이유가 미진한 고로, 여러

---

119) 歐陽修(1007~72): 송의 문인·정치가. 당송팔대가의 하나.

120) 땅.

121) 退溪 李滉(1501~70): 성리학의 체계를 세운 조선 중기의 대유학자.

122) 諄諄히: 타이르는 태도가 다정하고 친절함.

분 들으시기 위하여 그 진리를 말씀하오리다.

　세상 사람들이 자식을 사랑한다 하나 실상은 자기 일신을 사랑함이니, 자식이 나매 좋아하고 기꺼하는 마음을 궁구하면, 필경은 저 자식이 있으니 내 몸이 의탁할 곳이 있으며, 내 자식이 자라니 내 몸 봉양할 자가 있도다 하고, 혹 자식이 병이 들면 근심하고 혹 자식이 불행하면 설워하니, 근심하고 설워하는 마음을 궁구하면, 필경은 내 자식이 병 들었으니 누가 나를 봉양하며, 내 자식이 없었으니 내가 누구를 의탁하리요 하나, 그 마음이 하나도 자식 위한다는 자도 없고 국가를 위한다는 자도 없으니, 사람마다 자식 자식 하여도 진리는 실상 모릅디다.

　자식의 효도를 받는 것이 어찌 내 몸만 잘 봉양하면 효도라 하리요? 증자[123] 말씀에 "인군을 잘못 섬겨도 효가 아니요 전장에 용맹이 없어도 효가 아니라" 하셨으니, 이 말씀을 생각하면 자식이라는 것이 내 몸만 위하여 난 것이 아니요 실로 나라를 위하여 생긴 것이니, 자식을 공물(公物)이라 하여도 합당하오.

　혹 모르는 사람은 이 말을 들으면 필경 대경소괴[124]하여 말하되, "실로 그러할진대 누가 자식 있다고 좋아하며 자식 없다고 설워하리요?" 청국 강남해[125] 말에 "대동세계에는 자식 못 낳은 여자는 벌이 있다" 하더니, 과연 벌하기 전에야 생산하려는 자가 있겠소? 혹 생산하더라도 내 몸은 봉양하여주지 아니하고 국가

---

123) 曾子(506~ ?): 공자의 제자로, 효를 강조함.

124) 大驚小怪: 크게 놀라서 좀 이상하게 여김.

125) 康南海: 청의 변법파 강유위(康有爲, 1858~1927). 유교적 유토피아 사상을 논한 『대동서(大同書)』를 지음.

만 위하여 교육을 받으라 하겠소? 이러한 말이 널리 들리면 윤리상에 대단 불행하겠다 하여 중언부언할 터이지마는 지금 내 말이 윤리상에 불행함이 아니라 매우 다행하오리다.

자식을 공물로 인정하더라도 그렇지 아니한 소이연(所以然)이 있으니, 가령 우마를 공물이라 하면 농업가와 상업가에서 우마를 부리지 아니하리까? 저 집에 우마가 있으면 내 집에 없어도 관계가 없다 하여, 사람마다 마음이 그러하면 우마가 이미 절종(絕種)되었을 터이나, 비록 공물이라도 우마가 있어야 농업과 상업에 낭패가 없은즉, 자식은 공물이라고 있는 것을 귀히 여기지 아니하리요? 기왕 자식이 있은 이상에는 공물이라고 교육 아니 하다가는 참말, 윤리의 불행한 일이오.

가령 어부가 동무를 연합하여 고기를 잡으되 남의 그물에 걸린 것이 내 그물에 걸린 것만 못하다 하니, 국가 대사업을 바라는 마음은 같으나 어찌 남의 자식 성취한 것이 내 자식 성취한 것만 하오리까? 그러한즉 불가불 자식을 교육할 것이오. 자식이 나서 나라의 사업을 성취하고 국민에 이익을 끼치면, 그 부모는 어찌 영광이 없으리까?

옛날 사파달[126]이라 하는 때에 한 노파가 여덟 아들을 낳아서 교육을 잘하여 여덟이 다 전장에 갔다가 죽은지라. 그 살아 돌아오는 사람더러 묻되 "이번 전장에 승부가 어떠한고?" 그 사람이 대답호되, "전쟁은 이기었으나 노인의 여러 아들은 다 불행하였나이다" 하거늘, 노구 즉시 일어나 춤을 추며 노래를 불러 가로

---

126) 스파르타.

되, "사파달아 사파달아, 내 너를 위하여 아들 여덟을 낳도다" 하고 슬퍼하는 빛이 없으니, 그 노구가 참 자식을 공물로 인정하는 사람이니, 그는 생산도 잘하고 교육도 잘하고 영광도 대단하오이다.

우리나라 사람들이 자식의 진리를 몇이나 알겠소? 제일 가관의 일이 정처(正妻)에 자식이 없으면, 첩의 소생은 비록 여룡여호(如龍如虎)하여 문장은 이태백이요 풍채는 두목지[127]요 사업은 비사맥이라도 서자라 얼자라 하여 버려두고, 정도 없고 눈에도 서투른 남의 자식을 솔양(率養)하여 아들이라 하는 것이 무슨 일이오?

성인(聖人)의 법제가 어찌 그같이 효박[128]할 이유가 있으리까? 적서라는 말씀은 있으나 근래 적서와는 대단히 다르오. 정처의 소생이라도 장자 다음에는 다 서자라 하거늘, 우리나라는 남의 정처 소생을 서자라 하면 대단히 뛰겠소. 양자법으로 말할지라도 적서에 자녀가 하나도 없어야 양자를 하거늘, 서자라 버리고 남의 자식을 솔양하니 하나도 성인의 법제는 아니오. 자식을 부모가 이같이 대우하니 어찌 세상에서 대우를 받겠소?

그 서자이니 얼자이니 하는 총중[129]에, 영웅이 몇몇이며 문장이 몇몇이며 도덕군자가 몇몇인지 누가 알겠소? 그 사람도 원통하거니와 나라일이야 더구나 말할 것이 있소? 남의 나라 사람도 고문이니 보좌이니 쓰는 법도 있거든 우리나라 사람에 무엇을 그

---

127) 당나라 말기의 시인 杜牧(803~52).

128) 淆薄: 인정이나 풍속이 어지럽고 경박함.

129) 叢中: 뭇사람이 떼를 지어 모인 그 속.

리 많이 고르는지. 이성호[130]는 적서등분(嫡庶等分)을 혁파하자 서북사람을 통용하자 하여 열심으로 의론하였고, 조은당의 부인 김씨[131]는 자제를 경계하되, "너희가 서모를 경대하지 아니하니 어찌 인사(人士)라 하리요? 아비의 계집은 다 어미라" 하셨나니, 이 두 말씀을 몇백년 전에 주창하였으니 그 아니 고명하오?

또 남의 후취로 들어가서 전취 소생에게 험히 구는 자 있으니 그것은 무슨 지각이오? 아무리 나의 소생은 아니나 남편의 자식은 분명하니, 양자보담은 매우 간절하오. 사람의 전조모와 후조모라 하여, 자손의 마음에 후박(厚薄)이 있으리까? 그렇건마는 몰지각한 후취 부인들은, 내 속으로 낳지 아니하였으니 내 자식이 아니라 하여, 동내 아해만도 못하고 종의 자식만도 못하게 대우하니, 어찌 그리 박정하고 무식하오? 아무리 원수 같은 자식이라도 내 몸이 늙어지면 소생 자식 열보다 나으며, 그 손자로 말할지라도 큰자식의 손자가 소생 손자 열보다 낫지 아니하오?

원수같이 알고 도척[132]같이 알던 그 자식 그 손자가, 일후에 만반진수[133]를 차려놓고, 유세차 효자 모 효손 모는 감소고우 현

---

130) 星湖 李瀷(1681~1763): 조선 영조 때의 실학사상가.

131) 조은당은 隱隱堂 조린(趙遴, 1601~87)으로 벼슬은 장악원(掌樂院) 첨정(僉正)에 이르렀으나, 주로 은거하며 학문에 잠심함. 그 부인 김씨는 화려한 가문에서 자랐으나 교만한 티가 없이 집안을 방정히 거느렸음. 김씨부인의 사적은 李能和의 『朝鮮女俗考』(1927) 제23장에 실려 있다.

132) 중국 춘추시대의 악당.

133) 滿盤珍羞: 상에 가득히 차린 맛있는 음식.

비 현조비 모봉모씨[134]라 하면, 아마 혼령이라도 무안하겠지?
또 자식을 기왕 공물로 인정할진대, 내 소생만 공물이요 전취 소
생은 공물이 아니겠소? 아무리 전취 자식이라도 잘 교육하여 국
가의 대사업을 성취하면 그 영광이 아마 못생긴 소생 자식보다
얼마쯤이 유조(有助)하리니, 이 말씀을 우리 여자사회에 공포하
여 그 소위 서자이니 전취 자식이니 하는 악습을 다 개량하여 윤
리상 영원한 행복을 누리게 합시다.

매경 자식의 진리를 자세히 말씀하셨으나, 그 범위는 대단히
넓다고는 못하겠소. 기왕 자식을 공물이라 말씀하셨으면, 공물이
많아야 좋겠소, 공물이 적어야 좋겠소? 공물이 많아야 좋다 할
진대, 어찌 서자이니 전취 소생이니 그것만 공물이라 하여도 역
시 사정(私情)이올시다.

비록 종의 자식이나 거지의 자식이라도 우리나라 공물은 일반
이어늘, 소위 양반이니 중인이니 상한(常漢)이니, 서울이니 시골
이니 하여 서로 보기를 타국사람같이 하니, 단체가 성립할 날이
어찌 있겠소? 또 서북으로 말할지라도, 몇백년을 나라따에 생장
하기는 일반이어늘 그 사람 중에 재상이 있겠소, 도학군자가 있
겠소? 천향(賤鄕)이라 하여도 가하니, 그 사람 중에 진개[135] 재
상 재목과 도학군자 자격이 없는 것이 아니라 재상의 교육과 군
자의 학문이 없음이지. 몇백년 좋은 공물을 다 버리고 쓰지 아니
하였으니 어찌 나라가 왕성하오리까?

---

134) 維歲次 孝子 某 孝孫 某 敢昭告于 顯妣 顯祖妣 某封某氏: 아들
　　과 손자가 돌아가신 어머니와 할머니에게 바치는 축문.

135) 眞開: 참말로.

이성호 말씀에 반상을 타파하자 서북을 통용하자 하여 수천 마디 말을 반복 의론하였으나, 인(因)하여 무효하였으니 어찌 한심치 아니하겠소? 평안도에 심의[136] 도사 오세양씨는 그 학문이 우리 동방에 드문 군자라 그 학설과 이설이 대단히 발표하였건마는, 서원도 없고 문집도 없이 초목과 같이 썩어진 일이 그 아니 원통한가?

그 정책은 다름아니라, 서북은 인재가 배출하니 기호(畿湖)와 같이 교육하면 사환(仕宦) 권리를 다 빼앗긴다 하니, 그러한 좁은 말이 어디 있겠소? 사환이라는 것은 백성을 대표한 자인즉 백성의 지식이 고등한 자이라야 참예하나니, 아무쪼록 내 지식을 넓혀서 할 것이지 남의 지식을 막고 나만 못하도록 하면 어찌 천도가 무심하오리까?

철학박사의 말에 "차라리 제 나라 민족의 노예가 세세로 될지언정, 타국정부의 보호는 아니 받는다" 하였으니, 그 말을 생각하면 이왕 일이 대단히 잘못되었소.

또 반상(班常)으로 말할지라도 그렇게 심한 일이 어디 있겠소? 어찌하다가 한번 상놈이라 패호[137]하면, 비록 영웅열사가 있을지라도 자자손손이 상놈이라 하대하니, 그같은 악한 풍속이 어디 있으리까? 그러니 한번 상사람 된 자는 도저히 인재 나기가 어려우니, 가령 서울사람이라 해도 그 실상은 태반이나 시골 생장인즉, 시골 풍속으로 잠깐 말하리다. 그 부모 된 자들이 자식의 나이 칠팔세만 되면, 나무를 하여라 꼴을 베어라 하여, 초

---

136) 深衣: 높은 선비의 웃옷.

137) 牌號: 남들이 붙여 부르는 좋지 못한 별명.

등교과가 꼬부랑 호미와 낫이요, 중등교과가 가래와 쇠스랑이요, 대학교과가 밭 갈기 논 갈기요, 외교수단이 소장사 등짐꾼이니, 그 총중에 비록 금옥 같은 바탕이 있을지라도 어찌 저절로 영웅이 되겠소? 결단코 그중에 주정꾼과 노름꾼의 무수한 협잡배들이 당초에 교육을 받았으면 영웅도 되고 호걸도 되었으리라 하오.

혹 그 부모가 소견이 바늘구멍만치 뚫려, 자식을 동내 생원님 학구방[138]에 보내면 그 선생이 처지를 따라 가르치되, "너는 큰 글 하여 무엇하느냐, 계통문[139]이나 보고 취대하기[140]나 보면 족하지. 너는 시부표책[141] 하여 무엇하느냐, 『전등신화』[142]나 읽어서 아전질이나 하여라" 하니, 그런 참혹한 일이 어디 있겠소? 입학하던 날부터 장래 목적이 이뿐이요 선생의 교수가 이러하니, 제갈량 비사맥 같은 바탕이 몇백만명이라도 속절없이 전진할 여망이 없겠으니.

이는 소위 양반의 죄뿐 아니라 자기가 공부를 우습게 보아서 그 지경에 빠진 것이오. 옛날 유명한 송귀봉[143]과 서고청[144]은

---

138) 學究는 훈장, 학구방은 서당.

139) 契通文: 계약문서와 통지문.

140) 取貸下記: 돈을 꾸고 꾸어주는 것을 적은 장부.

141) 詩賦表策: 시와 부와 표와 책. 과거 볼 때의 문체.

142) 剪燈新話: 중국 명나라 구우(瞿佑)가 지은 전기(傳奇)소설집.

143) 龜峰 宋翼弼(1534~99): 고양 구봉산 아래 은거해 율곡과 교제하며 김장생을 배출한 조선 선조 때의 성리학자.

144) 孤青 徐起(1523~91): 토정의 문인으로 계룡산 고청봉 아래 은거하며 제자를 기른 조선 선조 때의 성리학자.

남의 집 종의 아들로 일대 도학가이 되었고, 정금남[145]은 광주 (光州) 관비의 아들로 크게 사업을 이루었은즉, 남의 집 종과 외읍[146] 관비보다 더 천한 상놈이 어디 있겠소마는, 이 어른들을 누가 감히 존숭치 아니하겠소?

그러나 무식한 자들이야 어찌 그러한 사적을 알겠소? 도무지 선지(先知)라 선각이라 하는 양반이 교육 아니한 죄가 대단하오. 무론 아무 나라하고 상중하등 사회가 없는 것은 아니나, 그러나 국가질서를 유지하려면 불가불 등급이 있어야 문란한 일이 없거늘, 우리나라 경장대신[147]들이 양반의 폐만 생각하고 양반의 공효는 생각지 못하여, 졸지에 반상 등급을 벽파(劈破)하라 하니 누가 상쾌치 아니하겠소마는, 국가 질서의 문란은 양반보다 더 심한 자 많으니 어찌 정치가의 수단이라고 인정하겠소?

지금 형편으로 보면 양반들은 명분 없는 세상에 무슨 일을 조심하리요? 그 행세가 전일 양반만도 못하고, 상인(常人)들은, "요사이 양반이 어디 있어? 비록 문장이 된들 무엇하며 도학이 있은들 무엇하나?" 하여, 혹 목불식정[148]하고 준준무식[149]한 금수(禽獸) 같은 유(類)들이, 제 집에서 제 형을 욕하며 제 부모에게 불효한대도, 동내 양반들이 말하면 팔뚝을 뽐내며 하는 말이,

---

145) 錦南君 鄭忠信(1576~1636): 이괄의 난에 공을 세워 금남군에 봉군된 무인. 광주의 금남로는 그의 군호를 딴 것임.

146) 外邑: 외딴 시골.

147) 更張大臣: 갑오경장을 추진한 정승들.

148) 目不識丁: 낫 놓고 ㄱ자도 모른다.

149) 蠢蠢無識: 굼뜨고 어리석어 아무것도 알지 못함.

40

"시방 무슨 양반이 따로 있나, 내 자유권을 왜 상관이 있나, 내 자유권을 무슨 걱정이야? 그러다가는 뺨을 칠라, 복장(服臟)을 지를라" 하면서 무수 질욕[150]하나 누가 감히 옳다 그르다 말하겠소? 속담에 '상두꾼에도 수번[151]이 있고, 초라니[152] 탈에도 차례가 있다' 하니, 하물며 전국 사회가 이렇게 문란하고야 무슨 질서가 있겠소? 갑오년 경장대신의 정책이 웬 까닭이오? 양반은 양반대로 두고, 학교 하는 임원도 양반이며 학도의 부형도 양반이며 학도도 양반이라고, 울긋불긋한 고추장 빛으로 학부인[153]이라 내부인[154]이라 반포하면, 전국이 다 양반이 될 일을 어찌하여 양반 없이한다 하니, 사천년 전래하던 습관이 졸지에 잘 변하겠소?

지금 형편은 어떠하냐 하면, '어기어차 슬슬 달리어라, 네가 못 달리면 내가 달리겠소, 어기어차 슬슬 달리어라' 하는 이 지경에, 한번 큰 승부가 달렸은즉, 노인도 달리고 소년도 달리고 새아기씨도 달리어도 이길는지 말는지 할 일이오. 나도 양반으로 말하면, 친정이나 시집이나 삼한갑족[155]이로되 그것이 다 쓸 데 있소? 우리도 자식을 공물이라 하면, 그 소위 서북이니 반상이니 썩고 썩은 말을 다 고만두고, 내 나라 청년이면 아무쪼록 교

---

150) 叱辱: 꾸짖으며 욕함.

151) 首番: 상두꾼의 우두머리.

152) 나자의 하나. 기괴한 계집 형상의 탈을 쓰고 붉은 저고리에 푸른 치마를 입음.

153) 學部印: 교육부 직인.

154) 內部印: 내무부 직인.

155) 三韓甲族: 우리나라의 대대로 문벌이 높은 집안.

육하여, 우리 어렵고 설운 일을 그 어깨에 맡깁시다.

금운 작일(昨日)은 융희 2년(1908) 제일상원[156]이니, 달도 그 전과 같이 밝고, 오곡밥도 그전과 같이 달고, 각색 채소도 그전 과 같이 맛나건마는, 우리 심사는 왜 이리 불평하오?

어젯밤이 참 유명한 밤이오. 우리나라 풍속에 상원일 밤에 꿈 을 잘 꾸면 그 해 일년에, 벼슬하는 이는 벼슬을 잘하고 농사하 는 이는 농사를 잘하고 장사하는 이는 장사를 잘한다 하니, 꿈이 라는 것은 제 욕심대로 꾸어서 혹 일년 혹 십년 혹 수십년이라도 필경은 아니 맞는 이유가 없소. 우리 한 노래로 긴 밤 새우지 말 고, 대한 융희 2년 상원일에 크나 작으나 꿈꾼 것을 하나 유루 없이 이야기합시다.

설헌 그 말씀이 매우 좋소. 나는 어젯밤에 대한제국 자주독립 할 꿈을 꾸었소. 활멸사(活滅社)라 하는 사회가 있는데, 그 사회 중에 두 당파가 있으니 하나는 자활당(自活黨)이라 하여, 그 주 의인즉 교육을 확장하고 상공을 연구하여 신공기를 흡수하며 부 패사상을 타파하여, 대포도 무섭지 아니하고 장창도 두렵지 아니 하여 국가에 몸을 바치는 사업을 이루고자 할새, 그 말에 '외국 의뢰도 쓸데없고 한두 개 영웅이 혹 국권을 만회하여도 쓸데없 고, 오직 전국 남녀 청년이 보통 지식이 있어서 자주권을 회복하 여야 확실히 완전하다' 하여, 학교도 설시하며 신서적도 발간하 여 남이 미쳤다 하든지 못생겼다 하든지 자주권 회복하기에 골몰 무가[157]하나, 그 당파의 수효는 전사회의 십분지삼이오.

---

156) 第一上元: 정월 대보름.

157) 汨沒無暇: 한 가지 일에 몰두하여 틈이 조금도 없음.

하나는 자멸당(自滅黨)이라 하니, 그 주의인즉 우리나라가 이왕 이 지경에 빠졌으니 제갈공명이가 있으면 어찌하며 격란사돈이가 있으면 무엇하나? 십승지지[158] 어디 있나, 피란이나 갈까보다. 필경은 세상이 바로잡히면 그때에야 한림[159]·직각[160]을 나 내놓고 누가 하나? 학교는 무엇이야, 우리 마음에는 십대 생원님으로 죽는대도 자식을 학교에야 보내고 싶지 않다. 소위 신학문이라는 것은 모두 천주학인데, 우리네 자식이야 설마 그것이야 배우겠나?

또 물리학이니 화학이니 정치학이니 법률학이니 다 무엇에 쓰는 것인가? 그것을 모를 때에는 세상이 태평하였네. 요사이 같은 세상일수록 어디 좋은 명당자리나 얻어서 부모의 백골을 잘 면례하였으면 자손에 발음[161]이나 내릴는지, 우선 기도나 잘하여야 망하기 전에 집안이나 평안하지. 전곡이 썩어지더라도 학교에 보조는 아니할 터이야. 바로 도적놈을 주면 매나 아니 맞지. 아무개는 제 집이 어렵다 하면서 학교에 명예교사를 다닌다지? 남의 자식 가르치기에 어찌 그리 미쳤을까? 글을 읽어라, 수를 놓아라 하는 소리 참 가소롭데. 유식하면 검정콩알이 아니 들어가나? 운수를 어찌하여, 아무것도 할 일 없지. 요대로 앉았다가 죽으면 죽고 살면 사는 것이 제일이라 하니, 그 당파의 수효는 십분지칠이요 그 회장은 국참정[162]이라는 사람이니, 아무 학회

---

158) 十勝之地: 기근과 전쟁의 참화가 미치지 않는 열 군데 땅.
159) 翰林: 조선시대 때 예문관 검열의 별칭.
160) 直閣: 조선시대 때 규장각의 벼슬.
161) 發蔭: 조상의 덕으로 후손의 운수가 열림.

회장과 흡사하여, 얼굴이 풍후하고 수염이 많고 성품이 순실하여 이 당파도 좇아 저 당파도 좇아 하여, 반박이 없이 가부취결[163] 만 물어서 흥하자 하면 흥하고 망하자 하면 망하여 회원의 다수만 점검하는데, 그 소수한 자활당이 자멸당을 이기지 못하여 혹 권고도 하며 혹 질욕도 하며 혹 통곡도 하면서 분주왕래 호되, 몇번 통상회의이니 특별회의이니 번번이 동의하다가 부결을 당한지라. 또 국회장에게 무수 애걸하여 마지막 가부회(可否會)를 독립관에 개설하고 수만명이 몰려가더니, 소위 자멸당도 목석과 금수는 아니라 자활당의 정대한 언론과 비창한 형용을 보고 서로 늿버하여[164] 자활주의로 전수가결(全數可決)되매, 그 여러 회원들이 독립가를 부르고 춤을 추며 돌아오는 거동을 보았소.

　　매경　(깔깔 웃으며) 나는 어젯밤에 대한제국의 개명할 꿈을 꾸었소. 전국 사람들이 모두 병이 들었다는데, 혹 반신불수도 있고 혹 수중다리[165]도 있고 혹 내종병[166]도 들고 혹 정충징[167]도 있고 혹 체증·횟배와 귀먹고 눈멀고 벙어리까지 되어, 여러가지 병으로 집집이 앓는 소리요 곳곳이 넘어지는 빛이라. 남녀노소를 물론하고 성한 사람은 하나도 없더니 마침 한 명의가 하는 말이, "이 병들을 급히 고치지 아니하면 우리 삼천리 강산이 비인 터만

---

162) 參政: 구한국 때 의정부의 벼슬. 내부대신이 겸임함.

163) 可否取決: 회의에서 회칙에 따라 의안의 가부를 결정함.

164) 뉘우치며.

165) 水腫다리: 병으로 퉁퉁 부은 다리.

166) 內腫病: 내장에 종기가 나는 병.

167) 怔忡症: 공연히 가슴이 울렁거리며 불안한 증세.

남으리니 그 아니 통곡할 일이오? 내가 화제[168] 한장을 내일 것
이니 제발 믿으시오” 하더니 방문을 써서 돌리니, 그 방문 이름
은 청심환골산(淸心換骨散)이니, 성경(誠敬)으로 위군하고[169]
정치·법률·경제·산술·물리·화학·농학·공학·상학·지지·
역사 각 등분하여 극히 정묘하게 국문으로 법제[170]하여, 병세 쾌
차하도록 무시복(無時服)하되 병자의 증세를 보아 임시 가감도
하며, 대기[171]하기는 주색·잡기·경박·퇴보·태타[172] 등이라.

이 방문을 사람마다 베껴다가 시험할새, 그 약을 방문대로 잘
먹고 나면 병 낫기는 더할 말이 없고, 또 마음이 청상[173]해지며
환골탈태(換骨奪胎)가 되는데, 매아미와 배암과 같이 묵은 허물
을 일제히 벗어버립디다.

오륙세 전 아해들은 당초에 벗을 것이 없으나, 팔세 이상 아해
들은 가뭇가뭇한 종잇장 두께만하고, 십오세 이상 사람들은 검고
푸르러서 장판 두께만하고, 삼십 사십씩 된 사람들은 각색 빛이
어룩어룩하여 멍석 두께만하고, 오십 육십 된 사람들은 어룩어룩
두틀두틀하며 또 각색 악취가 촉비[174]하여 보료 두께만하여, 노
소남녀가 각각 벗을 때 참 대단히 장관입디다. 아해들과 젊은이

---

168) 和劑: 약을 짓기 위해 약재 이름과 분량을 적은 종이. 약방문.
169) 정성스러움과 공경스러움으로 중심을 삼고.
170) 法製: 약재를 약방문대로 가공함.
171) 大忌: 크게 금하는 것.
172) 怠惰: 게으름.
173) 淸爽: 맑고 상쾌함.
174) 觸鼻: 냄새가 코를 찌름.

와 당초에 무식한 사람들은 벗기가 오히려 쉽고, 조금 유식하다
는 사람들과 늙은이들은 벗기가 극히 어려워서, 혹 남이 붙잡아
도 주고 혹 가르쳐도 주되 반쯤 벗다가 기진(氣盡)한 사람도 있
고 인하여 아니 벗으려고 앙탈하다가 그대로 죽는 사람도 왕왕
있습디다.

필경은 그 허물을 다 벗어 옥골선풍(玉骨仙風)이 된 후에 그
허물을 주체할 데가 없어 공론이 불일(不一)한데, 혹은 이것을
집에 두면 그 내암새에 병이 복발(復發)하기 쉽다 하며, 혹은 그
내암새는 고사하고 그것을 집에 두면 철 모르는 아해들이 장란으
로 다시 입어보면 이것이 큰 탈이라 하며, 혹은 이것을 모두 한
곳에 몰아 쌓고 그 근처에 사람 다니는 것을 금하면 다시 물들
염려도 없을 터이나, 그것을 한곳에 모아 쌓은즉 백두산보다 클
것이니 이러한 조고마한 나라에 백두산이 둘이면 집은 어디 짓고
농사는 어디서 하나 그것도 못 될 말이지 하며, 혹은 매아미 허
물은 선퇴(蟬退)라는 것이니 혹 간기증175)에도 쓰고 배암의 허물
은 사퇴(蛇退)라는 것이니 혹 인후증(咽喉症)에도 쓰거니와, 이
허물은 말하려면 인퇴(人退)라 하겠으나 백가지에 한 군데 쓸 데
가 없으며, 그 성질이 육기(肉氣)가 많고 와사176) 내암새가 많아
서 동해바다에 멸치 썩은 것과 방불한즉, 우리나라 척박한 전지
(田地)에 거름으로 썼으면 각각 주체하기도 경편(輕便)하고 또
농사에도 심히 유익하겠다 하니, 그제야 여러 사람들이 그 말을
시행하여 혹 지게에도 져내고 혹 구루마에 실어내어 낙역부절177)

---

175) 癎氣症: 지랄병.
176) 瓦斯: 가스.

46

하는 것을 보았소.

금운 나는 어젯밤에 대한제국의 독립할 꿈을 꾸었소. 오뚝이라는 것은 조고마하게 아해를 만들어 집어 던지면 드러눕지 아니하고 오뚝오뚝 일어서는 고로 이름을 오뚝이라 지었으니, 한문으로 쓰려면 나 '오'(吾)자, 홀로 '독'(獨)자, 설 '립'(立)자, 세 글자를 모아 부르면 '오독립'이니 내가 독립하겠다는 의미가 있고, 또 오뚝이의 사적을 들으니 옛날 조고마한 동자로 정신이 돌올[178]하여 일찍 일어선 아해라. 그런고로 후세 사람들이 아해를 낳아서 혹 더디 일어설까 염려하여 오뚝이 모양을 만들어 희롱가음으로 아해들을 주니, 그 정신이 오뚝이와 같이 오뚝오뚝 일어서라는 의사라. 우리나라 사람들이 오뚝이 정신이 있는 이는 하나도 없은즉, 아해들뿐 아니라 장정 어른들도 오뚝이 정신을 길러서 오뚝이와 같이 오뚝오뚝 일어서기를 배워야 하겠다 하여, 우리 영감 평양 서윤[179]으로 있을 때에 장만한 수백석지기 좋은 땅을 방매하여 오뚝이 상점을 설시하고 각 신문에 영업광고를 발포하였더니, 과연 오뚝이를 몇달이 못 되어 다 팔고 큰 이익을 얻어보았소.

국란 나는 어젯밤에 대한제국이 천만년 영구히 안녕할 꿈을 꾸었소. 석가여래라 하는 양반이, 전신이 황금과 같이 윤택하고 양미간(兩眉間)에 큰 점이 박히고 한 손은 감중련[180] 하고 한 손

---

177) 絡繹不絕: 왕래가 끊임이 없다.

178) 突兀: 높이 솟아서 오뚝함.

179) 庶尹: 조선시대 때 한성부와 평양부에 두었던 종4품 벼슬.

180) 坎中連: 坎卦의 상형인 '☵'을 일컫는 말.

에는 석장[181]을 들고 높고 빛나는 옥탁자 위에 앉았거늘, 내가 합장배례(合掌拜禮)하고 황공복지(惶恐伏地)하여 내두[182]의 발원을 묻는데, 어떠한 신수 좋은 부인 한 분이 곁에 섰다가 책망하기를, "적선한 집에는 경사가 있고 불선(不善)한 집에는 앙화가 있음은 소소[183]한 이치어늘 어찌 구구히 부처에게 비느뇨? 그대는 적악한 일 없고 이승에도 부모에 효도하며 형제에 우애하며 투기를 아니하며 무당과 소경을 멀리하여 음사[184]기도를 아니하며 전곡을 인색히 아니하여 어려운 사람을 잘 구제하고 학교에나 사회에나 공익상으로 보조를 많이 하였으니 너는 가위 선녀(善女)라 할지니, 그 행복을 누리려면 너의 일생뿐 아니라 천만년이라도 자손은 끊지지 아니하고 부귀공명과 충신효자를 많이 점지하리라" 하시니, 이 말씀을 미루어본즉 내 자손이 천만년 부귀를 누릴 지경이면 대한제국도 천만년을 안녕하심을 짐작할 일이 아니겠소?

여러 부인 중에 한 부인이 일어나서 말호되, 나는 지식이 없어 연(連)하여 담화는 잘 못하거니와 사상이야 어찌 다르며 꿈이야 못 꾸었겠소? 나도 어젯밤에 좋은 몽사(夢事)가 있으나, 벌써 닭이 울어 밤이 들었으니 이 다음에 이야기하오리다.   [1910]

---

181) 錫杖: 중이 짚는 지팡이.
182) 來頭: 이제부터 닥쳐오게 될 앞.
183) 昭昭: 사리가 뚜렷이 드러나서 밝음.
184) 淫祠: 내력이 바르지 아니한 귀신을 모시어놓은 집채.

구마검[1]

대안동[2] 네거리에서 남산을 바라보고 한참 내려가면 베전[3] 병문[4] 큰 길이라. 좌우에 저자하는 사람들이 조석으로 물을 뿌리고 비질을 하여 인절미를 굴려도 검불 하나 아니 묻을 것 같으나, 그 많은 사람 그 많은 소가 밟고 오고 밟고 가면, 몇시 아니 되어 길바닥이 도로 지저분하여서 바람이 기척만 있어도 행인이 눈을 뜰 수가 없는데, 바람도 여러가지라. 삼사월 길고 긴 날 꽃 재촉하는 동풍도 있고, 오뉴월 삼복중에 비 장만하는 남풍도 있고, 팔월 생량[5]할 때 서리 오려는 동북풍과 시월 동짓달에 눈 몰

---

1) 驅魔劍: 마귀를 쫓는 칼이란 뜻으로 중세 비합리주의에 대한 근대 계몽이성의 승리를 상징함.
2) 大安洞: 지금의 안국동.
3) 육의전의 하나로 조선시대 때 서울 종로에서 주로 베를 팔던 시전.
4) 屛門: 골목 어귀의 길가.

아오는 북새[6]도 있으니, 이 여러가지 바람은 절기를 따라 의례히 불고 의례히 그치는 고로, 사람들이 부는 것을 보아도 놀라지 아니하고 그치는 것을 보아도 희한히 여길 것이 없지마는, 이날 베전 병문에서 불던 바람은 동풍도 아니요 남풍도 아니요 서풍·북풍이 모두 아니요, 어디로조차 오는 방면이 없이 길바닥 한가운데에서 먼지가 솔솔솔 일어나더니 뱅뱅뱅 돌아가며 점점 언저리가 커져 도래멍석[7]만 하여 정신차려 볼 수 없이 팽팽 돌며, 자리를 뚝 떨어지며 어떠한 사람 하나를 겹겹이 싸고 돌아가니, 갓 귀영자[8]가 쑥 빠지며 머리에 썼던 제모립[9]이 정월 대보름날 구머리 장군연 떠나가듯[10] 삼마장[11]은 가서 떨어진다.

그 사람이 두 손으로 눈을 썩썩 부비고 입 속에 들어간 먼지를 테테 배앝으며,

"에, 바람도 몹시 분다. 정신을 차릴 수가 없지. 내 갓은 어데로 날려갔을까? 어, 저기 가 있네."

하더니, 한 손으로 탕건을 상투째 아울러 껴붙들고 분주히 좇아

---

5) 生凉: 가을이 되어 서늘한 기운이 생김.

6) 북풍.

7) 새끼 날을 짚으로 싸서 둥글게 엮은 큰 자리.

8) 鉤纓子: 벼슬아치의 갓에 갓끈을 다는 데 쓰는 S자 모양의 고리.

9) 아마도 豬毛笠인 듯. 당상관이 썼던 돼지털로 싸개를 한 갓.

10) 정월 대보름에는 연을 날리다가 줄을 끊음으로써 1년 액을 막는 풍속이 있었음. 액막이연.

11) 마장은 10리가 못 되는 거리를 이를 때 이(里) 대신 쓰는 말이니, 삼마장은 3리임.

가 갓을 집어 들더니, 조끼에서 저사수건[12]을 내어 툭툭 털어 쓰고 가는데, 그때 마침 장옷 쓴 계집 하나이 그 광경을 목도하고 그 사람의 얼굴을 넌지시 보더니 장옷 앞자락으로 제 얼굴을 얼풋 가리고 행랑[13] 뒷골[14]로 들어가더라.

중부[15] 다방골[16]은 장안 한복판에 있어 자래(自來)로 부자 많이 살기로 유명한 곳이라. 집집마다 바깥대문은 게 구멍만하여 남산골[17] 딸깍 샌님[18]의 집 같아야도, 중대문 안을 썩 들어서면 고루거각[19]에 분벽사창[20]이 조요[21]하니, 이는 북촌[22] 세력 있는 토호 재상에게 재물을 빼앗길까 엄살 겸 흉 부리는 계교러라.

그중에 함진해[23]라 하는 집은 형세가 남의 밑에 아니 들어 남노비[24]에 기구[25]있게 지내는 터인데, 한갓 자손복이 없어 낳기는

---

12) 紵紗手巾: 중국 비단으로 만든 수건.

13) 장행랑(長行廊). 조선시대, 종로 큰 거리 양쪽에 지어놓은 전방.

14) 뒷골목.

15) 中部: 조선시대에는 도성을 다섯 구역으로 나누었는데 그중 하나.

16) 현재 광교 근처의 다동.

17) 남촌(南村). 세력을 잃은 양반들이 많이 살았다.

18) 맑은 날에도 나막신을 신고 다닐 정도로 가난한, 그러나 오기가 센 남산골의 양반을 일컫는 말. 샌님은 생원님에서 유래함.

19) 高樓巨閣: 높고 큰 다락집.

20) 粉壁紗窓: 하얗게 꾸민 벽과 깁으로 바른 창.

21) 照耀: 비치어서 빛남.

22) 北村: 권세 있는 양반이 모여 살던 서울 북쪽 동네들.

23) 咸鎭海: 진해는 본명이 아니라 진해 원님을 지냈다는 뜻. 실제 고을살이를 한 것이 아니라 아마도 차함 벼슬인 듯.

펄쩍해도 기르기는 하나도 못하다가, 그 부인 최씨가 삼취(三娶)로 들어와 아들 하나를 낳아놓고 몸이 큰 체하여 집안에 죽젓갱이질[26]을 할 대로 하며, 그 남편까지도 손톱 반머리만치 두려워하지 아니하고, 마음에 있는 일이면 옳고 그르고 눈을 기여[27]가면서라도 직성이 해토머리[28]에 얼음 풀어지듯 하게 하여보고야 말더라.

최씨의 친정은 노돌[29]이라. 그 동리 풍속이 자래로 제일 숭상하는 것은, 존대하여 말하자면 만신이요 마구 말하자면 무당이라 하는, 남의 집 망해주며 날불안당질 하는 것들을, 남자들은 누이님 아주머니, 여인들은 형님 어머니 하여가며 개화 전 시대에 칙사 대접하듯 하여, 봄 가을이면 의례히 찰떡 치고 메떡 치고 쇠머리 북어쾌를 월수 일수 얻어서라도 기어이 장만하여 철무리 큰 굿을 하여야 세상 일이 다 잘될 줄 아는 동리니, 최씨가 어려서부터 보고 듣고 자란 것이 그뿐이러니, 시집을 와서도 그 버릇을 버리지 못하고 어디가 뜨끔만 하면 무꾸리[30]질이요 남편이 이틀만 아니 들어와 자도 살풀이하기라. 어디 새로 난 무당이 있다든

---

24) 男奴女婢에서 '여'자가 빠진 듯.
25) 살림살이가 골고루 갖추어져 있는 형세.
26) 죽을 쑬 때 죽젓광이로 죽을 젓는 일. 남이 하는 일을 휘저어 훼방 놓는 일.
27) 기이다: 남의 눈을 피하다.
28) 얼었던 땅이 녹아서 풀리기 시작할 때.
29) 노량진.
30) 무당·판수 등에게 길흉을 점치는 일.

52

지 신통한 점쟁이가 있다면 남편 모르게 가도 보고 청해다도 보아, 노구메[31]를 올리라든가 기도를 하라든가 무당의 입이나 점쟁이 입에서 뚝 떨어지기가 무섭게 거행을 하니, 이는 최씨 부인이 무당이나 점쟁이를 위하여 그리하는 바가 아니라, 자기 생각에는 사람의 일동일정으로 죽고 사는 일까지라도 귀신의 농락으로만 물 부어 샐 틈 없이 꼭 믿고 정신을 못 차려 그러는 것이러라.

장사 나자 용마가 난다고, 함진해 집에 능청스럽게 거짓말 잘하고 염치없이 도적질 잘하는 안잠 자는[32] 노파 하나가 있어, 저의 마님의 눈치를 보아 비위를 슬슬 맞춰가며 전후 심부름은 도맡아 하는데, 천행으로 최씨부인이 태기가 있어 아들 하나를 낳으니 노파가 신이 열길이나 나서,

노 마님, 마님의 정성이 지극하시더니 칠성님이 돌보셔 삼신 행차가 계시게 하셨습니다. 에그, 아기나 범연[33]한가? 떡두꺼비 같은 귀동자니, 오냐, 무쇠 목숨에 돌끈 달아 수명 장수하여라.

그 아해가 거적자리에 떨어진 이후로 무슨 귀신이 그리 많이 덤비던지 삼일 안부터 빌고 위하는 것이 모두 귀신이라. 겨우 돌지나 걸음발타는[34] 아해가 돈은 제 몸뚱이보다 몇십 갑절이 더 들었더라.

그런데 그 아해에게 펄쩍 잘 덤비는 여귀(女鬼) 둘이 있으니, 최씨 마음에 죽지 아니하였고 살아있어, 그 지경이면 다갱이[35]에

---

31) 산천 신령에게 제사지내기 위해 노구솥에 지은 메밥.
32) 여자가 남의 집에서 잠을 자며 일을 도와주고 사는 것.
33) 泛然: 데면데면함.
34) 걸음발타다: 아이가 처음으로 걸음을 익히기 시작하다.

서부터 발목까지 아드등 깨물어 먹고라도 싶지마는, 죽어 귀신이
된 까닭으로 미운 마음은 어디로 가고 무서운 생각이 더럭 나며,
무서운 생각이 너무 나서 위하고 달래는 일이 생겨, 행담[36]과 고
리짝[37]에다 치마 저고리를 담아서, 둑 방축[38]머리에 줄남생이[39]
같이 위해 앉혔으니, 그 귀신은 도깨비도 아니요 두억시니[40]도
아니요, 못다 먹고 못다 쓰고 함씨 집에 인연이 미진하여 원통히
세상 버린 초취부인 이씨와 재취부인 박씨라. 사람이 죽어 귀신
이 되어 산 사람에게 침노한다는 말이 본래 요사스러운 무녀의
입에서 지어낸 말이라. 적으나[41] 현철한 부인이야 침혹[42]할 리가
있으리요마는, 최씨는 지각이 어떻게 없던지 노파와 무녀의 꾸며
내는 말을 열되들이 정말로만 알고 그 아들이 돌림감기만 들어도
이씨 여귀, 설사 한번만 해도 박씨 여귀, 피륙과 전곡을 아까운
줄도 모르고 무당·점쟁이 집으로 물 퍼붓듯 보내다가 '고삐가
길면 디딘다'더니, 함진해가 대강 짐작을 하고 최씨더러 훈계를
하는데, 본래 함진해의 위인은 무능하지마는 선부형[43] 문견(聞

---

35) 머리의 속어.
36) 行擔: 길 가는 데 가지고 다니는 작은 상자.
37) 고리나 대오리로 엮어서 만든 옷을 담는 상자.
38) 防築: 방죽. 물을 막기 위해 쌓은 둑.
39) 물가에 죽 늘어앉은 남생이.
40) 사나운 귀신의 하나.
41) 약간이라도.
42) 沈惑: 무엇에 정신없이 빠짐.
43) 先父兄: 돌아가신 아버지와 형.

54

見)으로 그같이 요사한 일이 별로 없던 가정이라.

함 여보, 무당·판수[44]라 하는 것은 다 쓸데없는 것이온다. 저희들이 무엇을 알며, 귀신이라 하는 것이 더구나 허무치 아니하오? 누가 눈으로 보았소? 설혹 귀신이 있기로 나의 전 마누라 둘이 다 생시에 심덕이 극히 착하던 사람인데 죽어졌기로 무슨 침탈을 하겠소? 다시는 이씨니 박씨니 하는 부당한 말을 곧 이듣지 마오.

최 죽은 마누라를 저렇게 위하시려면 똥구멍이라도 불어서 아무쪼록 살려 데리고 해로하시지, 남을 왜 데려다 성가시게 하시오? 누가 이씨 박씨의 귀신이 무던하지 아니하다오? 무던한 것이 탈이지. 귀신은 귀하답시고 한번 만져만 보아도 산 사람의 병이 된다오. 인저는 아무가 앓든지 죽든지 나는 도무지 상관치 말리다. 걱정 마시오.

이 모양으로 몰지각하게 폭백[45]하니, 함진해가 어이없어 좋은 말로 타이르고 사랑으로 나간 후에, 최씨가 전취부인들이 살아 곁에 있는 듯이 강짜가 나서,

최 할멈, 영감 말씀 좀 들어보게. 아무리 사내양반이기로 생각이 어찌면 그렇게 들어가나?

노 영감께서 신귀[46]가 그렇게 어두시답니다. 딱도 하시지, 돌아가신 마님 역성을 그렇게 하실 것 무엇 있나? 마님, 영감께서 돌아가신 두 마님과 금슬이 아주 찰떡근원이시더랍니다. 아무리

---

44) 점치는 것을 업으로 하는 소경.

45) 暴白: 분한 사정을 함부로 성을 내어 변명함.

46) 아마도 神鬼인 듯.

그러셨기로 누가 그 마님들을 『옥추경』[47]이나 읽어 무쇠 두멍[48]에 가두었나? 떠받들어 위하시니밖에 더 어떻게 하시라고?

　　최　여보게, 염려 말게. 저년들 무서워 천금같이 귀한 자식을 기르며 두고두고 그 성화를 받을까? 내일 모레 영감께서 송산[49] 산소에 다니러 가시면 산역[50]을 시키느라고 여러 날 되신다데. 세차게 경 잘하는 장님 대여섯 불러오게. 자네 말마따나 『옥추경』을 지독하게 읽어 움도 싹도 없게 가두어버리겠네.

　　노　에그, 너무나 잘 생각하셨습니다. 조금 박절하지만, 두고두고 성가시럽게 구는데 시원하게 처치하여버리시지, 아무리 귀신이기로 심사를 바로 가지지 아니하고 살아계신 양반에게 말만 일리니 박절할 것도 없습니다.

　　최　장안에 어데 있는 장님이 그중 영(靈)한구? 이 근처 돌팔이 장님들은 쓸데없어.

　　노　아무렴, 그렇고말구요. 돌팔이 장님은 무엇에 쓰게요? 제 까짓 것들이 그 귀신을 가두기커녕 범접이나 해보겠습니까, 덧들이기나 하지. 장님은 복차다리[51] 사는 정장님이 아주 제일이라고들 하여요.

　　최　그러면 그 장님을 불러다 일을 하여보세.

------

47) 玉樞經: 소경이 읽는 도가 경문의 하나.

48) 물을 길어 담아두고 쓰는 큰 가마.

49) 松山: 『대동여지도』에 이 지명이 세 군데——양주, 고양, 영종에 보이는데, 여기에서는 양주 송산이다.

50) 山役: 무덤을 만드는 일.

51) 큰 길을 가로지른 개천에 놓은 다리.

약속을 단단히 하고 손가락을 꼽아 기다리다가, 그 남편이 길을 떠난 후 경을 며칠을 읽었던지, 이씨 여귀 박씨 여귀 잡아 가두는 양을 눈으로 현연히 보는 듯키, 최씨 마음에 시원 상쾌하여, 누워 자는 그 아들의 등을 뚝뚝 두드리며, 말도 못하는 아해더러 알아들을 듯키 이야기를 한다.

"만득아, 시원하지? 만득아, 상쾌하지? 너의 전 어머니 귀신들을 다 가두어버려서 다시 못 오게 하였다, 응응. 어머니는 그까짓 것들이 네게 무슨 어머니, 죽은 고혼이라도 어머니 소리를 들어보려면 그까지로 행세를 했을까? 만득아, 그렇지, 응응. 인제는 앓지 말고 잘 자라서 어미의 애쓴 본의 있게 하여라, 응응. 에그 그것이야 엄천하게[52] 잘도 자지."

하며 입을 뺨에다 대고 쭉쭉거리는데, 안잠마누라는 곁에 앉아 최씨의 말하는 대로 어릿광대같이,

"그렇고말고. 마님 말씀이 꼭 옳으시지. 어머니 노릇을 하려면 그까지로 행실을 했겠습니까?"

만득이 볼기짝을 저도 뚜덕뚜덕하며,

"아가, 어머니 말씀을 다 들었니? 이 다음에 어머니께 효성시러운 자손 되고 할멈도 늙게 호강시켜 다고."

가장[53] 만득의 나이 장성하여 말을 아니 듣는 듯이 최씨가 꾸지람을 옳게 한다.

"오, 이놈. 어미의 애쓴 본의 없이 뜻을 거스르든지, 할멈의 길러준 공 모르고 잘살게 아니하여주어보아라. 내 솜씨에 못 배

____

52) 엄전하다: 하는 짓이나 모양이 점잖다.

53) 假裝: 임시로 꾸며서.

길라."

이 모양으로 주거니 받거니 지각 반점 없이 지꺼려가며, 대원수가 되어 십만 대병을 거느리고 적국을 한 북소리에 쳐 없앤 후 개선가나 부른 듯이, 날마다 둘이 모여 앉으면 그 노래 부르기로 세월을 보내더라.

연때가 맞노라고, 하루 빤한 날 없이 잔병치레로 유명한 만득이가 경 읽은 이후로는 안질 한번 안 앓고 잘 자라니, 최씨 마음에 정장님은 천신(天神)만 싶어 만득이의 먹고 입는 일동일정을 모두 그 지휘하는 대로, 남의 집 음식도 아니 먹이고 색다른 천 끗도 아니 입혀, 본래 구기[54]가 한 바리[55]에 실을 짝이 없던 터에 얼마쯤 가입(加入)을 하였는데, 그 명목이 썩 많으니,

세간 놓는 데 손보기[56]

음식 보면 고시레[57]하기

새 그릇 사면 쑥으로 뜨기

쥐구멍을 막아도 토왕[58] 보기

닭을 잡아도 터주에 빌기

까마귀만 울어도 살풀이하기

---

54) 拘忌: 꺼리는 것.

55) 말이나 소에 잔뜩 실은 짐을 세는 단위.

56) 탈이 없도록 방위를 살핌.

57) 고수레. 무당이 굿할 때, 들에서 음식 먹을 때, 남의 집에서 음식을 가져왔을 때 등에 귀신에게 먼저 바친다는 뜻으로 음식을 조금 떼어 던지면서 외치는 소리.

58) 土旺: 토기(土氣)가 왕성하다는 절기.

족제비만 나와도 고사 지내기

　이와같이 제반 악징을 다 부리는데, 정안수 그릇은 장독대 떠날 때가 없고, 고양미 쌀박은 어느 산에 아니 가는 곳이 없으며, 심지어 대소가 사이에 상변(喪變)이 있으면 백일씩 통(通)치 아니하기는 예사로 하더라.

　우리나라에 의학이 발달 못 되어 비명에 죽는 병이 여러가지로되, 제일 무서운 병은 천연두라. 사람마다 의례히 면하지 못하고 한번씩은 겪어, 고운 얼굴이 찍어매기도 하며 눈이나 귀에 병신도 되고 종신지질[59] 해소도 얻을뿐더러 열에 다섯은 살지를 못하는 고로, 속담에 '역질 아닌 자식은 자식으로 믿지 말라'는 말까지 있으니 위험함이 다시 비할 데 없더니, 서양 의학사(醫學士)가 발명한 우두법을 배워온 후로 천연두를 예방하여 인력으로 능히 위태함을 모면하게 되었건마는, 누가 만득이도 우두를 넣어주라 권하는 자 있으면 최씨는 열 스무 길 뛰며 손을 홰홰 내어젓고,

　"우리집에 와서 그대[60] 말 하지도 마오. 우두라 하는 것이 다 무엇인가? 그까짓 것으로 호구별성[61]을 못 오시게 하겠군. 우두 한 아해들이 역질을 하면 별성 박대한 벌역으로 더구나 중하게 한답디다. 나는 아무 때든지 마마께서 우리 만득이에게 전좌[62]하시면 손발 정히 씻고 정성을 지극하게 들이어서, 열사흘이 되거

---

59) 終身之疾: 평생 고칠 수 없는 병.
60) 그런.
61) 戶口別星: 강남에서 와서 마마를 앓게 하는 객성.
62) 殿座: 왕이 자리에 나옴.

든 장안에 한골나가는[63] 만신을 청하고 입담 좋은 마부[64]나 불러 삼현육각[65]에 배송[66] 한번을 쩍지게 내어볼 터이오. 우리가 형세가 없소, 기구가 모자라오?"

하며 사람마다 올까봐 겁이 나고 피해가는 역질을 어서 오기를 눈이 감도록 고대하더니, 함씨의 집안이 결딴이 나려든지 최씨의 소원이 성취가 되려든지 별안간에 만득의 전신이 부집[67] 달듯 하며 정신을 모르고 앓는데, 보얀 물 한술 아니 먹고 늘어졌으니 외눈의 부처[68]같이 그 아들을 애지중지하는 함진해가 오죽하리요? 김주부[69]를 청하여라, 오별제[70]를 불러라 하여 맥도 보이고 화제도 내어 연방 약을 지어다 어서 다려 먹이라 당부를 하니, 함진해의 듣고 보는 데는 상하노소 물론하고 분주히 약을 쉴새없이 다리는 체하다가 함진해만 사랑으로 나가면 그 약은 간다 보아라 귀신 노래만 부르는데, 그렁저렁 삼일이 지나더니 녹두 같은 천연두가 자두지족[71]에 비인 틈 없이 발반[72]이 되었는데, 붉

---

63) 썩 좋은 지체를 드러내다.
64) 마마귀신을 배송할 때 싸리말을 모는 사람.
65) 三絃六角: 거문고·가야금·당비파·북·장구·해금·피리(둘)·
　　태평소 한쌍.
66) 拜送: 천연두를 앓은 뒤 13일 만에 마마귀신을 전송하는 일.
67) 아마도 부집게.
68) 애꾸눈의 눈동자. 즉 매우 귀한 것.
69) 主簿: 원래는 내의원 등에 속한 종6품 벼슬이지만, 일반적으로
　　약국을 내고 있는 사람을 일컬음.
70) 別提: 조선시대 때 정·종 6품에 해당하는 벼슬. 오별제는 활인
　　서에 봉직하는 인물인 듯.

60

은 반은 조금도 없고 배꽃 이겨 붙인 듯하더니, 팔구일이 되면서 먹장 갈아 끼얹은 듯이 흑함[73]이 되며 숨결이 턱에 닿았더라. 역질이라는 병은 다른 병과 달라 증세를 보아가며 약 한첩에 죽을 것이 사는 수도 있고 중한 것이 경(輕)해도 질 터이어늘, 최씨는 약은 비상국만치 여기고 밤낮 들고 돌아다니는 것이 동이 정안수뿐이니, 이는 자식을 아편이나 양잿물을 타 먹이지 아니하였다뿐이지 그 죽도록 한 일은 조금도 다를 것이 없어, 불쌍한 만득이가 지각없는 어미를 만나 필경 세상을 버렸더라. 아무라도 자식 죽어 설워 아니할 이는 없으려니와 최씨는 설움이 나도 썩 수선스럽게 배포를 차리는데,

"그것이 그 모양으로 덧없이 죽을 줄이야 어찌 알아……

인간은 몰라도 무슨 부정이 들었던 것이지……

허구헌 날 눈에 밟혀 어찌 사나……

한이나 없게 큰 굿을 해보았더면 좋을걸, 영감이 하도 고집을 하니까 마음에 있는 노릇을 해볼 수나 있어야지……

제가 좋은 곳으로나 가게 용산 나아가서 지노귀새남[74]이나 하여주어야……"

그 다음에는 목을 놓아 울어내는데, 노파는 덩달아 울며,

노 마님, 그만 그치십시오. 암만 우시면 한번 길이 달라졌는데 다시 살아 옵니까? 마님 말과 같이 새남이나 하여 저승길이

---

71) 自頭至足: 머리부터 발까지.

72) 發斑: 살갗에 발긋발긋한 부스럼이 내돋음.

73) 黑陷: 마마가 곪을 때 출혈이 되어 빛깔이 검어지는 증세.

74) 죽은 사람의 혼령을 천도시키는 굿.

나 열어주시지. 그렇지만 마마에 간 아해는 진배송을 내어야 이 다음에 낳는 자식도 길하답니다.

최 자네 말이 옳은 말일세. 나도 번연히 알면서 미처 생각지 못했네그려. 여보게, 우리 단골더러 진배송을 한번 좀 잘 내달라고 불러주게. 영감도 생각이 계시겠지, 고집 세우다 일을 저질러 놓고 또 무엇이라 하시겠나? 내가 죽더라도 하고 말 터이니 그 염려는 말고 어서 가보게.

노파가 살판이나 만난 듯이 경둥경둥 뛰어 대묘골[75] 모퉁이로 감돌아 들더니, 조그마한 평대문 집으로 서슴지 아니하고 들어가며,

"만신, 계십니까? 만신, 계셔요?"

안방 문이 펄떡 열리며 얼굴에 아양이 다락다락 하는 여인이 끼웃이 내어다보며,

"이게 누구시오? 어서 오시오."

하며 손목을 다정히 끌고 방으로 들어가더니,

만신 그 댁 아기가 구태나 멀리 갔다구려. 나는 벌써부터 그 럴 줄 알면서도 박절히 바로 말을 못했소. 그래 어찌해 오셨소? 자리걷이[76]하신다고 나를 불러오라십드니까?

노 자리걷이가 아니라 진배송을 내신다고 제구를 다 차려가지고 내일로 오시라고 하십디다.

하며 앞뒤를 끼웃끼웃 둘러보며,

노 누구 들을 사람이나 없소?

만 아무도 없소. 걱정 말고 세상없는 말이라도 다 하시오.

---

75) 현재 종묘 근처.

76) 관을 내간 뒤 집 가시는 일의 하나.

노 만신 ……지금 세상에 상전의 빨래를 해도 발뒤꿈치가 희다 하는데, 이런 판에 좀 먹지 못하고 어느 때 먹소? 나 하라는 대로만 다 하고 보면 전천(錢千)이나 잘 떼어먹을 터이오.

만 아무렴, 먹는 것은 어데로 갔든지 마누라님 지휘를 내가 아니 들으며 또 돈이 생기기로 내가 마누라님을 모르는 체하겠소? 그대 말은 하나마나, 무슨 일이오, 이야기나 하시구려.

노파가 앞으로 다가앉으며, 만득이 병중의 하던 말과 찾던 것을 낱낱이 형용하여 이르고, 무에라무에라 한동안 지꺼리더니,

"꼭 되지 아니했소? 그렇게만 하고 보면 세상없는 사람도 깜짝 반하지."

만 아니될 말이오. 그 모양으로 어설프게 해서 큰 돈을 먹어 보겠소? 별말 말고 내 말대로 합시다.

노 아무렇게 하든지 일만 잘하구려.

만 내야 사흘이 멀다 하고 그 댁에를 북 드나들듯 하였으니 세상없이 영절시러운 말을 하기로 누가 믿겠소? 마누라님도 아마 아실걸, 저 국수당[77] 아래 있는 김씨 만신이 배송 잘 내기로 소문나지 아니했소? 지금으로 내가 그 만신을 가보고 전후 부탁을 단단히 할 것이니, 마누라님은 댁으로 가서 마님을 뵈옵고 곧 이들으시도록 꾸며대구려.

노 옳소. 그것 참 되었소. 그 만신 소문을 우리 댁 마님도 들으시고, 그리지 아니해도 일상 한번 불러 보시든지 가 보신다고 하시면서도, 혹 단골이 노여하면 어찌하리 하시고 계신 터인데,

---

77) 國師堂: 남산 꼭대기에 둔 목멱신사의 사당. 일제가 여기에 조선 신궁을 지어 국사당은 인왕산으로 옮겨감.

당신이 천거하더라고 여쭙기만 하면 얼마쯤 좋아하실 것이오. 마님께서 기대리실 터이니까 나는 어서 가야 하겠소. 김만신 집에를 즉시 가보시오.

하고 두 걸음 나아가다 다시 돌아서며,

　노　김씨 만신이 좋기는 하오마는 나와는 생소하니 다 알아서 부탁하여주시오.

　만　그만만 해도 다 알아듣소. 염려 말고 어서 가시오.

　이 모양으로 별순검[78] 변[79] 쓰듯 끝만 따 수작을 하고, 노파의 마음이 든든하여 집으로 돌아오더니 최씨를 보고 언구럭[80]을 피우는데,

　노　마님, 단겨왔습니다. 아마 대단히 기대리셨을 걸이요. 얼른 단겨온다는 것이 그렇게 되었습니다.

　최　늙은 사람 행보가 자연 그렇지, 그에서 더 속히 올 수 있나? 그래, 단골더러 내일 오라고 일렀나?

　노　단골이 오는 것이 다 무엇입시오? 제가 앓아서 거진 죽게 되었던데요.

　최　그리면 어떻게 한단 말인가?

　노　마님, 일상 말씀하시던 국수당 만신이 하도 소문이 났기에 지금 가서 내일로 일을 맞추고 왔습니다.

　최　국수당 만신이라니 금방울 말인가?

　노　네네, 금방울이올시다.

---

78) 別巡檢: 구한국 때 제복을 안 입고 비밀 정탐에 종사하던 순경.

79) 암호.

80) 사특하고 교묘한 말로 남을 농락하는 태도.

금방울의 별호 해제를 들으면 요절 아니할 사람이 없으니, 얼굴이 누르퉁퉁하여 금빛 같다 금이라 한 것도 아니요, 키가 작아 때글때글 굴러단기는 것이 방울 같다고 방울이라 한 것도 아니라. 그 무당의 입에서 떨어지는 말이 길흉간 쇠소리 나게 맞는다고 소리 나는 쇠로 별호를 지을 터인데, 쇠에 소리 나는 것이 허구많지마는 종로 인경이라 하자니 너무 투미하고[81] 징이나 꽹과리라 하자니 너무 상스러워 아담하고 어여쁜 방울이라 하였는데, 방울 중에도 납방울·시우쇠[82]방울·은방울, 여러가지 방울이 있으되 썩 상등으로 대접하느라고 금방울이라 하였으니, 금이라는 것은 쇠 중에 일등 될 뿐 아니라 그 무당의 성이 김가니 김은 곧 금이라고, 이 뜻 저 뜻 모두 취하여 금방울이라 하였더라.

금방울의 소문이 어떻게 났던지 남북촌 굵직굵직한 집에서 단골 아니 정한 집이 없어, 한달 삼십일 하루 열두시 어느 날 어느 때에 두 군데 세 군데 의례히 부르러 와, 몸뚱이가 종잇장 같으면 이리 저리 찌어져지고 말았을 터이러라. 원래 무당이라 하는 것은 보기 좋게 춤이나 추고 목청 좋게 소리나 잘하고 수다스럽게 지꺼리기나 잘하면 명예를 절로 얻어 예 간다 제 간다 하는 법인데, 금방울이는 한때 해먹고 살라고 하나님이 점지해 내셨던지 그 여러가지에 한 가지 남의 밑에 아니 들뿐더러 남의 눈치 잘 채우고 남의 말 넘겨짚기 잘하고 아양 능청 온갖 재주를 구비하였는데, 함진해 마누라의 무당 좋아한다는 소문을 듣고 어떻게 하면 한번 어울려들어 그 집 세간을 홀쭉하도록 빨아먹을꼬 하고

---

81) 어리석고 둔하다.

82) 무쇠를 불려서 만든 쇠.

아라사 피득황제[83]가 동양 제국을 경영하듯 하던 차에, 함진해 집에서 부른다는 말을 듣고 다른 볼일은 다 제쳐놓고 다방골로 내려와 함씨 집 안방으로 들어오며, 첫대[84] 앙큼스러운 거짓말 한번을 내어놓는데, 최씨는 아들 참척[85]을 보고 설우니 원통하니 하는 중에도 금방울의 말이 어떻게 재미가 있는지 오줌을 잘곰잘 곰 쌀 지경이라.

　금방울　세상에, 이상한 일도 있어라. 예 없던 신그릇에서 방울이 딸딸 울며 두 어깨에 짐이 잔뜩 실리더니 제 집에 뫼신 호구아기씨께서 인도를 하시기에 꿈결인지 잠결인지 한 곳에를 가 보았더니 집 모양이든지 방안 세간 놓인 것까지 영락없이 댁일세. 신통도 해라.

　최씨는 미처 대답하기 전에 노파가 한번 더 초를 쳐 찰떡 반죽하듯 한다.

　노　꿈도 영검하셔라. 만신이 댁과는 적지 아니한 연분이시구려. 마님께서는 그런 현몽하신 바는 없으셔도 일상 마음이 절로 키어서 만신을 보시고 싶다 하셨다오.

　최　만신의 나이 손아래일 듯하니 처음 보아도 서어하지[86] 않도록 하게 하겠네. 지금 할멈도 말했지마는 어찌해 그런지 일상 만신이 보고 싶더니 좋은 일에 청해오지 못하고, 에구에구……

---

83) 러시아의 뾰뜨르 대제(Pyotr, 1672~1725): 서유럽화에 주력하
　는 한편, 동쪽으로 발트해와 카스피해 연안까지 영토를 확장함.
84) 첫 대면에.
85) 慘慽: 아들 딸이나 손자 손녀가 일찍 죽음.
86) 서름서름하여 탐탁치 않다.

팔자 사오나와 열 소경의 한 막대 같은 자식을 죽이어 궂은 일에
청하였네그래, 에구에구…… 그 끔찍시러운 일을 보고 모진 목숨
이 살아 있기는 그 자식의 저승길도 밝혀주려니와 더러운 욕심이
무슨 낙을 다시 볼까 하지, 에구에구……
하더니, 노파를 부른다.

　최　할멈, 어서 배송 제구를 차려놓고 사랑에 나아가 영감께
내 말로 여쭙게.

　노　제구는 어제 다 장만한 것을 또다시 차릴 것이 있습니까마
는 영감께 무엇이라고 여쭈랍시오? 걱정이나 듣게요.

　최　걱정은 무슨 걱정을 하신단 말인가? 내 말대로 이렇게 여
쭙게. 역질에 죽은 아해를 진배송을 아니 내어주면 원귀가 되어
다시 환토를 못할뿐더러 이 다음에 낳는 아기게도 길하지 못한
일이 생긴다니, 그것이 참말이나 거짓말이나, 알고서야 그대로
있을 수 없습니다. 자세 자세 여쭙되 처음에 걱정 좀 하신다고
머쓱히 돌아서지 말고 알아들으시도록 말씀을 하게. 그래서 정
아니 들으신대도 나는 그래도 시작하겠네.

　노파가 사랑으로 나아가 한나절을 서서 핀잔을 먹어가며 어떻
게 중언부언하였던지 함진해가 슬머시 못 이기는 체하고 드러누
우니, 이는 노파의 말솜씨가 소진·장의[87] 같아 속아넘어간 것도
아니요 이치가 그러한 듯하여 어기지 못하리라 한 것도 아니라.
어리석은 생각에 자기 마누라 뜻을 너무 거스르다가 감정이 더럭
나면 집안에 화기를 잃을 지경이라 하여, 혼잣말로,

---

87) 蘇秦·張儀: 전국시대의 모사들. 말 잘하는 사람을 일컬음.

'계집이라는 것은 편성(偏性)이라, 옳고 그르고 너무 억제하게
되면 저 잘못하는 것은 모르고 야속한 생각만 날 터이오. 또 요
사이 몹쓸 경상을 보고 울며불며 하는 터이요, 나 역시 아무 경
황 없어 세상사가 귀치 않다.'
하고, 할멈의 말을 잠잠히 듣다가,
  "아무 짓이든지 하고 싶은 대로 하라게그려. 말리지 아니하네."
  노파가 그 말 한마디를 듣더니 엉덩춤이 절로 나서 열 걸음을
한 걸음에 뛰어 들어오며,
  "마님, 인제는 걱정 마옵시오, 영감께서 허락을 하셨습니다.
만신, 마음 턱 놓고 징 장구 울려가며 진배송이나마 산배송 다름
없이 마님 속이 시원하시게 잘 내어주오."
  금방울이 신옷을 내어 입고 장단을 맞추어 춤 한바탕을 늘어지
게 추다가, 매암 한번을 뺑뺑 돌며 왼손에 들었던 방울을 쩔레쩔
레 흔들더니 숨 한번을 오려[88]논에 새 쫓듯 위-이- 쉬고서 공
수[89]를 주되, 호구별성이 금방 온 듯이 최씨를 불러세고 수죄[90]
를 하는데, 세상 부정 모두 몰아다 함진해 집에다 퍼부은 듯이
주워섬긴다.
  "어허, 괘씸하다. 최씨 계주[91]야, 네 죄를 네 모를까? 별성
행차를 몰라보고 물로 들어 수살(水煞) 부정(不淨), 불로 들어
화살(火煞) 부정, 거리거리 성황 부정, 아침 저녁 주왕[92] 부정,

---

88) 올벼. 철 이르게 익는 벼.
89) 무당이 죽은 사람의 뜻이라고 전하는 말.
90) 數罪: 죄진 일들을 세어가며 들추어냄.
91) 季主: 무당이 단골집의 주부를 일컫는 말.

사람 죽어 상문[93] 부정, 그릇 깨져 악살 부정, 쇠털같이 숱한 부
정을 아니 범한 것이 없고나. 앉어서 삼천리요 서서는 구만리라.
너희 인간은 몰라도 내야 어찌 속을소냐? 어허, 괘씸하다. 네
죄를 생각거든 네 아들 데려간 것을 원통타 말아라.”

이때 최씨와 노파는 번차례로 나서 손바닥을 마주 대어 가슴에
높이 들고 썩썩 비비면서 입담이 매우 좋게 비는데,

“허(許)하고 사(赦)합시사. 인간이라 하는 것이 쇠술로 밥을
먹어 아무것도 모릅니다. 여러가지 부정을 다 쓸어버려서 함씨
가중을 참기름같이 맑혀줍소사. 입은 덕도 많삽거니와 새로 새
덕을 입혀주사 죽은 자식은 연화대[94]로 인도해주시고 새로 낳는
자손을 수명 장수하게 점지해줍시사.”

금방울이 또 한번 춤을 추다 여전히 매암을 돌며 휘이 휘 소리
를 하더니, 황주(黃州)·봉산(鳳山) 세청[95] 미나리[96] 곡조같이
노랑목[97]을 연해 넣어가며 넋두리가 나오는데, 최씨 마음에는
　‘아마 만득이 넋이 들어왔거니’
싶어, 제가 살아오나 다름없이 소원의 일이나 물어보고 원통한
말이나 들어보겠다 하고 바싹바싹 들어서더니, 천만 뜻밖에 다시
오려니 생각도 아니하였던 귀신이 왔더라.

---

92) 조왕: 부엌을 맡은 신.
93) 喪門: 사람이 죽은 극히 흉한 방위.
94) 蓮花臺: 극락에 있다는 대.
95) 아마도 細淸, 곧 가늘고 맑은 소리.
96) 농부들이 논에서 부르는 민요의 한 가지.
97) 높이 떠는 목소리.

금방울 눈에서 눈물이 더벅더벅 떨어지며,

"에그, 나 돌아왔소, 내가. 이 집에 인연 지고 시우[98] 진 내요. 에그 할멈, 나를 몰라보겠나? 아, 삼년 석달 병 들어 누웠을 때 단잠을 못다 자며 지성으로 구완해주던 자네 은공 죽은 넋이라도 못 잊겠네에. 침방(寢房)에 있는 반닫이 안에 나 시집올 때 가지고 온 은반상(銀飯床)이 있으니 변변치 않으나 그것이나 갖다가 내 생각 하여가며 받아 먹게에. 에그, 원통해라아. 정도 남다르고 의도 남다르더니 한번 죽어지니까 속절이 없고나아."

이때 구경하는 집안 식구들이 제각기 수군거리는데, 어떤 계집은

"여보 형님 형님, 저게 누구의 넋이 들었소? 아마 재취마님이지."

어떤 계집은

"아닐세. 은반상 해가지고 오셨다는 것을 들어보게. 초취마님이신가 뵈. 이별제댁(李別提宅)이 부자로 사시는 때문에 그 마님 시집오실 제 퍽 많이 가지고 오셨다데. 재취마님 친정은 억척 간난하여서 이 댁에서 안팎을 싸오셨는데 은반상이 다 무엇인가, 질그릇도 못 가져왔다네."

어떤 계집은

"아주머니 말씀이 옳소. 영감마님과 금실도 초취마님이 계셨지, 재취마님과는 나무 공이 등 맞춘 것같이[99] 삼년이나 사시며 말 한마디 재미있게 해보셨소?"

그중에 한 계집은 여러 사람의 이야기하는 것을 한편으로 들어

---

98) 아마 時運.

99) 서로 상반된 것을 이르는 속담.

가며 행주치마 자락을 접어들고 두 눈에서 새암솟듯 나오는 눈물 이리 씻고 저리 씻고 흑흑 느껴 우는데, 이때에 최씨는 눈꼬리가 실쭉하여 아무 말도 아니하고 섰다가 혀를 툭 차며,

"저렇게 원통한 것을, 누가 죽으라고 고사를 지냈나? 이년 삼랑아, 보기 싫다. 너는 죽은 사람만 밤낮 못 잊어, 아해 때부터 드난[100]을 했나니 무던한 심덕을 못 잊겠나니 하며 산 나는 쓴 외 보듯 하는 터이니, 공연히 소요시럽게 울고 섰지 말고 저렇게 왔을 때에 아주 따라가려무나. 할멈, 나가서 영감 여쭙게. 귀신이 보고 싶다네, 그 소원이야 못 풀어주겠나?"

함진해가 집안에서 뚱땅거리는 것이 듣기 싫어, 의관을 내려 입고 친구 집에 가서 바둑이나 두다 오려고 막 나서다가, 할멈이 나아와 큰마누라의 혼이 들어와 청한다는 말을 듣고 속종으로,

'이런 미친 무당년도 있나, 여인들을 속이다 못하여 나까지 속여보려고. 대관절 그년의 거동을 구경이나 해보아. 정 요사시럽거든 당장 내어쫓으리라.'
하고 노파 뒤를 따라 안으로 들어오며,

"우리 죽은 마누라가 어데 왔어, 응?"

그 말이 채 그치기 전에 넋두리하던 무당이 마주 나아오며 대성통곡하더니, 함진해의 입이 딱 벌어지며 혀가 홰홰 내둘리게 수작이 나온다.

"에그 영감, 나를 몰라보오오? 아무리 유명(幽明)이 달라졌기로 어찌면 그다지 무정하오오? 나 병 들었을 때에 무엇이라고

---

100) 임시로 드나들며 남의 집에서 고용살이 함.

하셨소오? 십년 동거하던 정을 버리고 왜 죽으려 드느냐고 저기
저 창 밑에서 더운 눈물을 더벅더벅 떨어뜨리시던 양을 보고, 죽
은 나의 뼈가 아프며 눈을 못 감겠더니, 이 눈이 꺼지지 않고 살
이 썩지도 않아, 밤낮 열나흘 경을 읽어 구천 응원이 호통을 하
고 소거백마[101]가 선봉이 되어 앞뒤에다 금사진을 치고 움도 싹
도 없이 잡아 가두려 하였으니, 아무리 영감이 하신 일은 아니시
나 인정에 어찌 모르는 체하오오? 간신히 자취를 숨겨 이 집을
떠나갈 제 원통하고 분한 생각 어느 날 어느 때에 잊히겠소오?
이 집 저 집 여어보며 수수밥 조죽 사발로 고픈 배를 채우면서
그동안 세월을 보내던 내오오?"

그때 곁으로 왔던 무당이 별안간에 손벽을 치며 넋두리가 또
나오는데,

"에그, 나 돌아왔소. 이팔 청춘에 뒷방 마누라가 되어 긴 한숨
짜른 탄식으로 평생을 마치던 박씨 내오오? 여보 영감, 그리를
마오. 살아서 박대하고 죽어서도 미워하여 밝은 세상을 보지도
못하게 경을 읽어 가두려 드오오? 에그, 지극 원통해라아!"
하더니 그 다음부터는 둘이 병창(竝唱)을 하여 훅훅 느껴가며,

"우리 둘이 전후취로 영감께 들어와 생전에는 서로 보지도 못
했으나 고혼은 남과 달라아, 손목을 마주잡고 설운 눈물이 마를
날 없이 전전걸식(轉轉乞食) 단기다가, 칠월 보름날 사시[102] 초
에 베전 병문에서 영감을 만나, 이씨 나는 동남풍이 되고 박씨

---

101) 素車白馬: 흰 포장을 두른 수레와 흰 말. 적에게 항복할 때 또
　　는 장례할 때 쓴다.

102) 巳時: 오전 9시에서 11시까지.

나는 서북풍이 되어 두 바람이 모여 회오리바람이 되었소오. 영감의 가시는 길을 에워싸고 이리 돌고 저리 돌고 감돌고 푸돌며 지접(止接)할 곳을 두루 찾더니, 영감 쓰신 제모립이 둥둥 떠나가 일마장(一馬場) 밖에 가 떨어지기에 우리가 그 갓에 은신을 했더랬소오. 그 길로 영감을 따라 집에를 돌아온 지 보름이 다 되도록 국내 장내[103] 맡기만 했지 떡 한 덩이 못 얻어먹었소오. 여보아라 최씨야, 우리를 그렇게 박대하고 무사할 줄 알았더냐? 네 자식 데려간 것을 원통타 말아아. 별성마마께 호소하고 네 자식을 잡아왔다아!"

상하노소 여인들이 서로 수군수군하며,

"에그, 저것 보아. 초취 재취 두 마님이 모두 오셨네."

"그런데 그게 무슨 소리까? 영감더러 하는 말씀이 이상도 하지. 그리니까 댁 아기를 그 마님이 데려갔구려. 누가 그대 뜻이나 했을까? 경 읽어 가두면 다시 세상에 못 나오는 줄 알았더니 경도 쓸데없어."

이 모양으로 공론이 불일(不一)한데, 이씨 박씨의 죽은 넋이 함진해의 산 넋을 다 빼갔던지, 함진해가 금방울의 입만 물끄러미 건너다보고 두 눈물이 핑 돌며,

"허허, 무당도 헛것이 아니로군. 내가 베전 병문에서 회오리바람을 만난 것을 집안 사람도 본 이가 없고 아무더러도 이야기한 적도 없는데 여합부절[104]로 말하는 양을 본즉 귀신이라는 것이 있기는 있는걸."

---

103) 국냄새 장냄새.

104) 如合符節: 부절을 맞춘 듯 사물이 꼭 들어맞음.

하고 최씨더러 책망을 하는데, 함진해 생각에는 예사로 하는 말이지마는 최씨 듣기에는 죽은 마누라 역성이 시퍼런 것 같더라.

　함　집안에서 나만 쌀쌀 기이고 못할 짓이 없었군. 아무리 죽은 사람이기로 내 가속 되기는 일반인데 어느 틈에 『옥추경』을 읽어 가두려 들었던구? 마음을 그렇게 독하게 쓰고서야 자식을 보전할 수가 있나?

　혀를 툭툭 차며 할멈 이하 여러 계집종을 흘겨보며,

　"이년들, 아무리 마님이 시기기로 내게는 한마디 고하는 년이 없고. 네 이년들, 견디어보아라, 차후에 무슨 변이 또 있으면 그제는 한매에 깡그리 때려죽일 터이다. 너희년쯤 죽이면 귀양밖에 더 가겠느냐?"

　최씨는 자기 남편의 하는 양을 보고 옥니가 뽀도독뽀도독 갈리며 강열이 바싹 치밀지만, 부지중에 소원 성취된 일 한 가지가 있어 분한 줄도 모르고 설운 줄도 모르고 도리어 빌붙느라고 골몰중이니, 그 성취된 소원은 별것이 아니라 자기 남편이 무당이라면 열 스무 길씩 뛰더니, 넋두리 한바탕에 고집 세던 응어리가 확 풀어지며 깜짝 반하는 모양이라. 이제는 쉬쉬 할 것 없이 펼쳐내어놓고 할 노릇을 한껏 다하겠다 하고, 목소리를 서늘하게 눅여가며,

　최　영감, 내가 다 잘못한 일인데 하인들 걱정하실 것 있소? 집안에 우환도 하도 떠나지 아니하기에 그리면 나을까 하고 지각없는 일을 했었구려. 그리기에 여편네지, 그렇지 아니하면 여편네라고 하겠소? 이 다음부터는 집안만 편안하다면 이씨 박씨 두 귀신을 내 등에 업어 모시기라도 하리다.

함진해의 위인이 이단을 물리치고 오도[105]를 존중하는 도학군자라든지 원소를 궁구하여 물질을 분석하는 물리박사 같으면, 물 같은 심계(心界)가 휘저어도 흐려지지 아니할 것이요 산 같은 지조가 흔들어도 빠지지 아니할 터이지마는, 여간 주어들은 문견(聞見)으로 점잖은 모양을 강작(强作)하여, 무당 판수를 반대하던 것이 첫째는 남이 흉볼까 함이요 둘째는 인색에서 나옴이라. 실상은 의심이 믿음보다 많아 귀신이 있는 듯도 하고 없는 듯도 하던 차에, 없는 증거는 보지 못하고 있는 증거는 확실히 본 듯싶어서, 어서[106] 회사를 발기하든지 학교를 설립하든지 고금(庫金)이나 보조를 청구하면, 당장 굶고 벗는 듯이 엄살을 더럭더럭 하여가며 한푼 돈 내기를 떨던 규모가 별안간에 어찌 그리 희떠워졌는지, 싸고 싸두었던 이천(利川) 자채벼[107] 작전[108]해온 돈을 아까운 줄 모르고 펄쩍 날라다 별비(別備)를 써가며 무당 하라는 대로 시행을 하는데, 눈치 빠른 금방울이는 함진해의 하는 거동을 보고 새록새록 별소리를 다 지어내어 번연히 제 입으로 말을 하여 제 욕심을 채우면서도 저는 아무 상관 없는 듯이,

"이씨가 노자를 달라 한다.

박씨가 의복차[109]를 달라 한다.

당집을 짓고 위해달라.

---

105) 吾道: 유자들이 유교의 도를 일컫는 말.

106) 어디에서.

107) 상품 쌀로 유명한 올벼의 한 품종.

108) 作錢: 물건을 팔아 돈을 장만함.

109) 衣服次: 옷 해 입으라고 주는 돈.

달거리로 굿해달라."

하여 당장에도 빼앗고 싶은 대로 빼앗고 이 다음까지 두고두고 우려먹을 거리까지 장만하는데, 거죽 인심을 푹 얻어놓아야 아무 중병이 아니 나겠다 하고, 만득이 넋두리를 대미쳐 하며, 나 업어준 공으로 할멈은 무엇을 주고 젖 먹여준 공으로 유모는 무엇 무엇을 주고 삼랑이 은단이는 이것 저것을 차례로 주라고, 어머니 아버지를 연해 불러가며 부탁을 하여, 파산선고 당한 집의 판셈[110]하나 다름없이 집어내려 들더라.

싸리말[111] 짚오장이[112]에 홍양산(紅陽傘) 수팔련[113]을 갖추어, 입담 좋은 마부놈이 마부타령을 거드럭거려 하며 호구별성을 모시고 나가는데, 그림자나 흔적도 없는 치행[114]에 찾는 것이 어찌 그리 많은지 형형색색 이루 섬길 수 없는 중, 대은전쾌[115]를 지어 말 워낭[116]을 달아라, 세백목필[117]을 채여 마혁[118]을 달아라, 마량(馬糧)을 달라, 대갈[119]값을 달라, 요기차[120] 신발차[121] 등

---

110) 빚진 사람이 자기 재산을 빚준 사람들에게 죄다 맡기고 나누어
  가게 하는 일.

111) 싸리로 만든 작은 말. 마마에 걸린 지 12일째 되는 날 역신을
  내어쫓을 때 씀.

112) 오쟁이: 짚으로 만든 작은 섬.

113) 水波蓮: 잔치 때 쓰는 종이로 만든 연꽃.

114) 治行: 길 떠나는 행장.

115) 은돈 꿰미.

116) 마소의 턱 아래 늘어뜨리는 쇠고리.

117) 細白木疋: 올이 가는 무명 필.

118) 馬革: 말 안장 양쪽에 꾸밈새로 늘어뜨리는 고삐.

속의 달라는 소리가 한 끈에 줄줄 이었더라.

그전에는 최씨가 안잠마누라를 데리고 역적 모의하듯, 그대 소문이 날세라 그대 눈치가 보일세라 하여가며 집안 망할 짓을 하더니, 이제는 도리어 자기 남편이 알지 못할까봐 겁을 내고, 함진해는 그런 말을 듣기가 무섭게 내 집에 쓰던 돈이 없으면 남에게 빚을 내어다라도 그 시행은 하고야 마는데, 장안 만호 집집마다 날 곧 밝으면 개문(開門)하니 만복래(萬福來)로 떡떡 열어젖뜨려 가까운 친척이나 정다운 친구들이나 나오기도 하고 들어가기도 하건마는, 밤이나 낮이나 잠시 아니 열어놓고 안으로 빗장을 굳게 질러 적적히 닫아두는 대문은 함진해 집이라. 그 집 대문을 왜 그렇게 닫아두었는고 하니, 매삭 초하루 보름으로 고사도 지내고 기도도 하느라고 부정한 사람이 내왕할까 염려하여, 대문 주초[122] 앞에 황토를 삼태로 퍼부어두고 좌우 설주[123]에 청솔가지를 날마다 꽂아두건마는, 그 사정 모르는 사람은 종종 들어오는 고로 그 폐단을 없이하느라 그 문을 아주 닫은 것이더라.

하루는 황혼이 될락말락하여 대문에서 벼락치는 소리가 나며 노파가 들어오더니, 최씨 입에서 사북 개천 같은 욕설이 나오는데,

최 그 양반이 왜 그리 성가시게 굴어? 그것 참 심상치 아니한 심사야. 죽어서 꽁지벌레밖에 안될걸. 그 모양이니까 나이 사

---

119) 말굽 따위에 편자를 신기는 데 박는 징.

120) 療飢次: 요기하라고 하인에게 주는 돈.

121) 신발 값.

122) 柱礎: 주춧돌.

123) 문설주: 문짝을 끼워 달기 위하여 문의 양쪽에 세운 기둥.

십이 불원(不遠)하도록 초사[124] 하나 못 얻어하고 비렁뱅이꼴로 돌아단기지. 남 잘사는 것이 자기 못사는 것보다 더 배가 아픈 것이로군.

노 왜 그 상제(喪制)님이 남이십니까? 남도 아니신데 그리시니까 딱하시지요.

최 일가 못된 것은 남만 못하다네. 친형인가, 친아우인가? 사촌부터야 남이나 질 것이 무엇인가? 에그, 나는 일가도 귀치 않고 당내[125]도 성가시러워. 모두 일본이나 아라사로 떠나가기나 했으면 이꼴 저꼴 아니 보겠네.

함진해는 영문도 모르고 저녁밥을 먹으러 들어오다가 그 광경을 보고,

함 왜 누가 어찌했길래 그리하오? 떠들지 않고는 말을 못하오? 요란시럽소.

최 누구는 누구야요? 진위[126] 상제님인지 누구인지, 날송장을 주무른 지가 석달 열흘도 못 되고서, 아무리 대소가(大小家)기로 무엇하러 와서, 대문이 닫혔으면 고만이지 발길로 박차고 들어올 것이 무엇이란 말이오? 번연히 알며 심사 부리는 것이지. 에그, 이 노릇을 어떻게 하나? 두달 반이나 들인 공이 나무아미타불이 또 되었지. 삼신맞이를 하려면 번번이 이렇게 재앙이 드니 우리 팔자에 자식이 아니 태었는지, 삼신제왕이 아무리 점지하시려니 이 모양으로 인간 부정이 있으니까 괘씸히 보시지 아

---

124) 初仕: 처음으로 벼슬에 오름.

125) 堂內: 팔촌 이내의 동성동본 일가.

126) 振威: 오산 아래 송탄 위에 있는 지명.

니할 수가 있나?

함진해가 입맛을 쩝쩝 다시고 남 듣게 말은 아니해도 속종으로는 부인의 말을 조금도 반대가 없이 자기 사촌을 긴치 않게 여겨서,

"사람도 지각 날 나이 되었건만, 응. 글자가 그만치 똑똑하여 각색 사리를 알 만한 것이 술 곧 먹으면 방정을 떨어어. 방정을 떨면 제 집에서나 떨지, 내 집에까지 와서 왜?"

입맛을 또 한번 쩝쩝 다시고 앉았다가 소리를 버럭 질러,

"삼랑아, 네가 가서 보아라. 작은댁 상제님인지 누구인지 갔나, 그저 있나? 그저 있거든 내서 들어오지 말고 냉큼 가라 하더라고 일러라."

삼랑이가 대답을 하고 중문간에를 막 나가는데, 상제 하나이 추포[127] 중단[128]에 새 방립[129]을 푹 숙여쓰고 휘적휘적 들어오다가 삼랑이를 보고,

상제 영감 어데 계시냐?

삼랑 아낙[130]에 계신데 밖에 상제님 오셨다는 말씀을 들으시고 들어오실 것 없이 바로 가시라 하셔요.

상 들어오지 말라고, 들어오지 말라고? 왜 들어오지 말라고?

하며 삼랑이 말은 다시 대꾸도 아니하고 바로 안마루 위에를 썩

---

127) 거친 베.

128) 中單: 사내가 상복 속에 입는 소매 넓은 두루마기.

129) 方笠: 상제가 밖에 나갈 때 쓰는 방갓.

130) 부녀가 거주하는 곳의 존칭.

올라서며 "형님!" 한마디를 부르더니 대성통곡을 드러내놓으니, 함진해는 가슴이 덜꺽 내려앉으며 여기[131]가 질려 아무 말도 못하고, 최씨는 독이 바싹 나서 아랫목에 앉았는 채 내어다보지도 아니하고 악만 바락바락 쓴다.

　　최　왜 와서 울어요, 왜 와서 울어요? 멀쩡한 집안에 왜 와서 울어요? 우리 집에서도 초상난 줄 아시오? 아무리 대소가간(間)이기로 깃옷[132]을 입고 구태여 들어오실 것이 무엇이오?

　　이 모양으로 수숙간[133] 체통은 조금도 없이 무지막지하게 말을 하니, 전 같으면 함진해가 자기 부인을 적지아니 나무라고 사촌의 우는 것을 좋은 말로 만류하였을 터이지마는, 사람의 심장이 변하기로 어쩌면 그렇게 변하였는지, 사촌이라도 친형제나 다름없이 자별하던 우애를 꿈에도 생각지 아니하고 영창[134]을 메붙이며,

　　"이놈아, 내 집에 와서 울 곡절이 무엇이냐? 설우면 네 집 상청[135]에서나 울지. 나이 사십이 불원(不遠)한 것이 방갓 귀를 쳐뜨리고 돌아다니며 먹을 것만 여겨 술만 퍼먹고 주정은 내게 와 해? 나는 네 주정받이 하는 사람이냐?"

　　그 상제의 선친은 곧 진해의 작은 삼촌 함지평[136]이라. 육십지

---

131) 銳氣: 날카로운 기세.
132) 졸곡 때까지 입는 생무명의 상복.
133) 嫂叔間: 형제의 아내와 남편의 형제 사이.
134) 影窓: 유리를 끼운 창.
135) 喪廳: 영궤와 혼백. 신주를 모셔두는 곳.
136) 함지평은 오늘날 양평에 속하는 砥平 원님을 지낸 듯.

년이 되도록 분호(分戶)를 아니하고 백씨[137]와 일문동거(一門同居)하여 화기가 더럭더럭하였고, 백씨 돌아간 뒤에도 그 조카 함일덕[138]의 공부도 시키고 살림 뒷배도 보아주느라 그 곁집을 사들고 하루도 몇번씩 큰집에 와서 대소사 분별을 하여주더니, 최씨가 삼취 질부(姪婦)로 들어온 후로 열 가지 일이면 아홉 가지는 뜻에 맞지 아니하여 한두 번 이르고 나무라다 점점 의만 상할 지경이라. 차라리 멀찍이 가서 살아 눈에 보고 귀에 듣지 아니하려고 진위로 낙향하였더니, 수토가 불복[139]하여 그렇던지 우연히 병이 들어 장근 삼년[140]에 신접살이 변변치 못한 재산이 여지없이 탕패할뿐더러 필경 백약이 무효하였는데, 그 아들 일청은 성품이 정직하여 사리에 조금이라도 온당치 아니한 것을 보면 듣는 사람이 싫어하든지 미워하든지 도무지 고기[141] 아니하고 바른 말을 푹푹 하는 터이라. 그 사촌의 심정이 변하여 범백처사[142]하는 양을 보고 부화가 열 길씩은 부풀어올라오지마는 자기 부친이 집안에 화기가 손상할까 하여 매양 만류함을 거역키 어려워 꿀떡꿀떡하고 지내더니, 친상을 당한 후 부고를 전인(傳人)하여 보냈더니 그 부고를 받아들이지도 아니하고 대문 밖에서 도로 쫓아보내며, '상가(喪家)를 통(通)치 안 할 일이 있으니 아무리 박절하여

---

137) 伯氏: 남의 맏형의 존칭.

138) 함진해의 본명.

139) 水土不服: 풍토나 물이 몸에 맞지 아니하여 위장이 상함.

140) 將近三年: 3년 가까이.

141) 顧忌: 뒷일을 염려하고 꺼림.

142) 凡百處事: 여러가지 일을 처리함.

도 백일이 지난 후라야 내려오겠다' 말로만 일러 보내고, 초종장례[143]를 다 지내고 졸곡[144]까지 지내도록 현영(現影)이 없는지라. 일청이 분한 생각대로 하면 성복[145] 안이라도 뛰어올라가 손위 사촌이라 할 것 없이 한바탕 들었다 놓고 싶지마는, 행세하는 처지에 초상 상제가 상청을 떠날 수도 없고 그러느라면 남에게 일문(一門)이 불목[146]하다는 비소(誹笑)도 받을 터이라 참고 또 참아, 누가 종씨[147]는 어찌하여 아니 내려오느냐 하게 되면 신병이 위중하니, 먼 곳에 출입을 했나니, 별별 소리를 다 꾸며대어 아무쪼록 뒤덮어가며 그렁저렁 졸곡을 지낸 후에 질문 한번을 단단히 해보려고 벼르고 별러 올라왔더니, 자기 사촌이 집 대문을 닫아걸고 천호만호(千呼萬呼)하여도 알고 그리했든지 모르고 그리했든지 도무지 대답이 없다가, 노파가 마침 붉은 함지에 노란 식지[148]를 덮어 머리에 이고 나오다가 자기를 보고 깜짝 놀라며,

"상제님, 무엇하러 오셨습니까? 댁에 아기를 비시느라고 칠성기우를 하시는데 백일이 한 보름밖에 아니 남았습니다. 들어가시지 말고 달이나 가시거든 올라오십시오."

하고 생면부지(生面不知) 과객(過客) 따돌리듯 하려 드니, 함상

---

143) 初終葬禮: 초상이 난 뒤부터 졸곡까지의 일컬음.

144) 卒哭: 사람이 죽은 지 석달 만에 정일(丁日)이나 해일(亥日)을 택해 지내는 제사.

145) 成服: 초상이 난 사흘이나 닷새 뒤 처음으로 상복을 입는 일.

146) 不睦: 화목하지 못함.

147) 從氏: 남의 사촌형제를 높여 부르는 말.

148) 食紙: 밥상과 음식을 덮는 데 쓰는 유지(油紙).

인(喪人)이 분이 날 대로 나서,

"무엇이 어쩌고 어찌해? 칠성 기우를 하기에 그렇지, 팔성 기우를 하더면, 천일 부정을 볼 뻔했네그려. 부정은 누가 똥칠하고 단긴다던가? 자네가 명색이 무엇인데 누구더러 가거라 오거라, 어, 아니꼬와."

노파가 최씨의 셋줄만 믿고 함상인을 터진 꽈리만치도 못 알고 홀뿌릴[149] 대로 홀뿌려 인사 도리가 조금도 없이,

"늙은 사람더러 아니꼽다고? 초상 상제가 부정하지 안하면 무엇이 부정한고? 양반은 법도 없나? 큰댁에서 자손이 없어 기우를 한다면 들어오라고 하신대도 도로 가실 터인데, 들어오시지 말라는데 부득부득 우기실 것이 무엇인구? 생각대로 합시오구려. 우리게 상관이 있습니까?"

다시는 말해볼 새 없이 안으로 들어가니, 함상인이 본래 성미가 괄괄한데에 그 구박을 당하매 어찌 기가 막히지 아니하리요? 자기 종씨를 들어가보고 가슴에 서려 담아두었던 책망도 절절히 하고 노파의 분풀이도 시원하게 하려 들었더니 입 쩍 한마디 해볼 새 없이 최씨의 악쓰는 소리를 듣고 설움이 북받쳐 올라오니, 이는 상제몸이 되어 망극한 생각이 새로이 나는 것도 아니요, 자기가 박대를 받아 원통코 분해서 그리하는 것도 아니라. 수십대 상전하여오던 대종가가 최씨 수중에 망하는 일이 지원절통(至冤絶痛)하여 인사 여부 할 새 없이 마룻바닥을 주먹으로 치며 대성통곡을 드러내어놓은 것이라.

---

149) 홀뿌리다: 업신여기어 함부로 뿌리치다.

한참을 울다가 최씨의 포달부리는 것을 듣고 분나는 대로 하면 다갱이가 깨지도록 적벽대전(赤壁大戰)이라도 할 터이나, 차마 수숙간 체통을 아니 볼 수 없어 아무 말도 못하고 있다가 그 사촌의 만불근리[150]하게 꾸짖는 말을 듣더니, 최씨에게 할 말까지 한데 얼뜨려 말대답이 나온다.

상 형님 마음이 변하셨소, 본래 그러시오? 내 아버지는 형님의 작은아버지시요 형님 아버지는 나의 큰아버지신데, 내 아버지 돌아가신데 졸곡이 다 지나도록 영연일곡[151]을 아니하오? 큰아버지 돌아가셨을 때에는 내가 철몰랐소마는, 만일 지금같이 장성하여서 현영을 아니하게 되면 형님 생각에 매우 잘한다 하실 터이오? 기도는 무슨 기도요, 기도를 하면 인사 도리도 없소? 펄쩍 기도 잘하는 집 잘되는 것 별로 못 보았소.

함진해는 양심이 과히 없던 사람은 아니라 손아래 사촌일지언정 바른 말을 하니 무엇이라 대답할 말 없어 못 들은 체하고 있는데, 최씨가 혀를 툭툭 차고 벌떡 일어나더니 자기 남편을 흘겨보며,

"에, 무능도 하오. 손아랫사람이 저 모양으로 할 말 못할 말 함부로 해도 꾸지람 한마디 못하고 무슨 큰 죄나 지었소? 아니 할 말로 죽을 죄를 지었더라도 형은 형이지."
하며 영창문을 메어붙이고 마주 나오더니,

최 여보 상제님, 무엇을 잘못했다고 수죄를 하러 오셨소? 상제님은 삼사 형제씩 아들을 두었으니까 시들한가 보오마는 우리

---

150) 萬不近理: 이치와는 전연 비슷하지도 않음.

151) 靈筵一哭: 상청에서 한번 곡함.

84

는 자식이 없으니까 아니 날 생각이 없어 기도를 하오. 무슨 기도인지 시원히 좀 아시려오? 왜 우리가 기도를 하여서 당신의 층층히 자라는 아들 장가를 못 들이겠소? 사내 양반이 악담은 얻다 대고 하오?

상 내가 누구더러 악담을 했더란 말씀이오? 그렇게 하시지를 말으십시오, 아무리 분정지두152)에 하시는 말씀이라도.

최 그러면 악담이 아니고 덕담이오? 번연히 우리가 기도를 하는데, 기도하는 집 잘되는 것 못 보았다구? 잘되지 못하면 망한다는 말이구려. 사촌도 이만저만이지, 누대봉사153)하는 종가 사촌인데, 종가가 망하면 무슨 차례 갈 것이나 있을 줄 아나보구려. 망해도 내 집이나 망하는 것을 걱정할 것 없이 당신네 집이나 어서 흥해보시오. 빈말이나 참말이나 종손 낳기를 빈다 하니 없는 정성이 남과 같이 들이지는 못할지언정, 중단 자락을 휘두르고 훼방을 놀러 오셨소?

이 모양으로 함상인이 미처 대답할 새 없이 퍼붓듯 하더니 그 자리에 펄썩 주저앉아 드립다 울어내니, 편협하고 배우지 못한 부인네가 마음에 맞지 아니한 일이 있으면 제 독살을 못 이기어 쪽쪽 울기는 흔히 하는 버릇이지마는, 최씨는 능청 한 가지를 가입하여 자기 남편이 감동하도록 하느라고, 가진 사설을 하여가며 자탄가로 울더라.

"팔자를 어떻게 못 타고 나서 이 모양인가, 으으으. 떡두꺼비 같은 자식을 잡아먹고 청승궂게 살아 있어서, 어어어. 눈먼 자식

---

152) 憤情之頭: 분김.

153) 累代奉祀: 여러 대의 제사를 받듦.

이라도 하나 점지하실까 하고 정성을 들여보쟀더니, 이이이. 무
슨 대천지 원수로 그것조차 방망이를 드누, 으으으. 인저는 사촌
도 다 알아보고 대소가도 다 알아보았소, 어어어. 우리 만득이도
저 모양으로 총부리들을 대어서 죽었지, 이이이이."
  치는 시어미보다 말리는 시누이가 더 밉다고, 사설하는 최씨보
다 곁에서 고만 그치라고 권하는 노파가 더 가통[154]하다.
  "마님 마님, 그치십시오. 분하고 원통하시면 어찌십니까, 남도
아니시고 집안간이신데. 그리하시는 양반이 그르시지, 당하신 마
님이야 잘못하시는 것이 무엇 계십니까? 마님 마님, 그만 그치
십시오."
하더니, 가장 사리를 저 혼자 아는 체하고 마루로 나와 함상인을
보고,
  "사랑으로 나아가십시오, 점점 마님 분만 돋우지 말으시고. 재
하자는 유구무언[155]이랍니다. 상제님 잘하신 것도 없지마는, 아
무리 잘하셨기로 형수 마님이 저렇게 하시는데 어찌하십니까?
마님 말씀이 한마디도 틀린 것이 없습니다. 어서어서 나아가십시
오."
  일청이가 울던 눈을 딱 걷어붙이고 대청 들보가 뜰뜰 울리게
소리를 질러,
  "어, 아니꼬아. 그 꼴은 더 못 보겠구. 늙은것이 안잠을 자러
돌아단기면 마음을 올곧게 먹어 주인집이 잘되도록 하는 것이 아
니라 전후 요사시러운 말은 모두 지어내어 남의 집을 결딴을 내

---

154) 可痛: 통탄할 만함.
155) 在下者 有口無言: 아랫사람은 입이 있어도 말하지 않음.

려고 무엇이 어쩌고 어찌야? 마님 분 돋음을 내가 해? 재하자
는 유구무언이야? 이를테면 나의 행실을 가라치는 모양인가?
한 매에 죽이고도 죄가 남을 것 같으니.”

함상인이 써렛발[156] 같은 짚신을 집어 부시럭부시럭 신으며,

“형님, 나는 가오. 인제 가면 어느 때 또 뵈러 올지 모르겠습
니다.”

이렇게 말이 나오니 잘잘못은 고사하고 가깝지 아니한 길에 올라
온 사촌이니 아무라도 하루를 묵어가라든지 그렇지 못하면 밥이
라도 먹고 가라 할 터인데, 무안해 그렇든지 여기가 질려 그렇든
지 함진해는 달다 쓰다 말이 도무지 없이 내어밀어보지도 아니하
고 있더라.

사람의 집 재산은 물레바퀴같이 빙빙 돌아다니는 것이라. 이
집에 없어지면 저 집에 생기고 저 집에 없어지면 이 집에 생겨
서, 있다가 없어지기도 쉽고 없다가 있기도 쉬워 변화번복을 이
루 측량하기 어려운 것이라. 함씨의 집안 대청에 금방울 소리가
딸랑딸랑 한 차례 난 이후로 몇 사람은 못살게 되고 몇 사람은
생수가 났는데, 그 서슬에 해토머리에 눈 사라지듯 없어져가는
것은 함진해의 재산이라.

못살게 된 사람은 누구인고 하니, 첫째는 함상인이니 함상인이
그 모양으로 다녀간 후로 최씨의 미워하는 마음이 대천지 원수보
다 못지 아니하여 자기 남편에게 없는 말 있는 말 하여 들려, 저
의 부친 유언으로 해마다 주던 돈 몇천냥 베 기십석을 다시는 주

156) 써레 몽둥이에 박은 끝이 뾰족한 나무. 땅을 고르거나 흙덩이
　　를 깨는 일을 함.

지 아니할뿐더러, 진위 따에 있던 농막까지 다른 곳으로 이매[157]
하여 농사도 지어먹지 못하게 하니, 신꼴[158] 망태 쏟아놓은 것
같은 층층이 자라는 자녀들은 모두 밥주머니요, 다산한 부인의
벌통 같은 뱃속은 쓴 것 단 것을 물론하고 들여라 들여라 하는
데, 졸지에 생맥이 뚝 끊어지니 성품은 남보다 급한 함상인이 어
찌 기가 막히지 아니하리요? 열번 죽어도 자기 사촌의 집에는
다시 발길 들여놓기가 싫어 허리띠를 바싹바싹 졸라매어가며 기
직닢[159]도 매고 짚신 켤레도 삼아 쌀되, 나뭇짐을 주변하여 하루
한때 죽물을 흐려가고, 둘째는 박유모니, 박유모는 함진해 돌 전
부터 젖을 먹여 길러낸 공으로 그 이웃에다 집을 장만해주고 일
동일정을 대어주어 나이 육십여 세가 되도록 걱정 없이 지내니,
남들이 말하기를 함진해는 박유모의 젖이 아니면 살지 못하였을
것이요 박유모는 함진해의 시량[160]이 아니면 살지 못하겠으니 천
지간 보복지리[161]가 신통하다 하고들 하더니, 신통이 변하여 절
통이 되느라고 함상인이 최씨에게 구박을 받고 쫓겨나올 때에 늙
은 마음에 너무 가엾어서 자기 집으로 청해들여 좋은 말로 위로
하고 장국 한 상을 대접하여 보냈더니, 박유모의 바른 말이 듣기
싫어 소리 없는 총이 있으면 탕 놓아 죽이고 싶어하는 안잠마누
라가 그 일을 알고 중언부언을 하여 무엇이라고 얽어 넘겼던지,

---

157) 移買: 가진 땅을 팔아서 다른 땅을 사는 일.

158) 신 만드는 데 쓰는 골.

159) 짚으로 친 자리.

160) 柴糧: 땔 나무와 양식.

161) 報復之理: 서로 대갚음하는 자연의 이치.

하루라도 아니 오면 하인을 보내 불러다 보고 감기나 체증으로 조금만 편치 않다 하면 몸소 가서 문병하던 함진해가 별안간에, 괘씸하니 괴악하니 하는 무정지책[162]으로 눈앞에 뵈지 말라 일절 거절하고 다시는 나무 한 가지 양식 한 움큼 대어주지 아니하니, 남의 농사는 잘 짓고 내 농사는 잘못하듯, 함진해는 잘 길러주면서 자기 자식은 기르지 못할 근력 없는 쇠경 늙은이가 끈 떨어진 뒤웅이 모양으로 삼척 냉돌에 뱃가죽이 등뒤에 가 붙어 오늘내일 간 어서 죽기만 기다리고 있더라.

그러면 생수 난 사람들은 누구들인고 하니, 첫째는 금방울이라. 베전 병문에서 회오리바람에 함진해 갓 벗어지는 것을 넌짓 보고 그 눈에 뜨이지 아니하려고 행랑 뒷골로 돌아온 후로 어쩌면 함씨 집 쇠를 먹어볼꼬 하다가, 대묘골 무당의 인도로 함씨 집에를 다니며 앙큼하고 알랑스러운 수단으로 그날부터 회오리바람을 두고두고 쇠옹두리[163] 우리듯 하여먹는데 별별 기묘한 방법이 다 있어, 삼국시절 적벽강(赤壁江) 싸움에 방통(龐統) 선생이 조조(曹操)를 속여 연환계[164]로 팔십만 대군을 깨치듯, 금방울은 함씨 내외를 속여 정탐(偵探) 수단으로 누거만(累巨萬) 재산을 탈취하는데, 그 내외의 웃고 찡그리는 것까지 전보를 놓은 듯이 금방울의 귀에 들어오면 금방울은 귀신이 집어대는 듯이 일호차착[165] 없이 말을 번번히 하나, 함진해는 쥐에게 파먹히는 닭 모

---

162) 無情之責: 까닭 없는 책망.
163) 소의 옹두리뼈(짐승의 정강이에 불퉁하게 나온 뼈).
164) 連環計: 적벽대전에서 화공(火攻)을 위해 방통이 조조의 군함을 쇠고리로 연결시킨 계략.

양으로 오장을 빼어가도 알지 못하고 영(靈)하니 신통하니 하여
가며 자기 정신을 자기들이 차리지 못할 만치 되었는데, 제일 큰
문제는 아들 비는 일이라. 돈을 처들이고 쌀을 퍼주어가며 보름
기도니 한달 기도니 하여, 이웃집에서 닭 한 마리만 잡아먹고 누
가 손가락 하나만 베어도 부정이 들어 효험이 없겠다 하고 번번
이 다시 시작을 시키다가, 다시는 핑계댈 말은 없고 기도만 마치
면 태기 있기를 날마다 기다릴 것이요, 태기가 요행 있으면 좋으
려니와 만일 없고 보면 헛일을 하였느니 영치 않으니 하여 본색
이 탄로될 터니 무엇으로 탈을 잡을꼬 하고 별궁리를 모두 하다
가, 함상인 다녀간 소식을 듣더니 얼씨구 좋다 하고 상문 부정을
연해 처들어 살풀이를 해도 여간해서는 아무 일도 아니 되겠다
칭탁하고 또 한 차례를 빼앗아 먹는데, 함씨의 집 광 속 뒤주 속
에 있는 오곡백곡은 제 양식이나 다름없고 함씨의 집 장 속 반달
이 속에 있는 능라금수[166]는 제 의복이나 다름없으며, 그 지차에
는 노파 삼랑 등이 너나할것없이 모두 살판이 났는데, 최씨부인
앞에서는 질고 갠 날 없이 양반의 일 하느라고 죽을 힘을 다 들
이는 체하여 특별 행하[167]가 물 퍼붓듯 나오도록 낚구아내고, 금
방울에게는 우리가 아니면 네 일이 아니 되리라고 생색과 공치사
를 연해 하여 열에 두셋씩은 의례 떼어먹어, 행랑방 구석으로 돌
아다니던 것들이 뒷구멍으로 집과 세간을 제각기 떡 벌어지게 장
만하였더라.

---

165) 一毫差錯: 극히 작은 어긋남.

166) 綾羅錦繡: 명주실로 짠 피륙의 총칭.

167) 行下: 경사가 있을 때 주인이 자기 하인에게 내려주는 금품.

　말 많은 집안에 장맛 쓰다고 구기 몹시 하고 무당 좋아하는 집
은 우환질고(憂患疾苦)가 의례히 떠나지 아니하는 이치라. 함진
해 내외가 번차례로 앓아 하루 빤한 날이 별로 없어 푸닥거리 성
주받이[168]를 아무리 펄쩍 하여도 아무 효험이 없으니, 최씨도 넋
이 풀리고 금방울도 무안하여 다시 무슨 일을 시킬 염치가 없으
니 그렇다고 고만두고 보면 함씨의 재물을 다시 구경도 못해볼
터이라, 한 가지 새 의견을 내어 남저지[169]까지 마저 훑어내는
바람에 함씨의 조상 뼈다귀가 낱낱이 놀아나더라.

　사람마다 한 가지 흉은 없기가 어려오되, 전라도 낙안[170] 사는
임지관(林地官)이라 하는 사람은 제반 악징을 모두 겸하여 세상
없는 사람이라도 그 자에게 들어 속아넘어가지 않는 이가 없으므
로, 제 것이 한푼 없어도 호의호식하고 경향으로 출몰하며 남 속
이는 재주를 한두 가지만 품은 것이 아니라, 의술(醫術)을 좋아
하는 사람을 만나면 의원(醫員) 행세도 하고, 음양술수를 좋아하
는 사람을 만나면 이인(異人) 자처(自處)도 하고, 산리[171]에 고
혹하는 사람을 만나면 지관 노릇도 하여 어리석고 무식한 무리를
쫓아다니며 후려넘기는데, 외양도 번번하고 글자도 무식치 않고
구변도 썩 좋은지라, 더저 마름쇠[172]로 상하 삼판에 어디를 가든
지 곁자리가 비이지 아니하는 유명한 자이라.

---

168) 집을 새로 짓거나 옮긴 뒤에 성주를 받아들이는 굿.

169) 나머지.

170) 樂安: 오늘의 전남 벌교 근처.

171) 山理: 묏자리에 의해 화복이 좌우된다는 이치.

172) 도둑이나 적을 막기 위해 땅에 흩어두는 쇠못.

서울 와 주인을 정하되 장안만호(長安萬戶) 허구많은 집에 장과 국이 맞느라고 금방울의 이웃집에다 정하고 있으니, 유류상종(類類相從)으로 자연 친숙하여 남매지의(男妹之義)를 맺어 누이님 오빠 하며 정의[173]가 매우 두터운 터이라. 못할 말, 할 말 분간할 것 없이 속에 있는 회포를 의논할 만치 되었는데, 하루는 임지관을 청하여 한나절은 무에라무에라 쑥덕공론을 하더니, 임지관이 그날로 행장[174]을 차려 주인을 떠나가더라.

함진해가 여러 날 최씨의 병구완을 하다가 자기도 성치 못한 몸에 자연 피곤하여 사랑에 나아와 정신없이 누웠더니, 노파가 창 밖에 와서 근심이 뚝뚝 듣는 말소리로,

"영감마님, 주무십니까?"

함진해가 깜짝 놀라며,

함 왜 그리나? 마님 병이 더하신가?

노 아니올시다. 놀라지 마십시오. 제가 아니 날 생각이 없어서 국수당 만신을 청해 조상대를 내려보니까 이상시러운 말이 나서 영감께 여쭙니다.

함 무슨 이상한 말 있더란 말인가? 무당의 소리도 인제는 듣기 싫어.

노 댁에 위로할 귀신은 위로도 하고 퇴송(退送)할 귀신 퇴송도 하였으니 우환 걱정이 다시는 없을 터인데, 한 가지 조상의 산소가 잘못 들으셔서 화패(禍敗)가 자주 있다고, 고명한 지관을 찾아 하루바삐 면례를 하면 곧 효험을 보겠다 하여요.

---

173) 情誼: 서로 사귀어 친해진 정.

174) 行裝: 여행할 때 쓰는 제구.

함　이 사람, 쓸데없는 말 고만두게. 고명한 지관이 어데 있다던가? 내가 몇십년 구산[175]에 금정[176] 하나 바로 놓는 자를 만나보지도 못했네.

노　만신에게 한번 더 속아보실 작정 하시고 들어오셔서 물어보십시오. 정성이 간곡하면 천하 명풍[177]을 만나리라고 공수를 줍디다.

함　정성 정성, 내가 무당의 말 듣기 전에 명풍을 만나려고 정성도 적지아니 들여보았네마는 다 쓸데없데. 그러나 어데 허허실수로 한번 물어나 보세.

하고, 귀밑에 옥관자[178]를 붙이고 제왈[179] 점잖다 하는 위인이 남부끄러운 줄도 그다지 모르던지 노파의 궁둥이를 줄줄 따라들어와 금방울 앞에 가 납신 앉으며,

"그래, 우리 집 우환이 산화[180]로 그러해. 그 말이 어지간하기는 한걸. 세상에 똑똑한 지관을 만날 수 없어 선대감[181] 내외분 산소부터 내 마음에 일상 미흡하건마는 그대로 뫼셔 두었는걸.

---

175) 求山: 묏자리를 구함.

176) 金井: 무덤을 팔 때 구덩이의 길이와 너비를 정하는 데 쓰는 나무틀.

177) 지술로 유명한 사람. 명풍수.

178) 玉貫子: 옥으로 만든 망건 관자. 종1품 이상의 관원은 조각을 아니하고 정3품 당상 이상은 조각을 하였음.

179) 제랍시고 장담하고.

180) 山禍: 묏자리가 좋지 못하여 받는다는 재앙.

181) 先大監: 돌아가신 대감(대신이나 장관의 지위에 있는 관리에 대한 존칭).

어떻게 하면 도선[182]이 무학[183]이 같은 명풍을 만날꼬? 시키는 대로 정성은 내가 드리지."

금방울이 백지로 한허리를 질끈 맨 청솔가지를 바른손으로 잡고 쌀모판에다 한참 딱딱 그루박으며 엮어대는 듯이 무에라고 주워섬기더니 상큼하게 쪼그리고 앉으며 두 손 끝을 싹싹 부비고,

금 에그, 이상도 해라. 영감께서 이런 말을 들으시면 제가 지어내는 줄 아시겠네.

함 무엇이 그리 이상해? 지관을 어떻게 하면 만나겠나, 그것이나 물어보라니까?

금 글쎄, 그 말씀이올시다. 알 수는 없지마는 신(神)의 말씀이 하도 정녕하게 집어낸 듯이 일러주시니 시험하여보십시오. 내일 정오 십이시에 무악재 고개를 넘어가면 산 겨드락 소나무 밑에서 어떠한 사람이 돌을 베고 잠을 잘 것이니, 그 사람에게 정성을 잘 들여보시라고 공수를 주셨습니다. 하도 이상하니까 제 입으로 말을 하면서도 지내보지 않고 장담할 수 없습니다. 아무렇든지요, 밤만 지내면 즉 내일이니 잠시 떠나시기 어려우셔도 영감께서 손수 가보시든지, 정 겨를이 없으면 친신(親信)한 사람을 보내어보십시오.

함 그 시에 가면 정녕 그런 사람이 있을까? 명산을 얻어 쓰려면서 다른 사람을 보내서 될 수가 있나? 내가 친히 가 정성을

---

182) 道詵(827~898): 음양지리에 밝았던 신라 말기의 중. 신라의 멸망과 고려의 흥륭을 예언하여 고려왕조에서 존숭됨.

183) 無學(1327~1405): 고려 말, 조선 초기의 고승. 조선조 창건을 도운 이태조의 왕사. 한양을 도읍으로 정하는 데 기여함.

들여야 할 것이지.

하더니, 탈것 두 채를 마침 준비하였다가 그 시간을 맞추어 무악재로 향하는데, 새문[184] 밖에를 나서 이전 경기감영[185] 모퉁이를 돌아서더니, 함진해가 눈을 연해 씻으며 독립문을 향하고 맞은편 산 근처 푸르스름한 나무 밑이라고는 하나 내어놓지 아니하고 이리저리 아무리 살펴보며 가도, 사람이라고는 나무꾼 하나 볼 수 없는지라. 속종으로,

  '허허, 또 속았구. 번연히 무당이란 것이 헷것인 줄 짐작하면서 집안에서 하도 떠들기에 고집을 못할 뿐 아니라, 어떤 말은 여합부절로 맞기도 하니까 전수(全數)이 아니 믿을 수도 없어 오늘도 여기를 나오는 길인데.'

하며, 무악재를 막 넘어서니까 남산 한허리에서 연기가 물씬 나며 오포[186] 놓는 소리가 귀가 딱 맞치게 탕 한번 나는데, 길 위 산비탈 아래 소나무 한 주가 우뚝 섰고 그 밑에 어떤 사람이 갓을 벗어 나뭇가지에 걸고 겉옷자락으로 얼굴을 덮고 모로 누워 잠이 곤히 들었는지라. 함진해가 반색을 하여 인력거에서 내려 곁에 가 가만히 앉아 행여나 잠을 놀라 깨울세라 기침도 못하고 있는데, 한식경[187]은 되어 잠을 깨는 모양같이 기지개 한번을 켜더니 다시 돌아누워 잠이 또 드는지라. 아무 말도 못하고 석양이

---

184) 서대문.

185) 京畿監營: 경기감사가 직무를 보던 관아.

186) 午砲: 오정을 알리는 대포. 일제는 통감부 설치 후 보신각 인경을 폐지하고 일본 시간에 맞춘 오포를 쏘았음.

187) 一食頃: 한차례 음식을 먹을 만한 동안.

다시 되도록 그대로 기다리고 있다가, 그 자가 부시시 일어나 두 손으로 눈을 썩썩 부비고 입맛을 쩍쩍 다시며 거듭떠보지도 아니하는 것을 보고, 함진해가 공손히 앞에 가 꿇어앉으며 구(舊)상전이나 만난 듯이 자기 몸을 훨쩍 쳐뜨려 수작을 붙인다.

"이왕 일차도 뵈온 적이 없습니다. 기운이 안녕하십니까?"

그 자는 못 들은 체하고 눈을 내리깔고, 그리할수록 함진해는 말소리를 나직이 하여가며,

"문안[188] 다동[189] 사는 함일덕이올시다."

그 자는 여전히 못 들은 체하고 이같이 한시 동안은 있더니, 그 자가 눈살을 잔뜩 찡그리고,

"응, 괴상하고. 응, 누가 긴치않게 일러주었노?"

그 말을 들으니 함진해 생각에 제갈량이나 만난 듯이,

'옳다. 인제야 내 소원을 성취하겠다. 천행으로 이 사람을 만나기는 했지마는 조금이라도 내 성의가 부족하면 아니될 터이니까.'

하고서 다시 일어나 절을 코가 깨어지게 하며,

"제가 여러 십년을 두고 한번 뵈옵기를 주야 옹축[190]하였습니다마는 종시 정성이 부족하여 오늘이야 뵈옵니다. 타실 것을 미리 등대[191]하였으니 누추하시나마 제 집으로 행차하시기를 바랍니다."

---

188) 서울의 4대문 안.

189) 茶洞: 다방골.

190) 크게 축원함.

191) 等待: 미리 준비하고 기다림.

그 자가 함진해를 물끄러미 보다가 허허 웃으며,

"하릴없소. 벌써 이 지경이 된 터에 박절히 대접할 수 있소. 그러나 댁 소원이 집안 질고나 없고 실하(膝下)에 귀자나 낳을 명당 한 곳을 얻으려 하지 않소?"

함진해의 혀가 절로 내둘리며 유공불급[192]하게,

함　네, 다른 소원은 아무것도 없고 그 두 가지뿐이올시다. 선친의 묘소를 흉지에다 뫼셔 화패[193]가 비상합니다. 자식 되어 제 화패는 고사하고 부모 백골이 불안하시니 일시(一時)가 민망하오이다.

그 자　내 역시 아무것도 아는 것이 없으니까 별도리가 있소? 그나저나 오늘은 피곤하여 잠도 더 자야 하겠고 볼일도 있어 못 가겠으니 내일 이맘때 동대문 밖 관왕묘[194] 앞으로 나오되, 아무도 데리지 말고 댁 혼자 오시오. 나는 누워 자겠소. 어서 들어가시오.

하며 돌을 다시 베고 드러눕더니 코를 드르렁드르렁 고는지라. 함진해가 다시 말 한마디 붙여보지 못하고 집으로 들어와, 이튿날 오정이 될락말락하여 단장(短杖) 하나만 짚고 홀로 동(東)관왕묘를 나아가노라니 자연 십여 분 동안이나 늦었는지라. 그 자가 벌써 와 앉았다가 함진해를 보고 정색하여 말하되,

"점잖은 사람과 상약(相約)을 하였으면 시간을 어기지 않는 일이 당연하거늘 어찌하여 인제 오느뇨?"

---

192) 猶恐不及: 오히려 미치지 못할까 두려워함.

193) 禍敗: 재화(災禍)로 인한 실패.

194) 關王廟: 관우를 모신 사당.

함 시간을 대어오느라는 것이 조금 늦어서 오래 기다리셨을
듯하오니 죄송 만만하도소이다.

그 자 오늘은 늦었으니 내일 다시 오정에 삼각산 백운대(白雲
臺) 밑으로 오라.

하고 뒤도 아니 돌아보고 왕십리(往十里)를 향하고 가거늘, 함씨
더욱 조민[195]하여 집으로 들어오는 길로 금방울을 청하여 소경
사[196]를 이르고 어떻게 하면 좋겠느냐 문의를 한즉, 금방울이 손
으로 왼편 턱을 고이고 눈만 깜짝깜짝하고 있다가,

"에그, 영감마님, 일이 그렇지 않습니다. 그런 명풍의 손을 비
시려면서 예단 한가지 없이 그대로 가보시니까 정성이 부족하다
하여 허의를 얼른 하지 아니하는 것인가 보오이다. 내일은 다만
백지 한 권이라도 정성껏 폐백[197]을 하시고 청해보십시오."

함 옳지. 그 말이 근리(近理)하군. 내가 까맣게 잊고서 빈손
으로 연일 단겼으니 그 양반이 오죽 미거[198]히 여겼을라구. 폐백
을 아니하면 모르거니와 백지 한 권이 다 무엇이야? 그도 형세
가 헐수할수없으면 용혹무괴(容或無怪)어니와, 내 처지에야 그럴
수가 있나. 하불실[199] 일이백원 가량은 폐백을 하여야지.

금 에그, 영감, 잘 생각하셨습니다. 산소를 잘 모시어 댁내에
우환이 없으시고 겸하여 만금(萬金) 귀동자 아기를 낳으시면 그

---

195) 躁悶: 마음이 조급하여 가슴이 답답함.

196) 所經事: 겪어온 일.

197) 幣帛: 예를 갖추어서 보내거나 가지고 가는 예물.

198) 未擧: 철 나지 아니하여 아둔함.

199) 何不失: 아무리 적어도.

까짓 일이백원이 무엇이오니까? 일이천원도 아까우실 것 없지.

제삼일 되던 날은 함진해가 지폐 이백원을 정(淨)한 백지에 싸고 싸서 조끼에 집어넣고 개동[200] 군령에 집에서 떠나 창의문[201]을 나서서 인력거는 돌려보내고, 메투리에 들메[202]를 단단히 하여 천리만리나 갈 듯이 차림이 대단하더니 조지서[203] 언덕을 채 못 가서 숨이 턱에 다서 헐떡헐떡하며 펄쩍 해만 치어다보고 오정이 지날까봐 겁을 더럭더럭 내어 발이 부르터 터지도록 비지땀을 흘리며 골몰히 북한[204]을 바라보고 올라가는데, 문수암(文殊庵)으로 들어가는 어구를 채 못 미쳐서 어떤 자가 앞을 막아 썩 나서며 전후좌우를 휘휘 둘러보고 소매 속에서 육혈포를 내어들더니 함진해 턱밑에다 바싹 대고,

"이놈, 목숨을 아끼거든 지체 말고 위아래 의복을 썩 벗어라."

함진해가 수족을 사시나무 떨듯 하며,

"네, 벗겠습니다. 벗을 때 벗더라도 제 말 한마디만 들으십시오. 제 집 내환[205]이 위중(危重)하여 약을 구하러 급히 가는 길이오니 특별히 용서해주시면 적지 않은 적선이올시다. 이 의복은 입던 추한 것이올시다. 내일 이곳으로 다시 오면 입으실 만한 의복을 몇벌이든지 말씀하시는 대로 갖다 드리오리다."

---

200) 開東: 밝을 녘.

201) 彰義門: 서울 서북쪽에 있는 성문.

202) 신을 들메는 일.

203) 造紙署: 조선시대 때 종이 뜨는 일을 맡은 관아.

204) 北漢山.

205) 內患: 아내의 병.

그 자가 눈을 부라리며,

"이놈아, 잔소리가 무슨 소리야, 진작 벗지 못하고?"

하며 당장 육혈포 방아쇠를 잡아당길 모양이니 의복말고 더한 것
이라도 다 내어놓을 판이라. 다시는 말 한마디 앙탈도 못하고 웃옷
부터 차례로 벗어주니 그 자이 저 입었던 옷을 앞에다 턱 던지
며,

"너는 이것이나 입고 가거라."

하고서 함진해 의복을 제 것같이 척척 입으며 조끼 속에 손을 썩
집어넣어보더니 아무 말도 아니하고 산곡(山谷)으로 들어가는지
라.

함진해가 기가 막혀 그 놈의 의복을 집어 입으니 당장에 드러
난 살은 감추겠으나 한 가지 큰 걱정이 지폐 잃어버린 것이라.
가도 오도 못하고 그 자리에 끌로 판 듯이 서서 입맛을 쩍쩍 다
시며 혼잣말로,

'이 노릇을 어찌하면 좋은가? 집으로 도로 갔다 오는 수도 없
고 빈손 들고 그대로 가자기도 딱하지. 가기로 그가 오지 말라고
할 리는 없지마는 여북 무심한 사람으로 여길라고. 해는 점점 오
정이 되어오고 여기까지 왔던 일이 원통하니 아무려나 신지[206]에
를 가보는 일이 옳지. 가보고 소경력[207] 사정이나 이야기를 하여
내 정성이나 알도록 하여보겠다.'

하고 꿩 튀기러 다니는 사냥꾼 모양으로 단상투[208] 바람 동저고

---

206) 信地: 목적지.

207) 所經歷: 겪은 바.

208) 갓 쓰지 않은 맨 상투.

리[209] 바람으로 어슬렁어슬렁 올라가며, 행세하는 터에 아는 사람을 만나면 어찌하리 싶어 얼굴이 절로 화끈거려 발등만 굽어보고 걸음을 걷다가, 목이 어찌 마른지 물을 좀 먹으려고 새암물 나는 곳을 찾아 바른편 산골짜기 안 바위 밑으로 내려가더니 별안간에 주춤 서며 두 손길을 마주잡고 공순한 목소리로,

　함　여기 앉아 계십니까? 오늘도 시간이 늦어 아마 오래 기다리셨지요?

　그 자 ………

　함　아무쪼록 일찍 오자고 새벽밥을 먹고 떠났더니 정성이 부족함이런지 거진 다 와서 도적을 만나, 변변치 아니한 정을 표하자고 돈 백원이나 가지고 오던 것과 관망[210]의복까지 몰수히 빼앗겼으나, 점잖은 양반과 상약을 한 터에 실신(失信)할 도리는 없고 분주히 오느라는 것이 이렇게 늦었습니다.

　그 자　가이없은 일이오. 횡래지액[211]도 산화소치(山禍所致)가 아니라 할 수 없습니다. 그러나 오늘도 늦었으니 내일 오정에는 좀 가까이 세검정[212] 연무대 앞으로 오시오. 나는 총총하여 가겠소.

하더니 행행[213]히 가는지라. 함진해가 억지로 만류할 수 없어 문수암을 찾아들어가 세보교[214]를 얻어타고 집으로 돌아와 노름꾼

---

209) 남자가 입는 저고리.

210) 冠網: 갓과 망건.

211) 橫來之厄: 횡액.

212) 洗劍亭: 창의문 밖에 있는 정자. 인조 반정의 모의처.

213) 성이 발끈 나서 자리를 박차고 떠나는 모양.

의 등 단 것같이 돈 이백원을 다시 변통하여 가지고, 이튿날 열시가 채 못 되어 연무대 앞에 와 그 자 오기를 고대하더니 오정이 막 되었는데 그 자가 한북문(漢北門) 통한 길로 올라오면 허허 웃고,

그 자 오늘은 매우 일찍 오셨소구려.

함 여러번 실기[215]를 하여 대단히 불안하오이다.

하며 말끝에 조끼에서 무엇을 꺼내어 두 손으로 받들어 주며,

"이것이 변변치 아니하나 주용[216]에나 보태서 쓰시옵소서."

그 자가 펴보지도 아니하고 집어넣으며,

"그것은 무엇을 가져오셨소. 아니 받으면 섭섭히 여길 터이니까 받기는 받소. 나는 번거하여 이목(耳目)이 수다(數多)한 데는 재미 없으니 댁으로 같이 들어갈 것 없이 댁 근처 조용히 있을 주인 한곳을 정해주시오."

함진해가 유공불급하여,

"네, 그는 어렵지 않습니다. 내 집도 과히 번거하지 아니하지마는 아주 절간같이 조용한 집이 있으니 그리로 가 계시게 하지요."

사주인[217]을 허구많은 집에 하필 안잠마누라 집에다 정하고 삼시(三時) 사시(四時)로 만반진수[218]를 차려 먹이며 아침 저녁으

---

214) 貰步轎: 셋돈을 내고 빌려서 타는 보교.

215) 失機: 좋은 기회를 놓침.

216) 아마도 酒用, 곧 술값.

217) 私主人: 객지에서 묵고 있는 사삿집.

218) 滿盤珍羞: 상에 가득히 차린 귀하고 맛있는 음식.

로 대령을 하여 정성을 무진 들이며 지관의 입만 쳐다보는데, 임
지관은 어찌하면 그렇게 묵중한지 열 마디 묻는 말에 한 마디를
썩 시원하게 대답을 아니하니 그 속이 천길인지 만길인지, 어여
뻐하는지 미워하는지, 알고 그러는지 모르고 그러는지, 도무지
아는 수 없으니 그리할수록 함진해는 목이 받아 애를 더럭더럭
쓰며 감히 구산(求山)하러 가자는 말을 못하고 자기 집 사정이
일시 민망한 이야기만 시시로 하더니 하루는,

　임　여보, 주인장, 산 구경 아니 가보시려오? 신산[219]도 잡으
려니와 구산[220]부터 가보십시다. 선장[221] 산소가 어데 계시오?

　함　네. 친산[222]이 멀지 아니합니다. 양주(楊州) 송산인데 불
과 오십리라 넉넉히 되단겨라도 오시지요.

하며 그 말을 얻어들은 김에 분주히 치행을 차릴새, 장독교[223]
두 채에 건장한 교군[224] 두 패를 지르고 마른 찬합 진 찬합과 약
주병 소주병을 짐에 지워 뒤딸리고 동소문[225] 밖으로 썩 나서니
앞에는 함진해요 뒤에는 임지관이라. 함진해 마음에는,

　'이번 길에 천하대지[226]를 정녕 얻어 자기 친산을 면례할 터이

---

219) 新山: 새로 쓴 산소.
220) 舊山: 조상의 무덤이 있는 곳.
221) 先丈: 돌아가신 남의 아버지의 존칭.
222) 親山: 부모의 산소.
223) 帳獨轎: 가마의 한 가지.
224) 轎軍: 가마꾼.
225) 東小門: 혜화문의 속칭.
226) 天下大地: 천하의 좋은 묏자리.

니 우환 걱정은 다시 염려할 것 없이 만당자손[227]도 게 있고 부
귀공명도 게 있고 게 있으려니.'
하여 한없이 기꺼워 혼자 앉았든지 누구를 보든지 웃음이 절로
나와 빙글빙글하고, 임지관 마음에는,

  '어떻게 말을 잘하면 내 말을 꼭 곧이듣고 조약돌 밭을 가리켜
도 다시없는 명당으로 알아 불일내[228]로 면례를 시길구? 제 아
비 이상으로 몇대 무덤을 차례로 면례를 시겨놓았으면 부지중에
내 평생 먹고 살 거리는 넉넉히 생기리라.'
하여 금방울과 마누라의 전하던 함씨 집 전후내력을 곰곰 생각하
더라. 얼마를 왔던지 장독교를 내려놓으며 함진해가 먼저 나오더
니 임지관더러,

  함 인제 나의 친산이 멀지 아니합니다. 찬찬히 걸어가시면 어
떠하실는지요?

  임 그리해봅시다.
하며 염낭[229]을 부스럭부스럭 끄르고 지남철을 꺼내더니 손바닥
위에 반듯이 놓고 사면으로 돌아보며 입속에 말을 넣고 중얼중얼
하더니,

  "영감, 주룡[230]으로 먼저 올라가십시다. 산세(山勢)는 매우 해
롭지 아니하여 뵈오마는……"
하면서 이리로도 가서 보고 저리로도 가서 보다가, 눈살을 연해

---

227) 滿堂子孫: 자손이 집에 가득함.

228) 不日內: 며칠 안.

229) 두루주머니.

230) 主龍: 주산의 줄기.

104

찡그리고 분상[231] 앞으로 오더니 펄썩 앉으며 잔디를 꾹꾹 눌러 평편하게 한 후에 지남철을 내려놓고 자오(子午)를 바로 맞추더니,

　임　영감, 이 산소 쓴 지 몇해나 되었소? 이 산소 모시고 화패가 비상(非常)하였겠소?

　함　산소 모신 지 지금 열두해에 화패는 이루 측량하여 말할 수 없습니다.

　임　가만히 계시오. 내 소견껏 말을 할 것이니 과히 착오나 없나 들어보시오.

하더니 얼음에 배 밀듯 내려 섬기는데 함진해는 입에 침이 없이 칭찬을 한다.

　임　산지(山地)라 하는 것은 '복 있는 사람이 길지를 만난다(福人逢吉地)' 하였지마는, 산리를 아지 못하고 보면 번번이 이런 자리에다 쓰기 쉽것다. 태조봉[232]이 음양취기(陰陽聚氣)를 하여야 손세[233]가 장원(長遠)하지 그렇지 않고 독양(獨陽)이나 독음(獨陰)이 되어 사람의 부부교합[234]치 못한 것 같으면 자손을 둘 수 없는데 이 산소가 독양 독음으로 행룡[235]을 하였고, 안산[236]에 식루사[237]가 있으니 참척을 빈빈(頻頻) 보셨을 것이오.

---

231) 墳上: 무덤의 봉긋한 부분.
232) 太祖峯: 주봉 위의 주봉.
233) 孫世: 자손의 늘어가는 정도.
234) 夫婦交合: 부부가 성교함.
235) 行龍: 높고 낮게 멀리 뻗친 산맥.
236) 案山: 묏자리 맞은편의 산.

과협[238]은 잘 되지 못하였으나 좌우에 창고봉(倉庫峯)이 저러하니 가세는 풍부하시겠소마는, 과두수[239]가 있으니 얼마 아니되어 손해가 적지 아니할 것이요, 황천수(黃泉水)가 비쳤으니 변상[240]이 답지하겠소.

　　함　과연 이 산소 모시고 자식놈 여럿을 참척 보고 상처를 두 번이나 하고 재산으로 말해도 부지중에 손해가 적지 않았어요.

　　임　허허, 그러하시리다. 이 산소는 더 볼 것 없거니와 선왕장[241] 산소는 어데 계신가요?

　　함　예서 멀지 아니합니다. 이리 오십시오.

하며 임지관을 인도하여 두어 고동이를 넘어가더니 손을 들어 가리키며,

　　함　저기 보이는 산소가 나의 조부모 합폄[242]으로 모신 곳이올시다.

　　임　네, 그러하시오니까.

하고서 쇠를 또 내어들고 자세 살펴보더니

　　임　이 산소도 매우 합당치 못한걸. 용이라 하는 것이 역수[243]

---

237) 拭淚砂: 눈물을 씻는 형국의 사(穴 주위의 형세).

238) 過峽: 울멍줄멍 내려오던 산줄기가 주산을 만들어 다시 일어나려 할 때에 안장처럼 잘록하게 된 부분.

239) 裹頭水: 시체의 머리를 싸는 수의(壽衣) 형국의 시내.

240) 變喪: 변고로 말미암은 상사.

241) 先王丈: 돌아가신 남의 할아버지의 존칭.

242) 합장.

243) 逆水: 용을 맞이해 물이 들어오는 것.

106

를 하여야 생룡(生龍)이라 하거늘, 순수도국[244]에 골육수(骨肉水)가 과당[245]하고 또 주엽산[246] 큰 맥이 졸지에 똑 떨어져 앞에 공읍사(拱揖砂)가 없고 장단(長短)이 부제[247]하여 여기도 쓸 만하고 저기도 쓸 만하니 이는 허화(虛花)라. 모르는 사람 보기에는 좋을 듯하나 용진호퇴(龍進虎退)하여야 할 터인데 용호가 저같이 상충(相衝)하니 대소가가 불목(不睦)할 것이오. 청룡이 '많을 다(多)'자로 되었으니 자손은 번성하겠소마는 제일절[248]이 저함[249]하였으니 종손은 얼마 아니 가서 절대(絶代)가 되는 장손과 격이오. 영감댁 작은댁이 어데 사는지 영감댁은 자손이 없어도 그 댁에는 자손들이 선선하겠소.

함 그 말씀이 꼭 옳으십니다. 나는 자식을 낳으면 죽어도 내 사촌은 아들을 사형제나 두었는데 모두 감기 한번 아니 앓고 잘 자랍니다.

임 그러하리다. 대원[250]한 산소는 모르겠소마는 이 두 분상 산소는 시각이 바쁘게 면례를 하여야 하겠소.

함진해가 임지관의 말에 어떻게 혹하던지 팥으로 메주를 쑨대도 꼭 곧이들을 만치 되어, 그 다음부터 임지관더러 말을 하자면

---

244) 順水都局: 지류의 방향이 원 줄기와 동일한 곳.

245) 過當: 보통보다 정도가 지나침.

246) 광릉의 주산.

247) 不齊: 가지런히 정돈되지 못함.

248) 주산에서 청룡으로 흘러들어가는 첫 마디.

249) 低陷: 낮아서 우묵하게 빠짐.

250) 代遠: 세대의 수가 멂.

선생님 선생님 하여 극공극경(極恭極敬)하기를 한층 더 심하더라.

함 선생님, 선생님께서 이같이 박복한 위인을 아시기가 불찰이시올시다. 아무쪼록 불쌍히 보서 화패나 다시 없을 자리를 지시하여주옵소서.

임 글쎄요, 무엇을 아나요? 어떻든지 찾아봅시다.

함 이 도국[251] 안이 과히 좁지는 아니한데 혹 쓸 만한 자리가 없을까요? 좀 살펴보시면 어떨는지요?

임 이 도국에 산지가 무엇이오? 벌써 다 보았소. 영감이 산리를 모르니까 그 말 하기도 쉬우나 말을 들어보면 짐작이나 서리다. 대지는 용종요리락(大地는 龍從腰裡落)하여 여기횡전작성곽(餘氣橫纏作城郭)이라 하니 큰 자리는 용이 장산[252] 허리에서 뚝 떨어져서 남저지 기운이 가로둘려 성곽 모양이 된다 하였거늘, 이 산 내맥[253]을 볼작시면 뇌두[254]에 성신(星辰)이 없고[255] 본신(本身)에 향응(向應)이 없어 늘어진 덩굴도 같고 족[256]은 지룡[257]도 같으니 이는 곧 천룡(賤龍) 직룡(直龍)이라. 아무리 속

---

251) 都局: 산으로 둘러싸여서 이루어진 땅의 형국.

252) 長山: 허리가 긴 산.

253) 來脈: 명당에 이르기 전 흘러내린 산맥.

254) 磊頭: 주산.

255) 풍수에서는 별자리가 떨어져 산이 되었다고 봄. 따라서 성신이 없다는 것은 평범한 산이라는 뜻.

256) 足: 산자락.

257) 地龍: 지렁이.

안에는 쓸 만한 듯하여도 기실은 한 곳도 된 데가 없으니 그대 생각은 하지도 마시오.

　함　그러면 우리 국내[258]가 진위 따에도 있습니다. 그리로나 가보실까요?

　임　여기니 저기니 할 것 없소. 영감의 정성이 저러하시니 말이오마는 내가 이왕에 한 자리 보아둔 곳이 있는데, 웬만만 하면 아니 내어놓자 하였더니……

하며 그 다음 말은 아니하고 우물우물 흉증을 부리니, 남 보기에는 가장(假裝) 천하명당을 보아두고 내어놓기를 아까워 주저하는 것 같은지라. 함씨가 궁금증이 나서,

　함　너무나 감격무지하오이다. 그 자리가 어데오니까?

　임　차차 아시지요. 급하실 것 있소.

　함씨가 임지관을 데리고 자기 집으로 돌아와 묏자리 일러주기만 바라고 날마다 정성을 들이는데 임지관은 쿨쿨 낮잠만 자고 그대 수작이 일절 없더라.

　이때 노파는 무슨 통신을 하는지 하루 몇번씩 금방울의 집에 북 나들듯 하고 금방울은 무슨 계교를 꾸미는지 고양(高陽) 따에를 삼사차 오르내리더라. 하루는,

　임　영감, 산 구경 가십시다.

　함　어데로 가시렵니까?

　임　어데든지 나 가자는 대로만 가십시다.

하며 곁엣사람 듣기 알맞을 만하게 혼잣말로,

---

258) 局內: 묘지의 구역 안.

'가보아야 좋기는 좋지마는 좀체 성력(誠力)에 그런 자리를 써볼까?'

함진해는 그 말을 넌짓 듣고 가장(假裝) 못 들은 체하며 자기 속으로 독장사 세음[259]치듯,

'임지관이 칭찬을 저렇게 할 제는 대지가 분명한데, 아마 산주(山主)가 있어 투장[260] 외에는 할 수가 없는 것이거나, 논둑 밭둑 같은 데 대혈[261]이 맺혀 범상한 눈에 대수롭지 않게 보여서 성력이 조금 부족하면 쓰지 못하리라 하는 말인 듯하나, 내가 그만 성력은 있으니 성력 모자라 못 써볼라구? 유주산(有主山)이거든 돈을 주고 사보고 정 아니 팔면 투장인들 못할 것 있으며, 논밭 두렁말고 물구덩이에다 장사를 지내라 해도 손톱만치도 서슴지 않고 써볼 터이야.'

하며 임지관의 시키는 대로 죽장망혜[262]에 가자는 대로 고양 따를 다다르니, '여겨보면 매부의 밥그릇이 높다'고 대지명당이 이 근처에 있으려니 여겨보니 산세(山勢)도 별로[263] 탈태[264]하여 뵈고 수세(水勢)도 별로 명랑하여 임지관의 눈치만 살피는데 임지

---

259) 옛날에 옹기장수가 길에서 독을 쓰고 자다가 꿈에 큰 부자가 되어서 좋아 날뛰다가 깨어보니 독을 깼더라는 이야기에서 유래하여, 쓸데없이 치는 셈을 뜻함.

260) 偸葬: 암장.

261) 大穴: 혈 중의 혈. 혈은 용맥의 정기가 모인 자리.

262) 竹杖芒鞋: 대지팡이와 짚신.

263) 특별히.

264) 奪胎: 용모가 환하게 아름다움.

관이 높직한 산상(山上)으로 올라가 펄썩 주저앉으며,

"영감, 다리 아프지 아니하시오? 인저는 다 왔소. 이리 와 앉아 저것 좀 보시오."

함진해가 그 곁으로 다가앉으며,

"무엇을 보라고 하십니까?"

임지관이 오른 손가락을 꼿꼿이 펴들고 가리키며,

임 저기 연기 나는 데 뵈지 않습니까?

함 네, 저 축동나무가 시퍼렇게 들어선 데 말씀이오니까?

임 옳소, 그 동리 이름은 덕은리라 하는 대촌인데, 또 이편으로 보이는 산은 마둔리 뒷봉이오.

함 선생님께서 고양 지명을 어찌 그렇게 역력히 아십니까?

임 우리나라 십삼도(十三道) 중에 용세나 좋은 곳이면 내 발길 아니 들여놓은 데가 없었소. 그러나 정혈에를 내려가보았으면 좋겠소마는 산주에게 의심을 받을뿐더러 대단한 강척이라 당장 모다깃매[265]를 당하고 쫓겨갈 터이니 멀찍이서 보기나 하지요.

하며 이리저리 가리키며 입에 침이 없이 포장[266]을 하는데, 그 자리에 면례 곧 하고 보면 당대발복[267]에 자손이 만당하여 금관자 옥관자가 삼태로 퍼부을 듯하더라.

임 이 산 형국[268]은 옥녀탄금형(玉女彈琴形)이니 당국[269]은

---

265) 한꺼번에 쏟아지는 매.

266) 褒獎: 칭찬하여 장려함.

267) 當代發福: 부모를 좋은 땅에 장사지내 곧 부귀를 누리게 됨.

268) 形局: 풍수지리에서 보는 묏자리의 형각(形殼)과 국소의 생김새.

옥녀체요, 안산은 거문고체라. 저기 보이는 봉은 장고사(長鼓砂)요, 여기 우뚝한 봉은 단소사(短簫砂)요, 전후좌우는 금장격[270]이며, 자좌오향[271]에 신득진파[272]이니 신자진삼 합격[273]이요, 혈은 횡접와체[274]에 포전이 매우 좋으니 자손이 대단히 번성할 터이오. 자, 더 보실 것 없이 이 자리에 선장 산소를 모셔볼 경륜을 해보시오.

함　어떻게 하면 그 자리를 얻어 쓰겠습니까? 선생님 지휘대로 하겠습니다.

임　영감이 하실 탓이지, 나는 별수가 있소? 그러나 내가 연전에 이 산판을 보고 하도 욕심이 나서 산 임자가 누구인지는 탐문하여보았소.

함　산주가 어데 사는 누구인가요?

임　마두리 웃동리 사는 최생원집이라는데 대소가 수십 집이 모두 연장접옥[275]하여 자작일촌[276]으로 산다 하옵디다. 그런데

---

269) 봉분이 있는 평평한 부위. 당판.
270) 錦帳格: 비단 휘장의 모양새.
271) 子坐午向: 자방(子方)을 등지고 오방(午方)을 향함. 곧 정남방.
272) 申得辰破: 명당에서 보아 물이 시작되는 방향을 득, 물이 나가는 방향을 파라고 이르니, 이는 신방(申方)에서 물이 들어와 진방(辰方)으로 물이 빠진다는 뜻.
273) 申子辰三合格: 신방, 자방, 진방 셋은 격에 맞음.
274) 橫接窩體: 접시 모양으로 깊지 않으면서 오목하게 들어간 혈.
275) 連牆接屋: 집이 이웃하여 닿음.
276) 自作一村: 한 집안끼리 한 마을을 이룸.

그 여러 집 사람들이 모두 불초초[277]하여 남이 홀만히 볼 수 없으나 형세는 한 집도 조석 분명히 먹는 자가 없다 합디다.

함 가세가 그렇게 간구하면 산지를 팔라면 말을 들을까요?

임 그 역시 나더러 물을 것 아니라 오늘은 도로 가셨다가 내일 모레간 몸소 내려와 산주를 찾아보시고 간곡히 말씀을 해보시오.

함 그 자리 하나만 사면 그 국내에 또 비봉귀소형(飛鳳歸巢形) 한 자리가 있으니 그것도 마저 사서 왕장(王丈) 산소를 면례해보십시다.

그 산 안에 명당이 한 곳뿐 아니요 또 한 곳이 있단 말을 듣고 함진해가 불 같은 욕심이 어떻게 치미는지, 산주가 팔기 곧 하면 자기 든 집째 세간째 먼 곳에 있는 외장[278]까지 모두 주고 벌건 몸뚱이가 한데로 나앉더라도 기어이 사서 써볼 생각이라.

평생에 오리 밖을 걸어다녀보지 못한 터에 평지도 아니고 등산까지 하여가며 사오십리를 왕환(往還)하였으니 다리도 아플 것이요 피곤도 할 것인데, 그 이튿날 밝기를 기다려 시골서 귀물(貴物)로 알 만한 물종(物種)을 각가지로 장만해서 두어 바리 실리고 고양길을 발행(發行)하는데, 임지관이 무엇이라고 두어 마디 이르니까 함진해가 고개를 끄덕끄덕하며,

"옳소, 선생님 말씀이 옳소. 그렇게 해보지요. 위선[279]하여 하는 일에 무엇이 어려울 것 있소?"

---

277) 不草草: 사람 됨됨이가 초초치 않음.

278) 外庄: 먼 곳에 있는 자기 땅.

279) 爲先: 조상을 위하는 그 일.

하더니, 하인을 시키어 공석[280] 한 닢을 둘둘 말아 장독교 뒷채 위에 매달아가지고 떠나가더라.

세상 사람 사는 것이 천태만상이라. 열집이면 열집이 다 다르고 백집이면 백집이 다 달라서, 잘살기로 말하여도 여러 백천층이요 못살기로 말해도 여러 백천층이라. 그런고로 사람마다 부정모혈(父精母血)을 받아나올 적에 각기 사주와 팔자이로되, 잘사는 부자로 첫째 되기도 극난하지마는 못사는 빈호(貧戶)로 첫째 되기도 역시 드문 터인데, 고양 사는 옥여 최생원은 고양 안에는 고사 물론하고 대한 십삼도 안에 둘째 가라면 원통하다 할 만한 간난이라. 그중에 누대 상전(相傳)하여오는 선영[281]은 있어 해마다 솔포기가 푸르스름하면 모조리 싹싹 깎아 팔아먹더니, 산이라 하는 것은 큰 나무가 들어서서 뿌리가 얽히지 아니하면 사태가 나며 토피(土皮)가 의례 벗는 법이라. 다음부터는 풋나뭇짐씩 뜯어 생활하던 길도 없어지고 다만 돈 백이라도 주고 뫼 한 장 쓰겠다면 유공불급하여 쉰네 쉰네 하여가며 팔아먹는 터이나, 그런 일이 어찌 날마다 있고 달마다 있으리요? 두수없이[282] 꼭 굶어 죽게 되어 이웃집 도끼를 빌어가지고 깎아 먹던 솔그루 썩은 고자등걸[283]을 캐어 지고 서울로 갖다 팔기로 생애를 하느라고 금방울의 집에다 단골을 정하고 하루 걸러큼 다녀 매우 숙친한 까

---

280) 空石: 벼를 담지 않은 빈 섬(곡식을 담기 위해 짚으로 엮은 멱서리).

281) 先塋: 선산.

282) 달리 변통하거나 주선할 여지가 없이.

283) 그루터기.

닭으로, 저의 집 지내는 사정을 낱낱이 말하고 나무 값 외에 쌀 되 돈관을 얻어다도 먹고 지내매, 금방울의 분부라면 거역치 못하는 법이, 칙령이라면 너무 과도하고 황송한 말이지마는, 본고을 원의 지령만은 착실하더라.

하루는 나뭇짐을 지고 들어오니까 요지[284] 선녀같이 쳐다보고 지내던 금방울이가 반색을 하여 반기며 안으로 잡담 제하고 들어오라 하더니,

금　에그, 당신은 양반이시고 나는 여염사람이지마는 여러 해 친하여 숭허물 없는 터에 관계 있습니까? 우리 인제는 의남매를 정하십시다. 오빠, 전에는 체통을 보시느라고 설면히 굴으셨지마는 어서 신발을 끄르고 방으로 들어오시오. 치우시기는 좀 하시겠소, 구시월 막새바람에 홑것을 그저 입고. 여보게 부엌어멈, 밥 숭늉 좀 덥게 데우고 새로 해넣은 섞박지 좀 놓아 가져오게. 오빠, 편히 앉으셔서 어한[285] 좀 하시오.

이 모양으로 예 없던 정이 물 퍼붓듯 쏟아지니 최생원이 웬 영문인지 알지도 못하고 주뼛주뼛하다가 간신히 입을 벌려,

최　나 같은 시골사람더러 남매를 정하시자는 것도 황송한데 무엇을 이렇게 차려주십니까?

금방울이 깔깔 웃으며,

금　에그, 오빠도 망령이셔라. 손아래 누이더러 황송이 다 무엇이고 존대가 다 무엇이에요? 인저는 허소를 하십시오.

최　허소는 차차 하면 못합니까? 누이님이 이처럼 하시니 내

---

284) 瑤池: 선녀가 산다는 중국 곤륜산의 연못.

285) 禦寒: 추위를 녹임.

마음은 어떻다 할 길 없소.

금　생애에 바쁘신데 어서 내려가시오. 내일쯤 오빠 사시는 구경도 할겸 언니 상회례[286]도 할겸 내가 내려가겠습니다.

최　누이님께서 오실 수가 있습니까? 우리 마누라를 데리고 올라오지요.

금　아우 되어 내가 먼저 가뵈어야 도리상에 당연하지요. 걱정 말고 내려가시오.

하며 나무 값 외에 돈 몇백냥을 집어주며,

"이것 변변치 않으나 신발이나 한 켤레 사다가 우리 언니 드리시오."

최생원이 재삼 사양하다가 마지못하여 받아가지고 나아오다가 선혜창[287] 장에 들어가 쌀도 좀 팔고 반찬거리도 약간 장만하여 가지고 자기 집으로 내려와, 일변 집안을 정(淨)히 쓸고 기직[288] 닢 방석 낱을 이웃집에 가 얻어다 깔고, 자기 아낙더러 새둥우리 같은 머리도 가리어 쓰다듬고 보병것[289]이나마 부유스름하게 새 것을 갈아입으라 한 후 계란 낱 닭 마리를 삶고 끓여놓고 눈이 감도록 고대하더니, 거무하[290]에 유사 사인교[291] 한 채가 떠들어

---

286) 相會禮: 서로 처음 만나는 예.

287) 宣惠廳: 조선시대 때 대동미·대동목의 출납을 맡아보던 관청.

288) 왕골 껍질이나 부들 잎을 짚에 싸서 엮은 돗자리.

289) 보병목(步兵木: 보병의 옷감으로 바치던 거칠고 올이 굵은 무명)으로 지은 옷.

290) 居無何: 있은 지 얼마 안 되어.

291) 四人轎: 네 사람이 메는 가마.

오며 금방울이 나오더니 최생원과 인사를 한 후 최생원의 마누라를 가리키며,

금 오빠, 이 어른이 우리 언니시오? 처음 뵈오니까 누구신지 몰라뵈었습니다.

하고 날아갈 듯이 절을 하며 교군꾼을 부르더니 피륙 낱 담배 근을 주섬주섬 내어다가 앞에다 놓으며,

"모처럼 오며 빈손 들고 오기 섭섭해서 변변치 않으나마 정이나 표하자고 가져왔습니다, 언니⋯⋯"

최생원의 아낙은 본래 촌 생장으로 금방울을 보니 요지에 선녀가 내려온 듯싶어 정신이 휘둥그러운 중, 석새베[292] 입던 몸에 고운 필목을 보고 순뜯이[293] 먹던 입에 지네발 같은 서초[294]를 보니 입이 저절로 벌어져서 자기 딴은 인사 대답을 썩 도저히 한다는 것이 귀동대동 구석이 어울리지 아니하게 지꺼리건마는, 금방울은 모두 쓸어덮고 없는 정이 있는 듯이 수문수답(隨問隨答)을 하다가 최생원을 돌아보며,

금 오빠, 시골 구경을 별로 못했더니 서울처럼 갑갑하지 아니하고 시원해서 좋소. 동산에나 올라가 구경 좀 합시다.

최 봄과 달라 꽃 한 가지 없고 구경하실 것이 무엇 있나요? 아무려나 찬찬히 가보십시다. 그렇지만 누이님같이 가만히 들어앉이셨던 터에 다리가 아프셔서 단기시겠습니까?

금 가보아서 다리가 아프면 도로 내려오지. 누가 삯 받고 가

---

292) 굵은 베.

293) 담배의 순을 따서 말린 담배.

294) 西草: 평안도에서 나는 담배.

는 길이오?

하며 최생원은 앞을 서고 마누라와 금방울이 뒤에 따라 뒷동산으로 올라가는데 최생원 내외의 생각에는,

'서울을 꼭 갇혀 들어앉았다가 여북 갑갑하여 저리할라구? 경치는 별로 없지마는 바람이나 시원히 쏘이게 김판서댁 묘소로 이 과장집 산소로 골고루 구경을 시기리라.'

하고 금방울의 생각에는,

'최가의 국내가 얼마나 되노? 이 놈을 잘 삶아 함진해에게 팔게 하였으면 저도 돈천이나 착실히 얻어먹고 우리도 전만(錢萬)이나 톡톡히 갖다 쓰겠다.'

하며 이 고동이 저 고동이 구경하다가,

금 오빠댁 국내는 어데요? 아마 매우 넓지, 해마다 나무 베어다 파시는 것을 짐작하건대?

최 얼마 되지 못합니다. 우리 집 뒤에서부터 저기 보이는 사태[295]가 허연 고동이까지올시다.

금 에그, 산이나마 넉넉히 있어 나무장사라도 하시는 줄 여겼구려. 얼마 되지도 못하고 그나마 토피가 모두 벗어 나무인들 어데 있소? 그까짓것 두시면 무엇을 하오? 뉘게 돈천이나 받고 팔아 말바리나 사서 샀이나 팔아먹지.

최 뫼장 쓸 만한 곳은 이왕 다 팔아먹고 남저지는 애총[296] 하나 묻을 만한 곳이 없으니 누가 사야 하지요?

금 그 걱정은 말고 내려갑시다. 내 좋은 획책을 하여볼 것이

---

295) 언덕이나 산비탈이 비로 무너진 곳.

296) 아이의 무덤.

니.

  최 아무려나 누이님 덕택만 바랍니다.

  금방울이 최생원 집으로 내려와 무엇이라고 쥐도 못 듣게 수군대더니 그 길로 떠나 올라간 뒤로, 최생원이 축일[297] 금방울의 집에를 드나들고 금방울도 수삼차를 최생원의 집에 다녀가더니 최생원이 자기 마누라도 모르게 정밤중이면 뒷동산에를 슬며시 다녀내려오더라.

  하루는 동리 집 개들이 법석으로 짖으며 최생원 집에 이상스러운 일이 났으니, 향곡[298] 풍속에 말 탄 사람 하나만 지나가도 남녀노소가 너나없이 나서서 구경하는 법인데, 하물며 이 집에는 난데없는 행차 하나이 기구있게 들어오더니 사립문 앞에다 공석을 펴고 금옥탕창[299]한 점잖은 양반이 업드려 대죄(待罪)하니, 보는 사람마다 곡절을 모르고 눈이 둥그래서 쑥덕공론이 분분한데, 최생원이 먼지가 켜켜 앉은 관을 툭툭 털어 쓰고 나오며,

  최 이거 웬 양반이 남의 집 문앞에 와서 이 모양을 하시오? 이 양반 뉘 집을 찾아왔소?

  그 사람이 머리를 따에 조으며,

  "네, 댁에를 왔습니다. 이 놈은 천지간에 죄가 많은 놈이라, 하해 같은 덕을 입어 그 죄를 면하고자 이처럼 석고대죄[300] 합니다."

---

297) 逐日: 날마다.

298) 鄕曲: 시골.

299) 금관자·옥관자·탕건·창의의 총칭. 곧 귀인.

300) 席藁待罪: 거적을 깔고 엎드려 처벌을 기다림.

최생원이 허 웃으며,

최　이 양반아, 댁 죄는 무슨 죄며 내 덕은 무슨 덕이란 말이오? 암만해도 댁에서 병풍상성[301]을 하였나 보오. 대관절 댁이 누구시오?

함　네, 서울 다동 사는 함일덕이올시다.

최　네, 그러하시오? 나는 성은 최가고 자[302]는 옥여요. 무슨 일로 찾아 계십더니까?

함　네, 다름이 아니라 친산을 잘못 쓰고 화패가 비상하와서 장풍향양[303]하여 백골이나 평안할 곳을 얻어 쓸까 합니다.

최　댁이 댁 산소 면례하기를 생면부지 모르는 나를 보고 이리할 일이 무엇이오? 그 아니 이상한가?

함　이렇게 댁에 와서 대죄하는 것은 당신 말씀 한마디만 듣기를 바랍니다.

최　내게 들을 말이 무슨 말이오? 나를 도선이나 무학이 같은 지관으로 아시오? 여보, 나는 본래 낫 놓고 기역자도 모르는 무식쟁이라 답산가[304] 한 구절 외우지 못하오. 여보, 댁이 잘못 찾아 계신가 보오.

함　아무리 미거하기로 잘못 찾아 뵈옵고 말씀할 리가 있습니까? 다름이 아니라 댁 선영 국내 안에……

---

301) 病風喪性: 병으로 본성을 잃어버림.
302) 字: 흔히 장가 든 뒤에 본이름 대신 부르는 이름.
303) 藏風向陽: 바람을 갈무리하고 햇빛을 마주 받음.
304) 踏山歌: 답산(무덤 자리를 잡으려고 산지를 실제 가서 보고 조사함)의 노래.

그 다음 말이 다 나오기 전에 최생원이 눈이 실룩하여지고 콧방울이 벌룽벌룽하며 부썩 도슬러 앉더니,

최 그래서요, 어서 말하시오.

함 일석지지만 빌려주시면 친산을 면례하고 동산소[305]하여 지내겠습니다.

최생원이 벌떡 일어서며 주먹을 도슬러 쥐고 꿩 차려는 보라매 눈같이 함진해를 노려보며,

"허, 이놈, 별놈 났다! 내가 이 모양으로 구차히 사니까 얼마큼 넘보고 와서 무엇이 어쩌고 어찌해? 묏자리를 빌려 동산소를 해? 이따위 놈은 이 당장에 두 다리를 몽창 부질러놓아야 이까짓 행위를 못하지."

하더니 울짱 한 가지를 보기 좋게 뚝 꺾어들고 서슬 있게 달려드니 함진해의 하인들이 당장 보기에 저희 상전에게 화색[306]이 박두한지라, 제각기 대들어 최생원의 매 든 팔을 붙들다가 다갱이도 터지고 함진해를 가려서다가 엉덩이도 쥐어질리니, 분한 생각대로 하면 동나뭇단[307] 같은 최생원 하나야 발길 몇번이면 저승 구경을 당장에 시키겠지마는 상전의 낯을 보아 차마 못하고,

"생원님 생원님, 너무 진노하지 마십시오. 산소 자리를 아니 드리면 고만이지 이처럼 하실 것 있습니까?"

최생원이 하인의 말대답은 하지도 아니하고 함진해만 벼른다.

"오, 이놈, 기구도 좋은 놈이니까 하인놈들을 성군작당[308]하여

---

305) 同山所: 두 집안에서 무덤을 한 땅에 같이 씀.

306) 禍色: 재앙이 벌어지는 기색.

307) 단으로 묶어 땔나무로 파는 잎나무(잎이 붙은 땔나무).

데리고 와서 나같이 잔약한 사람을 업수이여기는구나. 이놈, 너한놈 때려죽이고 나 죽었으면 고만이다."

하고 울짱 가지를 함부로 내두르는 바람에 사인교는 진가루가 되고, 말리러 덤비던 하인들은 오강[309] 편싸움에 태곰보 들어온 모양으로 분주히 쫓겨 도망을 하는데, 부지중에 함진해도 당장 화색이 박두하여 쫓겨나왔더라. 매맞은 하인들이 분함을 서로 이기지 못하여 구석구석 욕설이 나온다.

"제미를할거, 팔자가 사오나우니까 별 작자의 매를 다 맞아보았구. 그자가 명색이 무엇이야? 다갱이에 넉가래집 같은 관을 뒤집어쓰고 형조 사령이 지나갔나, 매질을 함부로 하게. 우리 댁 영감 낯을 보니까 참고 참아 쫓겨왔지그려. 그까짓 위인을 내 발길로 보기 좋게 한번만 복장을 질렀으면 개구리 새끼 나가자빠지듯 할 것이, 가만히 내버려두니까 제 세상만 여겨서 눈에 뵈이는 게 없나보데."

"여보게, 가만 내버려두게. 아래 위를 훑어보니까 그자가 꼴 보니 나무장사로 생애하는 위인이데. 이번에는 영감을 뫼셨으니까 하릴없이 참고 들어가지마는 아무 때든지 문안서 한번만 우리 눈에 걸리라게. 당장에 할아버지를 부르게 주릿대를 메어놓을 것이니."

한참 이 모양으로 지저귀는 것을 함진해가 듣고 그중에도 행여나 최생원을 건드려 자기 경륜을 와해되게 할까 겁이 나서 하인

---

308) 成群作黨: 여러 사람이 모여 떼를 이룸.

309) 五江: 서울 근처의 긴요한 나루가 있는 한강·용산·마포·현호·서강 등 다섯 군데의 강대.

을 꾸짖기도 하고 달래기도 한다.

"이놈들, 그것이 무슨 소리니? 너희들이 그 양반을 함부로 대접하고 보면 내 손에 죽고 남지 못하리라. 그 양반이 시골 살아 촌시러워 보이니까 너희들이 넘보고 그러나 보구나. 이놈들아, 그 양반 대접하는 것이 곧 나를 대접하는 일체인데 무엇을 어쩌고 어찌해? 상놈이 양반의 매 좀 맞은 것이 그리 원통하냐? 그 매는 너희를 때린 매가 아니요 즉 나를 때린 것인데 나는 아무 말도 못하는 것을 번연히 보며 함부로 떠드느냐? 다시 이놈들 무엇이라고 했다는 한매에 죽으리라."

이 모양으로 천둥같이 을러 데리고 서울로 올라와 임지관더러 소경력(所經歷) 풍파를 일일이 이야기한 후 주사야탁[310]으로 성화하더니, 며칠 아니되어 어떠한 의표[311]도 선명하고 위인도 진실한 듯한 사람 하나이 찾아 들어와 함진해를 보고 인사를 통한다.

"주인장이 누구시오니까?"

함진해가 아무리 살펴보아도 한번도 본 적이 없는 사람이라.

함　네, 내가 주인이오. 웬 양반이신데 무슨 사(事)로 찾아계시오?

그 사람　네, 나는 고양읍내 사는 강서방이올시다. 다름 아니라 댁에 임생원이라 하시는 양반이 오셔서 유(留)하십니까?

함　네, 그 양반이 계시지요. 어찌하여 찾으시오? 그 양반을 본래 친하시던가요?

---

310) 晝思夜度: 밤낮으로 생각함.
311) 儀表: 몸을 가지는 태도.

강 매우 친좁게 지냅니다.

함 그러면 거기 좀 앉아 기다리시오.

하고 한달음에 안잠마누라 집으로 가서 임지관더러 그 말을 전하
니 임씨가 입맛을 쩍쩍 다시며 괴탄(怪歎)을 무수히 한다.

"응, 긴치 아니한 사람, 또 무엇하러 여기까지 찾아왔노? 내
행색을 일껏 감추려 하여도 필경은 소문이 또 났으니 여기도 오
래 있지 못하겠구."

함진해를 건너다보며,

임 영감 댁 일은 잘될 듯하오. 지금 온 그 사람이 고양 일읍
에서는 권도[312]가 매우 좋아서 그만 주선은 할 만합니다. 기왕
온 사람을 어쩔 수 있소? 이리로 부르시오.

함 네, 그리하오리다. 선생님이 말씀을 하시니 말이지, 나는
친산 면례할 일로 어찌 속이 타는지 밤이면 잠을 잘 못 잡니다.
그 사람이 기위[313] 권도가 매우 있다 하오니 이 말씀 아니기로
어련하실 바는 아니시나 아무쪼록 되도록 부탁을 하여주십시오.
산지 값은 얼마를 주든지 다과(多寡)를 교계[314]치 아니합니다.

임 어데 봅시다. 그러나 이런 일을 데면데면히 하다는 또 이
번에 영감이 다녀오신 모양같이 될 것이니 단단히 하시오.

함 내가 아무리 단단히 하고 싶으나 될 수가 있습니까? 선생
님께서 하실 탓이지.

임 내야 영감 일에 범연하겠소마는 내 부탁 다르고 영감의 간

---

312) 權道: 목적을 위해 임기응변으로 취하는 수단.

313) 旣爲: 이미. 벌써.

314) 較計: 맞나 안 맞나 서로 견주어봄.

124

청 다르지 아니하오? 그 사람도 내 손에 친산을 얻어 쓰고 우연히 없던 아들을 낳은 후로 자기 딴은 감사히 여겨 저 모양으로 찾아오는 터이니까, 영감의 사정말을 부탁 곧 하게 되면 자기 힘자라는 대로는 하겠으나, 매양 그런 일을 하자면 빈손 들고는 도저히 아니될 것이니, 그 사람이 가세가 매우 간구하여 일 주선하기가 역시 곤란하리다. 어떻든지 나는 힘껏 할 것이니 영감이 그 다음 일은 알아서 처치하시오.

　함　그는 염려 마십시오. 제 일 제가 하려며 무엇을 아끼겠습니까?

하며 나아가더니 강씨를 인도하여 데리고 오는데 처음에는 그렇게 설만히 수작을 하더니 별안간 한없이 공근하고 관곡[315]한지라. 강씨가 뒤를 따라오며 혼잣말로,

　'옳지, 인저는 네가 착실히 낚시에 걸렸다. 농익은 연감 모양 같이 홀쭉하도록 빨려보아라. 대체 우리 아주머니 모계(謀計)는 초한(楚漢) 때 진평[316]이만은 착실하신걸. 국과 장이 맞느라고 임지관은 어데서 그리 마침 생겼던고?'

하고 그대 사색[317]을 싹도 보이지 아니하고 천연스럽게 따라 들어오더니, 임지관 앞에 가 절을 코가 깨어지게 한번 하고 곁으로 비켜서 공순히 꿇어앉으며,

　강　그 동안 기체(氣體) 어떠합시오니까?

　임　허, 자네인가? 예를 어찌 알고 찾아왔노? 그래 댁내 태

---

315) 款曲: 매우 정답고 친절함.

316) 陳平: 한 고조의 모사.

317) 辭色: 말과 얼굴빛.

평하시고 자제도 잘 자라나? 아마 컸을걸.

강 올에 다섯살이올시다. 그놈이 기질도 튼튼하고 외양도 똑똑하여 남의 열 자식 불지 아니합니다. 그놈을 볼 때마다 임생원장 덕택은 머리를 베어 신을 삼아도 못다 갚겠다고 저희 내외가 말씀을 합니다.

임 실없은 사람이로세. 자네 복력으로 그런 자손을 두었지, 내 덕이 다 무엇인가? 설혹 자네 말같이 면례를 잘하고 자손을 낳았다 한대도 역시 자네의 복력으로 내 말을 곧이들었지, 내 아무리 가르치기로 자네가 믿지 아니하면 되겠나, 허허허…… 여보게, 지나간 일은 쓸데없이 말할 것 없네. 그리지 아니하여도 내가 자네를 좀 보면 하였더니 다행하게 마침 잘 왔네.

강씨가 생시치미를 뚝 떼이고,

강 무슨 부탁하실 말씀이 계십니까? 세상없는 일이기로 임생원장께서 하시는 말씀이야 봉행치 아니하겠습니까?

임 자네 덕은리 근처 사는 최서방들과 친분이 있나?

강 네, 그 근처에 최씨들이 여러 집인데 한 고을에 사는 고로 모두 면분[318]은 있지마는, 그 최씨의 종손 되는 옥여 최서방과는 못할 말을 다 할 만치 친숙히 지냅니다.

임 옳지, 내가 말하는 사람이 즉 옥여 최서방일세. 여보게, 이 주인장이 형세도 남불지 아니하고 공명도 할 만치 하였건마는, 자네 댁 일과 같이 흉지에 친산을 쓰고 독한 참척을 여러번 보아 슬하에 자제가 없을뿐더러 우환이 개일 날이 없어 아무것도

---

318) 面分: 얼굴이나 알 정도로 사귄 정분.

모르는 나를 이같이 조르시네그려. 차마 괄시할 수 없어 큰 화패
는 없을 듯한 자리 한 곳을 보아드렸는데 즉 최옥여의 국내 안일
세. 자네도 동병상련(同病相憐)이 아니라 할 수 없으니 주인장
말씀을 들어보아 힘을 다하여 주선 좀 해드리게.

　함　내 일 되고 아니 되기는 노형(老兄) 주선에 달렸습니다.

　강　천만의 말씀이오. 일의 성 불성(成不成)은 모르겠습니다마
는 저 어른 부탁도 계시고 어련하겠습니까? 그러나 그 사람의
성미가 너무 끌끌하고 고집이 있어 섣불리 개구(開口)를 했다는
뺨이나 실컷 맞고 돌아설 터이니, 웬만하시거든 파의(罷意)를 하
시고 다른 곳을 구해보시는 것이 좋을 듯하오이다.

　함　그 사람 성미는 나도 대강 짐작합니다마는 불고염치(不顧
廉恥)하고 이처럼 말씀을 하오니 아무리 어려우셔도 힘써주시오.
산 값은 얼마를 달라 하든지 교계할 것 없소. 여북하여 선영을
파는데 후한 편으로 하는 것이 옳지 않소? 노형만 하셔도 예서
고양 가는 길에 아무리 철로는 있지마는 가깝지 아니한 터에 여
러번 오르내리실 터이오. 그리노라면 하루 이틀 아니될 터인데
댁 가사도 낭패가 적지 아니 되실지라, 우선 돈천이나 드릴 것이
니 내왕 노자도 하시고 쌀 섬이나 팔아 댁에 두시고 내 일을 전
심하여 좀 보아주시오.

　함진해가 그같이 말하면서 지폐 한 뭉치를 내어주니 강씨가 재
삼 사양하며,

　강　별말씀을 다하십니다. 돈이 다 무엇이야요? 아직 될란지
도 모릅니다마는 그만 일을 보아드리기가 무엇이 힘이 든다고 이
처럼 말씀하십니까?

하며 받지를 아니하니 임지관이 가장 사리대로 말하는 체하고,

　임　여보게, 고집 말고 받아넣게. 주인장이 정으로 주시는 것을 아니 받아 쓰겠나? 어서 받아가지고 내려가 일 주선이나 잘 해보게.

　강씨가 말에 못 이기는 체하고 집어넣더니 그 길로 떠나갔다가 수삼일 후에 다시 오더니, '바람에 돌부처보다 못할러라, 삶은 호박에 이도 아니 들더라' 하여 함씨의 마음을 '불 단 가마에 엿 졸이듯' 바작바작 졸인 후에 몇 차례를 왔다갔다 하며 애를 쓰는 모양을 보이더니, 한번은 올라와서 태산이나 져다주는 듯이 덕색[319]을 더럭 내며,

　"에구, 어렵기도 어렵다. 이렇게 힘들 줄이야 누가 알아? 영감, 어서 면례하실 택일이나 하시오. 이번에야 최서방의 허락을 받았소. 허락은 받았지만 한 가지가 내 소료[320]보다는 대상부동[321]한걸이오."

　함　불안하오, 내 일로 해서 너무 고생을 하셔서. 그런데 산주의 응낙을 받으셨다며 무엇이 소료에 틀린다 하시오?

　강　다른 것이 아니라 산 값을 엄청나게 달라 하니 나는 기가 막혀 선뜻 대답을 못하고 왔습니다.

　함　얼마나 달라길래 그리하시오?

　강　그 사람 말이 '그 자리가 자래로 유명하여 팔라 조르는 사람이 비일비재인데 십오만 냥까지 주마 하는 것을 팔지 아니하였

---

319) 德色: 은혜를 베푼 것을 자랑하는 기색.

320) 所料: 요량한 바.

321) 大相不同: 크게 다름.

거니와 자네가 괄시할 수 없는 터에 이처럼 한즉 그 값이면 팔겠
다' 하니, 나도 아다시피 다른 사람이 주마는 값을 감하여 말할
수 없고 영감 의향을 아지 못하여 말씀을 듣자고 왔습니다.

　함　걱정 마시오. 내 형세가 전만은 못하지마는 십오만 냥까지
야 주선 못하겠소? 어서 그대로 약조를 하시고 이 다음 파수[322]
에 돈을 치르게 하시오.

하고 십오만 냥 어음을 써서 주니 강씨가 받아 척 접어 염낭에
넣고 가더니, 그 이튿날 산주의 약조서를 받아 왔더라.

　함진해가 면례 택일을 임지관더러 보아달라 하여 일변으로 구
산(舊山)을 돋우며 일변으로 신산(新山)을 작광[323]하는데, 역군
들이 별안간에 괭이 가래 집어던지고 쫙 돌아서서 이상하니 야릇
하니 처음 보았느니 알 수 없는 것이니 뒤떠들더니 광중[324] 속에
서 난데없는 돌함 하나를 얻어 내었는데, 함진해가 정구한 처소
에서 조상식(朝上食)을 지내다가 그 소문을 듣고 상식상을 물릴
여부 없이 한달음에 올라가 돌함을 구경한즉, 크기가 단천[325] 담
배 설합만한데 뚜에[326]를 무쇠물로 끓여 부어 단단히 봉하였는지
라. 강철끌 몇 채를 가져오라 하여 이에[327]를 조아내고 열어보니

---

322) 派收: 5일째마다 매매한 물건값을 치르는 일. 서울에서는 음력
　　　초닷새, 열흘, 보름 등임.
323) 作壙: 땅을 파내어 무덤을 만듦.
324) 壙中: 구덩이 속.
325) 端川: 함경남도의 지명.
326) 뚜껑.
327) 이에짬: 두 물건을 맞붙여 이어놓은 짬.

홍(紅)공단 한 조각에 금으로 글씨 썼으되 전면에는 '옥녀탄금형 십대장상에 백자천손지지 함씨입장[328]' 후면에는 '모년 모월 모일 옥룡자 소점(玉龍子 所點)[329]'이라 하였거늘, 그날 회장[330]하러 온 사람과 구경하러 온 사람들과 역군과 집안 하인 병(倂)하여 근 백명이 한마디씩이라도 다 떠들며 참 대지니 과연 명당이니 하는데, 함진해는 어떻게 좋던지 돌합을 품에 품고 임지관 앞에 가서 백번 천번 절을 하며,

　　함　선생님 덕택에 과연 명혈을 얻었습니다. 선생님은 참 신안 (神眼)이시올시다. 이 비기[331] 좀 보십시오.

　임지관이 비기를 받아 우두커니 보다가 픽 웃으며,

　　임　그것이 그다지 희한하시오? 나는 별로 아는 것도 없이 맹 자직문[332]으로 우중[333]한 일이지만 영감 댁 복력이 거룩하여 몇 백년 전에 옥룡자가 벌써 비결까지 묻었으니 나 아니기로 댁에서 쓰지 못하실 리가 있소? 아무려나 영감 댁 복력이 대단하시오. 이왕 명혈을 쓰신 끝에 선왕장 산소를 마저 면례하시오.

---

328) 玉女彈琴形 十代將相 百子千孫之地 咸氏入葬: 십대에 걸쳐 장수
　　와 재상이 나고 자손이 번창하는 옥녀탄금형 명당에 함씨가 장사
　　를 지냄.

329) 옥룡자(도선) 점지함.

330) 會葬: 장례 지내는 데 참여하는 일.

331) 祕記: 길흉 화복의 예언을 적은 기록.

332) 盲者直門: 소경이 문을 바로 찾아간다. 어리석은 사람이 어쩌다
　　이치에 맞는 일을 한다는 뜻.

333) 偶中: 우연히 맞음.

함 그다뿐이오니까? 향일에 말씀하시던 비봉귀소형을 마저 가르쳐주시기를 바랍니다.

이와 같이 정성을 들여가며 간곡히 물어 강씨를 사이에 또 놓고 몇십만 냥을 주고 샀던지 급급히 택일을 하여 면례 한 장을 마저 한 뒤에, 임지관이 종적노출이 되어 오래 유련하지 못하겠다 하고 굳이 말려도 듣지 아니코 떠나가는지라. 수로금[334] 몇만 금을 경보[335]로 내어놓으니 임지관이 가장 청렴한 체하고 무수히 퇴각하다가 마지못하여 받는 모양으로 짐에 넣더니, 배행(陪行) 하러 보내는 하인을 모두 도로 쫓고 정처와 거주를 물어도 대답이 없이 표연히 가더라.

함진해가 그후로는 부인의 병세도 차차 낫고 귀동자를 올 아니면 내년에는 낳을 줄로 태산같이 믿고 기다리더니, 공든 탑이 무너지고 믿는 나무에 곰이 피인다고 부인의 병은 더욱 별징[336]이 생겨 한 다리 한 팔 못 쓰는 반신불수가 되어 말하는 송장이 되었고, 그 고생을 다 하느라니 함진해는 나이 융로[337]한 터는 아니나 근력 범절이 칠십 노인이나 다름없이 되었는데, 저 강도와 아귀보다 더한 요악간휼(妖惡奸譎)한 금방울이 그 모양으로 속여 먹고도 오히려 부족하던지 한 가지 흉계를 또 부려서 근력 없는 함진해가 수각이 황망[338]한 지경을 당하였더라.

---

334) 酬勞金: 수고나 공로에 대해 보수하는 돈.

335) 輕寶: 가볍고 값 많이 나가는 재물.

336) 別症: 어떤 병에 병발하는 딴 증세.

337) 隆老: 칠팔십 되는 노인.

338) 手脚慌忙: 급작스러운 일에 당황해서 어찌할 바를 모름.

하루는 어떠한 자가 불문곡직하고 주인을 찾으며 들어오더니 시비를 내어놓으니, 이는 다른 사단이 아니라 그 자이 고양 최씨의 도종손(都宗孫)이라 자칭하고 산송[339]을 일으키려는 것이라. 최가의 위인도 똑똑하고 구변도 썩 좋아 함진해는 한마디쯤 말을 하면 최가는 열마디씩 쥐어박아 말을 한다.

최 여보, 댁에서는 세력도 좋고 형세도 부자니까 잔핍한 사람을 업수이여기고 남의 누대 분묘, 내룡견갑[340] 좌립구견지지[341]에 호기있게 뫼를 썼나보오마는 그 지경을 당한 사람도 오장육부가 다 있소.

함 여보, 댁이 누구시오? 나도 천금 같은 돈을 주고 산주에게 사서 썼소.

최 산주, 산주, 산주가 누구란 말이오?

함 네, 고양 최씨에 종손 되는 옥여 최서방에게 샀소. 댁이 무슨 상관으로 이리하시오?

최 우리 최가에 옥여라고는 당초에 없을 뿐 아니라 산하(山下)에 사는 일가들은 모두 우리 집 지파(支派)요 수십대 봉사[342]하는 종손은 나의 집인데, 십여 년 전에 호중[343]으로 낙향하였다가 금년에야 비로소 성묘를 온 터이오. 댁에서 사지 말고 세상없는 일을 했더라도 당장 파내고야 배기리다. 댁에서 만일에 아니

---

339) 山訟: 묘지에 관한 송사.
340) 來龍肩胛: 내룡의 어깨뼈에 해당하는 자리.
341) 坐立俱見之地: 앉으나 서나 다 보이는 땅.
342) 奉祀: 제사를 받듦.
343) 湖中: 충청남북도.

파면 내 손으로라도 파굴리고 말 터이니 알아 하시오.

하고 최씨 집 내력과 파계[344]를 역력히 말하며 독서슬같이 으르는 바람에 함진해가 겁이 더럭 나서, 좋은 말로 어루만지며 뒷손으로 사람을 급히 보내어 옥여를 찾으니 벌써 솔가도주[345]하여 영향[346]도 없는지라. 법은 멀고 주먹은 가깝다고 정소[347]를 하든지 재판을 하기는 이 다음 일이요, 당장 친산에 사굴[348]을 당할 터이니까 생각다 못하여 하릴없이 산 값을 재징[349]으로 물어주더라.

상말로 파리한 개 무엇 비니 남는 것이 아무것도 없는 일체로, 패(敗)해가는 세간을 이리 빼앗기고 저리 빼앗기고 나니 남는 것이라고는 새앙쥐 볼가심[350]할 것도 없게 되어, 그렇지 아니하게 먹고 입고 지내던 함진해가 삼순구식[351]을 못 면하고 누대 제사에 궐향[352]을 번번이 하니, 타성(他姓)들이 듣고 보아도 그 집안 그 지경 된 것을 '가이없으니, 그래 싸니' 다만 한마디씩이라도 흉볼 겸 걱정할 겸 하거든, 하물며 원근족(遠近族) 함씨의 종중

---

344) 派系: 동종에서 갈리어 나온 계통.

345) 率家逃走: 온 집안 식구를 데리고 도망감.

346) 影響: 그림자와 소리. 즉 흔적.

347) 呈訴: 소장(訴狀)을 관청에 바침.

348) 私掘: 남의 무덤을 허가 없이 사사로이 파냄.

349) 再徵: 두번째 물리어 받음.

350) 볼의 안쪽, 곧 입속을 겨우 가시는 정도라는 뜻이니, 아주 적은 음식으로 시장기를 면하는 일.

351) 三旬九食: 서른날에 아홉끼밖에 못 먹는다.

352) 闕享: 제사를 거름.

(宗中)에서야 수십대 종가가 결딴이 났으니 어찌 남의 일 보듯 하고 있으리요? 팔도 함씨 대종회(大宗會)를 열고 관자[353] 수대로 모여드는데, 이때 함일청이는 그 사촌의 집에를 일절 발을 끊어 다시 현영을 아니하고 다만 치산[354]을 알뜰히 하여 형세도 점점 나아지고 아들 삼형제를 열심으로 가르쳐 남부러 아니하고 지내는 터이나, 다만 맘에 계련[355]되어 잊히지 못하는 바는 경성(京城) 큰집 일이라. 자기는 아니 갈 법해도 서울 인편 곧 있으면 종종 소식을 탐지한즉 듣는 말이 다 한심하고 기막힌 일뿐이러니, 하루는 종회 하는 통문이 서울로서 내려왔는지라. 곰곰 생각한즉,

  '아무리 사촌이라도 타인보다도 더 미워 다시 대면을 마자 작정을 하였지마는 팔도 일가가 모두 종회를 하는데 내 도리에 아니 가볼 수 없다.'
하고 그 길로 떠나 성중(城中)을 들어서서 다방골 모퉁이를 돌아드니, 해포[356] 그리던 사촌을 만날 터인즉 얼마쯤 반가운 마음이 날 터인데 반갑기는 고사하고 눈물만 절로 나니, 그 사정을 모르는 사람 보기에는 심상히 여기겠으나 이 사람의 중심(中心)에는 여러가지 철천지한(徹天之恨)이 가득하더라.

  '저기 보이는 집이 우리 사촌의 집이 아닌가? 어찌면 저 모양으로 동퇴서락[357]하였노? 우리 큰아버지 당년(當年)이 엊그제

---

353) 冠者: 관례를 행한 사람.
354) 治産: 재산을 관리함.
355) 係戀: 사랑에 끌리어 잊지 못함.
356) 한 해가 넘는 동안.

같은데, 그때는 저 집이 분벽사창이 영롱하던 다동 바닥에 제일 갑제[358]러니! 집이 저 지경이 되었을 제야 그 집안 범절이야 더구나 오죽할까? 에구, 우리 조부께서 머나먼 북경(北京)을 문턱 드나들듯 하시며 알뜰살뜰 모신 세간을 그 형님이 장가 한번을 잘못 들더니 걷잡을 새 없이 저 모양으로 망하였지. 집안에 가까이 단기던 정직한 사람은 모두 거절을 하고 천하의 교악망측(狡惡罔測)한 년놈들만 집에다 붙이어 억지로 결딴이 나도록 심장을 두었으니 무슨 별수로 저 모양이 아니 될구? 안잠 하인년이 그저 있는지, 제일 그년 보기 싫어 어찌 들어가노? 에라, 이탓 저 탓 해 무엇하리? 대관절 우리 형님이 글러 그렇게 되었지.'

하며 손수건을 내어 눈물 흔적을 씻고 대문을 들어서니, 문 위에 엄나무 가시와 좌우주초(左右柱礎) 앞에 황토가 여전히 있는지라. 그같이 비창하던 마음이 졸지에 변하여 눈에서 쌍심지가 올라오며 가슴에서 불덩어리가 벌꺽벌꺽 올라온다. '이왕 결딴난 집안을 어찌할 수는 없지만 이 모양으로 흥와조산[359]을 하는 년놈을 깡그리 대매에 때려죽여 분풀이나 실컷 하겠다. 오, 어떤 년놈이든지 걸려만 들어보아라. 내 손에 못 배기리라.'

하며 사랑 앞에를 썩 들어서니 대부[360] 족장[361] 형제 조카 손항[362] 되는 여러 일가사람들이 가뜩 모여 앉았다가 분분히 인사

---

357) 東頹西落: 허술한 집이 이리저리 쏠림.

358) 第一甲第: 제일 좋은 집.

359) 興訛造訕: 있는 말 없는 말 지어내어 마구 남을 비방함.

360) 大父: 할아버지와 같은 항렬인 남자.

361) 族丈: 같은 성의 윗 항렬인 어른.

를 하는데, 정작 자기 사촌은 볼 수가 없는지라 마음에 당황하여 좌우를 돌아보고,

"여보, 우리 형님은 어데 가셨길래 아니 계시오?"

그중 항렬 높은 자(者)이 일청을 불러 앞에 세우고 준절히 꾸짖는다.

"네가 그 말 하기가 부끄럽지 아니하냐? 네 사촌이 아무리 지각없이 집안을 결딴내기로 너는 그만 지각이 있는 사람이 종형제 간에 절적[363]을 하고 조상의 제사 참사(參祀)까지 몇해를 아니하다가 우리가 이 모양으로 종회를 하니까 그제야 올라와서 무엇이 어쩌고 어찌해? 우리 형님이 어데로 가셨어? 주축이 일반[364]이다. 집안이 그 모양으로 불목(不睦)하고 무슨 일이 되겠느냐?"

그 곁에 앉았던 노인 하나이 분연히 나앉으며,

"여보 형님, 그 말씀 마시오. 그 사람이 무슨 잘못한 일이 있다고 그리하시오? 이것 저것이 모두 진해의 잘못이지, 저 사람은 저 할 도리를 다했습디다."

먼저 말하던 노인이 증을 내며,

"자네는 무엇을 가지고 저 사람의 과실(過失)이 없다 하노?"

곁에 앉았던 노인 형님, 그렇게 말씀하시기도 용혹무괴요마는 내 말씀을 자세 듣고 무정지책[365]을 너무 말으시오.

---

362) 孫行: 손자뻘 되는 항렬.

363) 絶迹: 발을 끊음.

364) 走逐一般: 다같이 옳지 않은 짓을 한 바에는 책망하는 이나 받는 이나 일반이라는 말.

365) 無情之責: 까닭 없는 책망.

하며 소년 일가 하나를 부르더니 편지 한 뭉치를 가져 조좌[366] 중에 내어놓고 축조(逐條)하여 설명을 하는데, 그 편지는 별사람의 편지가 아니라 함일청이 그 종씨의 하는 일마다 소문을 듣고 깨닫도록 인편 곧 있으면 변명[367]을 하여 간곡히 한 편지라. 그 어리석고 미련한 함진해는 그럴수록 자기 사촌을 돈목[368]히 여기지 아니하고, 그 편지 올 적마다 큰집이 아니 되도록 훼방을 하거니 여겨 원수 치부를 한층 더하던 것이라. 그 편지의 연월을 맞춰 차례차례 보아내려가는데 자자(字字)마다 간절하고 구구(句句)마다 곡진하여 목석이라도 감동할 만하니 최초에 한 편지 사연에 하였으되,

　무릇 나라의 진보가 되지 못함은 풍속이 미혹함에 생기나니, 슬프다! 우리 황인종의 지혜도 백인종만 못지 아니하거늘, 어찌타 오늘날 이같이 조잔[369] 멸망 지경에 이르렀느뇨? 반드시 연고가 있을지니다. 우리 동양으로 말하면 당우[370] 이래로 하늘을 공경하며 귀신에게 제(祭) 지냄은 불과 일시에 백성의 뜻을 단속키 위함이러니, 오괴[371]한 선비들이 오행(五行)의 의론을 창설하여 길흉화복을 스스로 부른다 하므로, 재앙과 상서

---

366) 稠座: 여러 사람이 빽빽하게 모인 자리.
367) 辨明: 사리를 따져 분명히 밝힘.
368) 敦睦: 정이 두텁고 화목함.
369) 凋殘: 시들어 쇠약함.
370) 唐虞: 중국의 요·순 시대.
371) 迂怪: 성질이 오활하고 기괴함.

(祥瑞)의 허탄한 말이 대치(大熾)하여 점점 심할수록 요악한 말을 주작[372]한지라. 일로조차 천지 귀신이 주고 빼앗으며 죽고 사는 권리를 실상으로 조종하여 순히 하면 길하고 거스르면 흉한 줄로 미혹하여, 이에 밝음을 버리고 어두움을 구하며 사람을 내어놓고 귀신을 위하여, 무녀와 판수가 능히 재앙을 사라지게 하고 복을 맞아오는 줄 여겨 한 사람 두 사람으로부터 거세[373]가 본받아 적게 한 집만 멸망할 뿐 아니라 크게 나라까지 쇠약케 하나니, 이는 곧 억만 명 황인종의 금일 참혹한 형상을 당한 소이연이니다. 엎드려 바라건대, 형장(兄丈)은 무식한 자의 미혹하는 상태를 거울하사 간악요괴한 무리를 일절 물리치시고 서양사람의 실지를 밟아 일절 귀신 등의 요괴한 말을 한 비에 쓸어버려, 하늘도 가히 측량하며 바다도 가히 건너며 산도 가히 뚫으며 만물도 가히 알며 백사(百事)도 가히 지을 마음을 두시면, 비단 형장의 한 댁만 부지하실 뿐 아니라 나라도 가히 강케 하며 동포도 가히 보존하리이다.

그 다음에 보낸 편지에 또 하였으되,

　슬프다, 형장이시여! 형장의 처지를 생각하시옵소서. 형장은 우리 일문(一門) 중 십여 대 종손이시니 큰집의 동량[374]이나 일반이라. 그 동량이 썩어지면 큰집이 무너짐은 면치 못할

---

372) 做作: 없는 사실을 꾸며 만듦.
373) 擧世: 온 세상.
374) 棟梁: 마룻대와 들보.

사세라. 형장의 미혹하심은 전일(前日)에 올린 바 글에 누누이 말씀하였으니 다시 논란할 바 없거니와, 날로 들리는 소식이 더욱 놀랍고 원통하와 이같이 다시 말씀하나이다. 착한 사람을 가까이하며 악한 무리 멀리함은 성인의 훈계요, 공을 상 주고 죄를 벌함은 가법(家法)의 정당함이어늘, 이제 형장은 이와 같이 아니하여 무육[375]하던 유모의 공을 저버려 그 착함을 모르시고, 간휼한 할미의 죄를 깨닫지 못하여 그 악함을 친신(親信)하시니 어찌 가도(家道)가 쇠색[376]함을 면하오며, 또 산지라 하는 것은 조상의 백골로 하여금 풍우에 폭로[377]치 아니하고 따 속에 깊이 편안히 계시게 함이 도리에 온당하거늘, 풍수의 무거(無據)한 말을 곧이듣고 자기의 영귀와 자손의 복록을 희망하여 안장(安葬)한 백골을 파가지고 대지 명당을 찾아단기니, 대지 명당이 어데 있으며 조상의 백골이 어찌 자손의 영귀와 복록을 얻어주리요? 만일 그와 같은 이치가 있을진대 아무데나 매장지를 한곳에 정하고 백골을 단취[378]하는 서양사람은 모두 멸종, 빈한하겠거늘, 오늘날 그 번식 부강함이 산지로 종사하는 우리나라에 비할 바 아님은 어쩐 연고이며, 만일 지관이라 하는 자가 대지 명당을 능히 알아 남에게 가르칠 재주가 있고 보면 어찌하여 저의 할아비를 묻지 아니하고 그같이 빈곤히 지냄을 면치 못하며 타인만 가르쳐주리요? 이는 허탄한 말

---

375) 撫育: 어루만져 기름.
376) 衰索: 쇠하고 흩어짐.
377) 暴露: 바람·비에 바래짐.
378) 團聚: 집단으로 모임.

을 주작하여 남의 재물을 도적함이어늘, 어찌 이같이 고혹하여 산소를 차례로 면례코자 하시나니까? 종제(從弟)의 위인이 불초함으로 말을 버리지 마시고 급히 깨달으사, 유모를 도로 부르시고 할미를 축출하며 지관을 거절하사 면례를 파의(罷議)하옵소서."

그 끝에 열 가지 잠언을 기록하였으되,

일. 쓸데 있는 글을 많이 읽고, 무익한 일을 짓지 말으소서.
이. 사람 구원하기는 의원만한 이 없고, 세상을 혹하기는 무녀 같은 것이 없나이다.
삼. 사람을 사귀매 양증[379] 있는 자를 취하고, 음증[380] 있는 자를 취치 마옵소서.
사. 광명한 세계에는 다만 실상만 있고 허황한 지경은 없사외다.
오. 세계에 신선이 있으면 진시황(秦始皇)과 한무제(漢武帝)가 가히 죽지 아니하였으리이다.
육. 사람을 능히 섬기지 못하거든 어찌 능히 귀신을 섬기며, 산 사람도 모르며 어찌 능히 죽은 자를 알리요?[381] 귀신과 죽

---

379) 陽症: 활발하고 명랑한 성질.
380) 陰症: 음침한 성격.
381) 이는 『논어』 先進편에 나오는 다음 구절과 관련된다.
　　계로가 귀신 섬기는 일에 대해 묻자, 공자 가로되, "사람도 능히 섬기지 못하는데 어찌 귀신을 섬길 수 있으리요?" "감히 죽음

음은 성인의 말씀 아니한 바니, 성인이 아니하신 말을 내가 지어내면 성인을 배반함이니다.

칠. 굿 하고 경 읽음을 자기는 당연한 놀이마당으로 여겨도 지식 있는 사람 보기에는 혼암[382]세계로 아나이다.

구.[383] 산을 뚫고 길 내기를 풍수에 구애가 될지면, 외국은 철도가 낙역하고[384] 광산이 허다하건만, 어찌하여 국세가 저같이 흥왕하뇨? 풍수가 어찌 동양에는 행하고 서양에는 행치 아니하오리까?

십. 사람의 품은 마음을 가히 측량키 어려워 얼굴과는 관계가 없거늘, 상을 보고 마음을 안다 하니 진실로 술사(術師)의 사람 속이는 말이니다.

보기를 다함에 그 많은 일가들이 칭찬하지 않는 자가 없는데, 그중에 그 편지 가져오라던 노인 함만호[385]는 진해 집 이웃에 있어 그 집의 국이 끓고 장이 끓는지 그 하는 것을 모를 것이 없이 다 아는 터인데, 진해의 하는 일이 마음에 해괴하건마는 아무리

에 대해 묻습니다." 가로되, "삶도 모르는데 어찌 죽음을 알리요?"(季路問事鬼神 子曰 未能事人 焉能事鬼 敢問死 曰 未知生 焉知死).

382) 昏闇: 어리석어서 사리에 아주 어두움.

383) '팔'은 어찌 된 셈인지 빠져 있다. 아마도 인쇄 과정에서 탈락한 듯하다.

384) 絡繹하고: 왕래가 끊임이 없고.

385) 咸萬戶: 만호는 조선시대 때 종4품의 무관직.

일가간이기로 소불간친[386]으로 내외간사(內外間事)를 말하기 어려워서, 다만 대체로 한두 번 권고한 후 다시는 개구(開口)도 아니하고 이따금 가서 진해의 망측한 거동만 구경하더니, 어리석은 진해는 일문 대소가들이 다 절적을 하는데 이 노인은 가장 자기를 친절히 여겨 종종 찾아오거나 하여,

"만호아저씨, 만호아저씨."

하며 일청의 편지 올 적마다 펴 보이며,

"이놈이 소위 형은 갱참[387]에 집어넣어 그른 사람으로 돌리고 저는 지식이 고명코 정대한 사람인 체하여 이따위 편지를 하느니 마느니."

하고 찢어 내어버리는 것을, 함만호는 뜻이 깊은 사람이라 속마음으로,

'종형제간에 어쩌면 이같이 청탁(清濁)이 현수[388]한고? 대순(大舜)과 상[389]이도 있고 도척[390]이와 유하혜도 있다 하지마는, 저 사람이야말로 상이와 도척이보다 못지 아니하도다. 내가 저 편지를 간수하여두었다 이 다음에 일청의 발명(發明)거리를 삼으

---

386) 疏不間親: 친분이 먼 사람이 친분이 가까운 사람들을 이간하지 못함.

387) 坑塹: 깊고 길게 파놓은 구덩이.

388) 懸殊: 현격하게 다름.

389) 象: 순임금의 이복동생으로 그 아비와 짜고 순을 죽이려고 한 패악한 인물.

390) 盜拓: 현인(賢人) 유하혜(柳下惠)의 아우로 춘추시대의 몹시 악한 사람.

리라."

하고 슬며시 주섬주섬 집어 모아 이리저리 이어 맞추어 튼튼한 종이로 배접[391)을 하여둔 것이라. 이번 종회를 발기하기도 함만호가 문장[392)을 일부러 여러번 가보고 통문을 놓은 것인데 그 종회한 주지(主旨)는 큰 조목 세 가지가 있으니, 제일은 진해의 양자를 일청의 아들로 정하여 누대 종통(宗統)을 잇고자 함이요, 제이는 진해의 그르고 일청의 바름을 종중에 공포하여 선악의 사실을 포폄[393)코자 함이요, 제삼은 형제의 불목함을 없게 하여 문내(門內)에 화기가 다시 생기게 하고자 함이라.

그날 함진해는 자기 일로 종회 한다는 말을 듣고 여러 일가 보기에 얼굴이 뜨뜻하여, 내환[394)으로 의원을 보러 간다 칭탁하고 안잠할미의 집을 치우고 들어앉어 연해 소식만 탐지하더니, 처음에 자기 사촌이 들어오는 것을 보고 문장이 호령하더란 말을 듣고 무슨 원수가 그다지 깊던지 마음에 시원 상쾌하다가, 만호가 편지뭉치를 내어놓고 일장 설명하더니 만좌가 모두 칭찬하더라는 기별을 듣고서는 분함을 견디지 못하여 잔부끄럼은 간다 보아라 하고 그 길로 바로 자기 사랑으로 들어오며, 문장 이하로 여러 일가에게만 인사를 하고 마주 나와 절하는 일청을 본 체도 아니하며 등을 지고 돌아앉으니 일청이 기가 막혀 더운 눈물이 더벅 떨어지며 아무 말 없이 섰으니, 이는 자기 종형을 오래간만에 만

---

391) 종이・헝겁・얇은 널로 여러 겹 포개서 붙이는 일.

392) 門長: 한 문중에서 항렬과 나이가 제일 위인 사람.

393) 褒貶: 시비・선악을 평정(評定)함.

394) 內患: 아내의 병.

나 반가운 눈물도 아니요 자기 종형의 눈에 나서 원통하여 나오는 눈물도 아니라. 옛말에 '오십에 사십구년의 그름을 안다(五十에 知四十九年之非)' 하였거늘, 자기 종형은 오십이 다 되도록 회개를 그저 못 하였으니 집안일을 다시 바랄 여지가 없겠다 싶은 생각이 불현듯 나서 우는 일이러라.

문장 여보게 진해, 내 말 듣게. 사람의 집안이 화목한 연후에 만사가 성취되는 법이어늘, 자네 연기[395]가 노성한 터에 제가(齊家)를 그같이 불목히 하고 가사가 일패도지[396]치 아니하겠나? 옛 성인의 말씀에 '독한 약이 입에 괴로우나 병에는 이(利)하고, 충성된 말이 귀에는 거슬리나 행실에는 이하다' 하셨거늘, 자네는 어찌하여 충성된 말로 간(諫)하는 것을 청종(聽從)치 아니할 뿐 외라, 간하는 사촌을 구수[397]같이 여기니 실로 한심한 일이로세.

진해 집안의 불목한 것이 저놈의 죄이지, 나는 아무 잘못한 일이 없습니다. 저놈이 내 집에 절적한 지 우금 몇해에 우리 아버지 할아버지 산소를 차례로 면례를 하여도 제 집에 자빠져 현형도 아니하고, 집안에 우환이 그렇게 심하여도 어떠냐 말 한마디 물어본 적 없고 아니꼽게 편지 자로 수죄 비스름하게 논란을 하여 보냈으니, 저 하는 대로 하면 어느 지경까지든지 분풀이를 못할 바 아니나 남의 청문[398]을 위하여 참고 참는 나더러 꾸지람

---

395) 年紀: 대강의 나이.

396) 一敗塗地: 대패하여 다시 일어날 수 없게 됨.

397) 仇讐: 원수.

398) 聽聞: 퍼져 돌아다니는 소문.

을 하시니 너무 원통하오이다.

문장 허허, 이 사람, 가위 고집불통일세. 저 사람이 자네를 미워서 간하는 말과 편지를 하였겠나? 아무쪼록 자네가 잡류배 꾀임에 빠지지 말고 가도를 바르게 하도록 함이어늘, 자네는 그 뜻을 아지 못하고 도리어 구축하며 미워하였으니 자네가 잘못이지 무엇인고?

함진해가 다시 개구할 겨를이 없이, 당초에 그 삼촌 돌아가서 삼년이 지나도록 영연일곡도 아니한 일로부터, 일청 온 것을 부정하다 구축하여 쫓던 일과 일청의 일반 병작[399]도 못 해먹게 전답 팔아가던 일과, 무육한 유모를 일청이 밥 먹었다고 박대하며 요사한 무당년을 소개하여 제반 악증을 다하던 노파를 신임한 일까지, 임가의 허황한 말에 속고 조상의 백골을 천동[400]한 일까지 조목조목 수죄를 한 후, 일청의 편지를 내어놓고 구절마다 들어 타이르고 설명을 어찌 감동할 만치 하였던지, 진해가 처음에는 일일이 자기가 잘못한 것이 없다고 반대하던 위인이라서, 고개를 푹 숙이고 아무 말 없이 듣다가 자취 없는 눈물이 옷깃을 적시며 한숨만 자주 쉬더라.

문장이 종회의 처리할 사건을 차례로 가부표를 받아 종다수(從多數) 취결하는데,

"우리 문중 제일 소중한 바는 종통인데, 지금 진해의 연기(年紀)는 오십지년이 되었으며, 종부(宗婦)의 연기는 아직 단산지경

---

399) 竝作: 소작인이 농사를 지어 그 소출을 지주와 똑같이 나누어 차지하는 제도.

400) 遷動: 움직여서 옮김.

은 아니나 그러나 다년 중병에 반신불수가 되어 다시 생산할 여
망이 없은즉, 불가불 입후[401]를 하여야 누대 향화를 그치지 아니
할 터인데, 당내(堂內)에 항렬 닿는 아해가 없으면 원근족(遠近
族)을 불계(不計)하고 지취동성[402]으로 아무 일가의 자식이고 소
목[403]만 맞으면 데려오겠지만, 진해의 사촌 일청의 맏아들 종표
가 비단 당내만 될 뿐 아니라 위인이 준수하니 폐일언하고 그 아
해로 정하는 것이 어떠한고?"

여러 일가가 일시에 한마디 말로,

"가하오이다."

문장이 또 한 문제를 제출하되,

"지금 진해의 연기는 과히 늙지 아니하였으나, 다년포병[404]으
로 가위 정신상실자라 할 만한즉 도저히 가사를 처리할 수 없고,
데려올 종표는 아직 미성년한 아해인즉 불가불 뒤보아주는 사람
(後見人)이 있어야 패한 가세를 회복키는 이 다음 일이어니와 목
전에 봉제사 접빈객[405]을 할 터인즉, 그 자격에 합당한 사람 하
나를 천거하시오."

이때에 함만호가 썩 나앉으며,

"그 사람은 별로 구할 것 없이, 내 생각에는 일청이 외는 그
소임을 맡길 사람이 다시 없을 듯하오이다."

---

401) 立後: 양자를 세움.
402) 只取同姓: 단지 동성에서 취함.
403) 昭穆: 사당에 조상의 신주를 모시는 차례.
404) 多年抱病: 여러 해 병을 앓음.
405) 奉祭祀接賓客: 제사를 받들고 손님을 접대함.

문장이 여러 사람에게 가부를 물으니 또한 일구동성(一口同聲)으로 만호 말을 찬성하는지라. 문장이 진해를 돌아보며,

"자네는 그전 잘못한 것을 깨달아 인제는 옳게 함을 생각할뿐더러, 매사를 자네 사촌에게 위임하고 불목히 지내지 말아야 가정을 보존할 것이니, 아무쪼록 종중공의(宗中公議)를 위반치 말기를 믿으며, 만일 일향(一向) 회개치 아니하고 악인을 가까이하여 오늘 회의 결정한 일이 헛일이 되면, 그제는 종벌(宗罰)을 크게 당하리니 조심하소."

또 일청을 부르더니,

"자네의 종가 위하는 직심(直心)은 이미 듣고 보아 아는 일이어니와 여러 해 절적한 일은 잘못함이 아니라 할 수 없으니, 자네 사촌만 야속다 말고 지금 회의 가결된 일과 같이 내일 내로 즉시 종표를 데려다 종가에 바치고, 자네도 반이(搬移)하여 올라와 한집에 있어 대소사의 치산을 전담 극력하여 누대 향화를 잘 받들도록 하소."

함진해가 전일 같으면 반대를 해도 여간이 아닐 것이요 고집을 세워도 어지간치 아니할 터이로되, 본래 천성은 과히 악한 사람이 아니요 무식한 부인과 간특한 하속(下屬)에게 미혹한 배 되어 인사정신을 못 차렸더니 문중공론을 듣고 자기신세를 생각한즉, 지난 일은 잘했든지 못했든지 말 못 되어가는 가세에 우환질고는 그칠 날이 없는데 수하(手下)에 자질간(子姪間) 대신 수고하여줄 사람이라고는 그림자 하나 없은즉, 양자는 불역지전[406] 하여야

---

406) 不易之典: 하지 않을 수 없는 일.

할 것이요 양자를 하자면 집안 아해 내어놓고 원촌에 가 데려올 수도 없으며, 데려온대도 내 집이 전 세월 같지 않아 한없는 구덥을 치르고 백여 있을 자식이 없을 것이니, 종중회의에 못 이기는 체하고 종표를 양자하여 제 아비 시켜 뒷배 보아주게 하면 줄어든 가사가 더 줄어질 여지는 없을 것이요, 제 부자가 아무 짓을 하기로 우리 내외 죽기 전 병구원과 먹도록 입도록이야 아니하여줄 수 없으니, 핑곗김에 잘 되었다 하고 외양으로 천연스럽게 대답을 한다.

　진해　종중 처결이 그러하시니 무엇이라도 거역할 가망이 있습니까? 오늘부터라도 가사를 다 쓸어 맡기겠습니다.

　문장　그렇지, 고마운 말일세. 『주역(周易)』에 "불원복(不遠復)"이라 하였으니 자네를 두고 한 말일세. 사람이 누가 허물이 없겠나마는, 자네같이 오래지 아니하여 회복하는 자가 어데 또 있겠나? 허허, 인제는 우리 종가집을 위하여 하례할 만한 일일세.

하며 일청더러,

　"자네 종씨 말은 저러하니 자네 말도 좀 들어보세."

　일청　종의(宗議)도 이같으시고 종형의 뜻도 저러시니 어찌 군말씀을 하오리까마는, 저 같은 위인이 열이기로 어찌 종형 하나를 따르겠습니까? 그러나 만일 형이 시기는 말 곧 있으면 정성껏 거행하겠습니다.

　문장　자, 그러고 보면 장황히 더 의론할 것 없이 이 길로 자네가 떠나 내려가 종표를 데리고 올라오소. 아무리 급해도 그 아해 의복이라도 빨아 입혀야 할 터인즉, 자연 수일 지체는 될 것이니 오늘 내일 모레, 오늘까지 닷새 동안이면 하루 가고 하루 오고 넉넉히 되겠네. 그날은 우리가 또 한번 다시 모여야 하겠네.

하며 일변 일청을 재촉하여 발행케 하고, 일변 진해를 다시 당부한 후 이 다음 다시 모이기로 문장 이하 각각 헤어져 가더라.

여러 함씨들이 종표의 올라올 승시[407]하여 일제히 모여 예를 행케 하고 내당에 들여보내어 최부인에게 모자지례(母子之禮)로 뵈옵는데, 이때 최씨는 병은 아무리 깊었더라도 그 병이 부집[408] 죄듯 왜깍지깍 세상 모르고 앓는 증세가 아니라 시난고난 앓는 중, 중풍이 되어 반신불수로 똥 오줌을 받아내되 정신은 참기름 같아 귀로 듣고 눈으로 보고 입으로 말까지는 하는 터이라, 일청이가 그 아들을 데리고 들어오는 양을 본즉 눈꼬리가 창아[409] 고패[410] 되듯 하며 앞니가 보도독 갈리건마는, 일문(一門) 대종중(大宗中)이 모여 하는 일이요 또 자기가 그 처신이 되었으니 무엇이라고 말 한마디 할 수 없어, 다만 어금니 빠진 표범과 발톱 부러진 매와 같이 할퀴며 물지는 못하고 속으로만 노리며 으르렁대어, 종표가 어머니 어머니 하며 앞에 와 어리대는 것을 대답 한마디 없이 거듭떠도 아니 보니, 속담에 '병든 나무에 좀 나기가 쉽다'고 자기의 소생도 아니요 양자로 데려온 아해를 그 모양으로 냉대하니, 의리 모르는 노파 등속이 종회(宗會) 이후에는

---

407) 乘時: 때를 타는 것.

408) 부지깽이.

409) 덫.

410) 서서히 열을 주어 구부린 나무.

어엿이 나덤벙이지는 못해도 여전히 최부인에게는 왕래 통신이 은근하여 종표의 험담을 빗발치듯 담아 부으니, 최씨는 더구나 미워하여 날로 구박이 자심하건마는 종표는 일정한 정성을 변치 아니하고 똥 오줌을 손수 받내며 조금도 어려운 기색이 없어, 밤 낮 옷끈을 끄르지 아니하고 단잠을 잘 줄 모르며 진해에게 혼정신성[411]과 최씨에게 시탕[412] 범절이 목석이라도 감동할 만하더라.

본래 사람의 염량후박[413]은 병중에 알기 쉬운 고로, 말 한마디에 야속한 마음도 잘 나고 고마운 생각도 잘 나는 법이라. 최씨가 종표 부자를 구수같이 미워하던 그 마음이 차차 감해지고 감사하고 기특한 생각이 차차 더해지니, 이는 자기 일신이 괴롭고 아픈 중, 맑은 정신이 들 적마다 오장에서 절로 솟아나오는 생각이라.

"에구, 다리야. 에구, 팔이야. 일신을 마음대로 놀리지 못하니 똥 오줌인들 마음대로 눌 수가 있나! 세상에 모를 것은 사람의 마음이다. 내게 단것 쓴것 다 얻어먹던 것들은 웃노라고 문병 한번 없지. 그것들은 오히려 예사지만 안잠할미로 말하면 제 죽기 전에는 나를 배반치 못할 터이어늘, 똥 한번 오줌 한번을 치우려면 군말이 한두 마디가 아니요, 그나마 목이 터지도록 열스무 번 불러야 겨우 눈살을 잡고 마지못하여 오니 살지무석[414]하고 의리

___

411) 昏定晨省: 아침 저녁으로 부모의 안부를 물어서 살핌.

412) 侍湯: 어버이의 병환에 약 시중드는 일.

413) 炎涼厚薄: 세력 있을 때는 아첨하고 권력 없어지면 푸대접함.

414) 殺之無惜: 죽여도 애석하지 않음.

부동(義理不同)한 것도 있다. 에구구, 팔다리야. 종표는 기특도 하지. 제가 내게 무슨 정이 들었다고 어린것이 더럽고 괴로운 줄도 모르고 단잠을 아니 자고 잠시를 떠나지 아니하니 그 아니 신통한가! 에그, 집안이 어찌면 그렇게 되었던지 돈량 될 것은 모두 전당을 잡혀먹고 약 한첩 지어먹자 해도 일푼 도리 없더니, 시사촌께서 와 계신 이후로는 그 걱정 저 걱정 도무지 모르고 지내지. 내가 내 일을 생각해도 벌역을 받아 병신 되어 싸지 않은가? 남의 말만 곧이듣고 내 집안 양반을 괄시하였으니."

하루 이틀 지내갈수록 세상짓이 다 헛일을 한 듯하고 사랑하는 마음이 더욱 깊어가더라.

최씨부인의 병이 감세(減勢)가 있을 때가 되었든지 약을 바로 쓰고 조섭을 잘해 그렇든지, 기거 동작을 도무지 못하던 몸이 능히 일어나서 능히 앉으며 지팡이를 짚고 방문 밖에도 나서보니, 자기 생각에도 희한하고 다행하여 이것이 다 시사촌 구원과 종표의 정성으로 효험을 보았거니 싶어 없던 인정이 물 퍼붓듯 하는데,

부인 종표야, 날이 선선하다. 핫옷[415]으로 갈아입어라. 내 병으로 해서 잠도 못 자며 고생을 하더니 네 얼굴이 처음 올 때보다 반쪽이 되었구나! 시장하겠다, 점심 먹어라. 병구완도 하려니와 성한 사람도 기운을 차려야지. 삼랑아, 이리 와서 도령님 진지 차려드려라.

종 저는 배고프지 아니합니다. 약 잡수신 지 한참 되어 다 내

---

415) 솜을 두어서 지은 옷.

리셨겠으니 진지 끓인 것을 좀 잡수셔야지, 속이 너무 비셔서 못 씁니다.

부 너 먹는 것을 보아야 내가 먹지, 너 아니 먹으면 나도 아니 먹겠다.

하며 자애가 오장에서 우러나오니, 세상에 남의 집에 출가하여 그 집을 장도감[416] 만드는 부인이 허구많은데, 열에 아홉은 소견이 편협지 아니하면 심술이 대단하여 한번 고집을 내어놓으면 관(棺)머리에서 은정[417] 소리가 땅땅 나기 전에는 다시 변통을 못하건마는, 최부인은 고집을 내면 암소 곤다름[418]으로 고삐 잡아다닐 새 없이 하고 싶은 일을 실컷 하고야 말면서도 전후 사리는 멀쩡하여 잘잘못을 짐작 못하던 터가 아니라, 한번 마음이 바로 잡히기 시작하더니 본래 무던하던 부인보다 오히려 못지아니하여 처사에 유지함이 상등사회에 참예할 만하다.

하루는 자기 남편과 시사촌과 사촌동서와 종표까지 한자리에 모여 앉은 좌상에서 최씨부인의 발론으로 종표를 중학교에 입학케 하여, 사오년 만에 졸업한 후에 다시 법률전문학교에 보내어 공부를 시키는데, 생양정부모[419]의 정성도 도저하지마는 종표의 열심이 어찌 대단하던지 시험마다 만점을 얻어 최우등으로 졸업을 하니, 함종표의 명예가 사회상에 훤자[420]하여 만장공천(滿場

---

416) 張都監: 옛날 중국의 장도감 집이 큰 풍파를 만난 고사에서 유래함.
417) 隱釘: 나무를 깎아서 만든 아래 위가 뾰족한 못.
418) 변통성이 없고 고집만 피우는 태도.
419) 生養定父母: 낳아준 부모와 양자로 맺어진 부모.

公薦)으로 평리원[421] 판사를 하였는데, 그때 마침 우리나라 정치를 쇄신하여 음양술객과 무복(巫卜) 잡류배를 일병[422] 포박하여 차례로 신문하는 중에, 하루는 무녀 일명을 잡아들여오거늘 종표의 내심으로,

'저 계집도 사람은 일반인데, 무슨 노릇을 못해서 혹세무민(惑世誣民)하는 무녀 노릇을 하다가 이 지경을 당하노? 우리집에서도 아마 이따위 년에게 속고 패가를 했을 것이니, 아무 때든지 그년만 붙들고 보면 대매[423]에 쳐죽여 첫째로 우리집 설분(雪憤)도 하고 둘째로 세상 사람의 후일 경계를 하리라.'

하는데 잡혀들어오던 무녀가 신문장(訊問場)에를 당도하더니, 그 똘똘하고 살기가 다락다락하던 위인이 별안간에 얼굴빛이 사상(死相)이 되어 목소리를 벌벌 떨며 자초[424] 행위를 개개 승복하되,

"의신[425]을 장하[426]에 죽이신대도 어디 가 한가하오리까마는, 죽을 때 죽사와도 한마디 아뢰올 말씀이 있습니다. 의신의 무녀

---

420) 喧籍: 뭇사람의 입으로 퍼져서 왁자하게 됨.
421) 平理院: 구한국 때 재판을 맡은 관아. 고종 32년에 의금부를 고등재판소라 고쳐 부르고, 광무 3년에 평리원이라 한 후, 융희 원년에 폐하여 공소원과 대심원으로 나누어 붙임.
422) 一竝: 일체.
423) 단 한 번 때리는 매.
424) 自初: 처음부터.
425) 矣身: (이두)저.
426) 杖下: 곤장을 치는 그 자리.

노릇 하옵기는 다름이 아니라 생애[427]가 어려워 마지못해 하는 일인데, 한때 얻어먹고 살라고 우중(偶中)으로 말마디가 신통히 맞사와 사면(四面)서 이 소문을 듣고 부르오니, 속담에 '굿 들은 무당'[428]이라고 부르는 곳마다 가서 정성껏 큰굿도 하여주고 푸념[429]도 하여준 죄밖에 다른 죄는 없습니다."

종표의 말소리가 본래 기걸하여 예사로 하는 말도 천장이 드르렁드르렁 울리는 터이라, 그 무녀의 말이 막 그치자 가래침 한번을 캭 배앝고,

판사 네, 말 듣거라. 세상에 무슨 생애를 못 해먹어, 요사한 말을 주작하여 사람을 속여 전곡을 도적하고 패가 망신까지 시기노?

무녀 의신이 무녀 된 이후로 남북촌[430]에 단골댁이 허구많으셔도, 불행히 다동 함진해 댁에서 그 댁 운수로 패가를 하셨지, 그 외에는 한 댁도 형세가 늘면 늘었지 줄으신 댁은 없사온데, 이처럼 분부를 하시니 하정[431]에 억울하오이다.

함판사가 함진해 댁이라는 말을 들으니,

'옳다, 이년이 우리집 결딴내던 년이로구나! 불문곡직하고 당장 그대로 엎어놓고 난장[432]으로 죽이고 싶지마는, 법률 배운 사

---

427) 生涯: 생계.

428) 자기가 희망하는 일을 마침 남이 의뢰하여 기뻐함.

429) 무당이 귀신의 뜻을 받아 옮겨, 정성 들이는 사람을 꾸지람함.

430) 서울의 양반 거주 지역.

431) 下情: 자기의 심정을 어른에 대하여 겸사하여 일컫는 말.

432) 亂杖: 함부로 때리는 매.

154

람이 미개한 시대에 행하던 남형[433]을 행할 수 없고, 중률(重律)이나 쓰자면 그년의 전후 죄상을 명백히 공초[434]케 하여야 옳것다.'

하고 한손 눙치며,

　판　네 말 같으면, 남북촌 여러 단골집이 모두 네 공효로 형세를 부지한 모양 같고나. 그러면 네 단골 되기는 일반인데, 함진해 댁은 어찌하여 독(獨)이 패가를 하셨어?

　무　네, 아뢰기 죄만[435]하오나, 그 댁은 그러하실 밖에 수가 없으시지요. 그 댁 마님께서 귀신이라면 사족을 못 쓰시는데, 좌우에서 거행하는 하인이라고는 깡그리 불안당년이올시다. 의신은 구복(口腹)이 원수라 그 댁 하인의 시기는 대로 할 따름이지, 한 가지 의신의 계교로 속인 일은 없습니다.

　판　네 몸에 형벌을 아니 당하려거든, 그년들이 네게 와 시기던 말도 낱낱이 고하려니와, 너의 간교로 그 댁 속이던 일을 내가 이미 알고 있으니 잔말 말고 고하렷다.

　무　그 댁 하인의 다른 것들은 다만 심부름만 하였지요마는, 그 댁에서 안잠 자는 노파, 그 댁 일을 무이어 자주장[436]하다시피 하는데, 하루는 의신의 집에를 와서 그 댁 아기 죽은 데 진배송을 내어달라 하며, 그 댁 세세한 일을 모두 가르쳐 의신더러 알아맞추는 모양을 하여 별비가 얼마가 나든지 반분하자 하옵기,

---

433) 濫刑: 가리지 아니하고 함부로 처형함.

434) 供招: 범죄 사실을 진술함.

435) 罪萬: 죄송만만.

436) 自主張: 남의 간섭을 받음이 없이 자기의 주장대로 함.

말씀이야 바로 하옵지 무녀 되어서 그런 자리를 내어놓고 무엇을 먹고 사옵니까? 그러하오나 마침 의신이 신병이 있사와 부득이하여 저의 동무를 천거하였삽더니 그럴 줄이야 누가 알았습니까? 그년이 천하의 간특하고 의리부동한 년이라, 의신의 그 댁 단골까지 빼앗아 제가 차지하고 흥와조산을 못할 게 없이 하였습니다. 당초에 그 댁 영감께서 베전 병문에서 회오리바람을 만나시는 것을 마침 지나다 제 눈으로 보고, 앙큼한 마음으로 아무 때든지 그 댁 일을 한번만 맡아보면 귀신이 집어댄 듯이 말을 하여 깜짝 반하게 하리라 한 것은 아무도 몰랐더니, 그년이 그 방법을 행할 뿐 아니라 안잠할미를 부동[437]하여 세소(細小)한 일까지 미리 알고 가장 영(靈)한 체하여 그 댁 재물을 빼앗아 먹다 못하여, 나중에는 임가라는 놈과 흉계를 내어 그놈을 지관 행세를 시켜 비기(祕記)를 써다 미리 고양(高陽) 따에 묻고, 그 영감을 깜쪽같이 속여넘겨 누만금을 도적하여 먹으면서도 의신에게는 이렇다 말 한마디 없었사오니, 하늘이 내려다보시지 의신은 그 댁 일에 일호도 죄가 없습니다.

　판 그러면 너는 어디 살고 그년은 어디 있으며, 명칭은 무엇이라 하고 그년의 비밀한 계교를 어찌 알았노?

　무 의신은 묘동 사옵기로 묘동집이라고 남들이 부르옵고, 국수당 무당은 성이 김가라고 그렇게 별호를 지었는지 금방울이 금방울이 하고 모르는 사람이 없사오며, 그 비밀한 일은 그 댁에 가까이 단기는 하인들이 그년의 소위(所爲)가 괘씸하여 의신 곧

---

437) 符同: 그른 일을 하기 위해 몇 사람이 결탁함.

보면 이야기를 하옵기로 들었습니다.

함판사가 듣기를 다하고 사령을 명하여 금방울과 임지관을 성화같이 잡아들이라 분부하니, 묘동이 다시 고하되,

"동류의 일을 아무쪼록 덮어가는 것이 서로 친하던 본의오나, 그년이 의신의 생애를 앗아가지고 그 댁을 못살게 하온 일이 너무 분하고 가이없어 이 말씀이지, 그년이 바람 높은 기색을 미리 알아채옵고 동대문 안 양사골(養士洞) 제 아지미 집 건넛방 속에 임가와 같이 된장독에 풋고추 백이듯 꼭 들이백혀 있습니다. 그년을 잡으시려 하면 제 집에는 보내보실 것 없이 이 길로 양사골로 사령을 보내셔야 잡으십니다. 그년의 벗바리[438]가 어찌 좋은지 사면에 버레줄[439]같이 늘어서 있어, 몇 시간만 지체가 되면 이 소문을 다 듣고 달아날 터이올시다."

판사가 사령에게 엄밀히 분부하여 양사동으로 보냈더니, 거무하에 년놈을 항쇄족쇄[440] 하여 잡아들였는데, 신문 한번도 하기 전에 예서 제서 청촉(請囑)이 빗발같이 쏟아져 들어오는지라. 판사가 한편 귀로 듣는 족족 한편 귀로 흘리며 속마음으로,

'아따, 이년의 세력이 어지간치 않다. 이왕으로 말하면 북묘[441] 진령군[442]만은 하고 근일로 말하면 삼청동 수련[443]이만은 착실한

---

438) 뒷배를 보아주는 사람.

439) 물건을 버티어서 이리저리 얽어매는 줄.

440) 項鎖足鎖: 목에 씌우는 칼과 발에 채우는 차꼬.

441) 서울 동소문 안에 있던 관왕묘(關王廟).

442) 眞靈君: 명성왕후가 세워준 북묘에 거주하며 왕후의 총애를 빌려 권세를 휘두른 요무(妖巫). 1895년 왕후 시해 후 몰락함.

걸. 네 아무리 청질을 해도 내가 이왕 법관 모양으로 협잡하는
터이 아니니, 무엇이 고기(顧忌)되어 법을 굽혀가며 호락호락히
청 들을 내냐? 이년, 정신없는 년, 내가 누구인 줄 알고 이따위
버르장이를 하느냐? 매 한개라도 더 맞아보아라.'
하고 서리같이 호령을 하여 족불리지[444]로 잡아들여 형구(刑具)
를 갖추어놓고 천둥같이 으르며 일장 신문을 하는데, 금방울같이
안차고 다라지고 겁 없는 인물도 불이 어찌 되던지 말끝마다,
　"죽을 혼이 들어서 그리했으니 상덕(上德)을 입어 살아지이
다."
소리를 연해 하여가며 전후 정절[445]을 개개 승복하니, 임가 역시
발명무지[446]라 다만 고개를 숙이고 살기만 발원하더라. 판사가
일변 고양군에 발훈[447]하여 최옥여를 마저 압상[448]하여 일장 문
초한 후, 세 죄인을 모두 한기신징역[449]으로 선고하고, 자기 집
에 돌아와 생양정부모께 그 사실을 고하고서 당장 노파와 삼랑들
을 불러세우더니,
　판사　너희들의 죄상은 열번 죽어도 남을 터이나 십분 용서하

---

443) 壽蓮: 명성왕후의 혼이 내렸다고 자칭하여 고종의 총애를 받은
　　요무.
444) 足不履地: 발이 땅에 닿지 않을 정도로 급히 달림.
445) 情節: 궂은 일의 가엾은 정상.
446) 發明無地: 변명할 길이 없어 몸둘 곳이 없음.
447) 發訓: 훈령을 내림.
448) 押上: 잡아 올림.
449) 限己身懲役: 종신형.

는 것이니, 댁 문하에 다시 발그림자도 하지 말고 이 길로 나아가되, 다른 집에 가서라도 다시 그런 행실을 하여 내게 입렴[450] 곧 되고 보면, 그때 가서는 죽어도 한가 말렷다.

이 모양으로 호령을 하여 두 년을 축출하니, 최씨부인이 그 아들 보기도 얼굴이 뜨뜻하여 그 사자 어금니같이 아끼던 수하친병[451]이 이 지경이 되어도 말 한마디 두호[452]하여주지 못하고 오직 아들의 뜻대로만 백사 만사를 좇는데, 벽장 다락 구석에 위해 앉혔던 제석[453] 삼신[454] 호구[455] 구능[456] 말명[457] 여귀[458] 등 각색 명목과 터주[459] 성주[460] 등물을 모두 쓸어 내다 마당 가운데에 쌓아놓고, 성냥 한 가지를 드윽 그어 불을 질러 태워버리고 다시 구기라고는 손톱 반머리만치도 아니 보는데, 그 뒤로는 그

---

450) 入廉: 염탐에 걸려듦.

451) 手下親兵: 자기의 수족처럼 쓰는 사람.

452) 斗護: 남을 두둔하여 보호함.

453) 帝釋: 불법(佛法)을 지키는 신 제석천으로, 무당이 숭봉하는 신의 하나.

454) 三神: 아기를 점지하는 세 신령.

455) 마마를 앓게 하는 여신.

456) 무당이 위하는 군신(軍神).

457) 김유신의 어머니 만명(萬明)의 신격화로, 무당이 위하는 신의 하나.

458) 돌림병에 죽은 사람의 귀신이나 제사를 받지 못하는 귀신.

459) 집터를 지키는 지신. 여기에서는 터주에게 바치는 곡식을 담은 항아리를 가리킴.

460) 집을 지키는 신령.

같이 번할[461] 날이 없이 우환이 잦던 집안 식구가 돌림감기 한번
을 아니 앓고 아해들이 나면 젖주럽[462]도 없이 숙성하게 잘 자라
니.   [1908년]

----

461) 어두운 가운데 조금 흰하다.
462) 젖이 모자라 아이가 잘 자라지 못하는 상태.

산천초목[1]

둥구재[2] 넘어가는 해가 볼일이 바쁜 듯이 어정어정 내려가다가 만인간(萬人間)을 돌아보며, '밤새 평안히들 계시오. 나는 내일 다시 오리다' 하는 부탁이 들리는 듯하더니, 낙산[3] 한허리로 두렷이 밝은 달이 반갑게 올라온다. 그 달빛이 탑골공원 서편 마당에 반쯤 들랴 말랴 하니까 별안간에 네누나 나누나 나니누 네눈실, 그 나팔 뒤를 따라 장구 소고(小鼓) 징 제금을 함부로 두드

---

1) 山川草木: 이 작품은 원래 1910년 『대한민보』에 "박정화(薄情花)"란 제목으로 연재되었는데, 1912년 유일서관에서 『산천초목』으로 제목을 바꿔 출간하였다. 여기서는 제목과 내용 일부를 손질한 유일서관본을 저본으로 삼았다.
2) 圓峴: 서대문 밖, 바로 근처에 있던 고개.
3) 駱山: 낙타의 등을 닮은 서울 동쪽의 산. 옛 서울대 문리대 자리 뒷산.

려내니, 이는 사동[4] 연흥사[5]에서 날마다 그맘때면 취군[6]하는 소
리라.

같은 귀로 같은 소리를 듣기는 일반이언마는 어떤 사람들은 두
손으로 귀를 막고 눈살을 잔뜩 찡그리며,

"에잉, 저놈의 소리가 또 나노. 세상, 귀가 듣그러워 사람이
살 수가 있나? 기왕 연극을 하려거든 역사적 학문적으로 아무쪼
록 풍속을 개량하거나 지식을 발달할 만한 것을 하지 아니하고,
마치 음담패설로 남의 집 부녀와 젊은 자식들을 모두 버리게 하
는 와굴[7]을 만드니, 경무청[8]에서는 왜 저런 것을 엄금하지 아니
하누?"

어떠한 사람들은 나팔소리에 어깨춤이 나서 저녁밥을 허둥지둥
재촉을 하여 먹으며,

"이애, 이동백[9]이 김봉문[10]이는 정말 명창이더라. 난쟁이 요
술도 신출귀몰하던걸. 나는 밤낮 보고 밤낮 들어도 싫지 아니한
것은 연흥사 구경이더라. 속담에 '원님도 보고 환자[11]도 탄다'는

---

4) 寺洞: 탑골공원 근처.

5) 演興社: 구한말 서울의 대표적인 극장의 하나.

6) 聚軍: 군사나 인부 들을 불러 모음. 여기서는 관객을 모으는 것.

7) 窩窟: 소굴.

8) 警務廳: 구한국 때 한성부 안에서 경찰과 감옥의 일을 맡아보던
    관청. 고종 31년(1894) 포도청을 폐하고 창설해 광무 4년(1900)
    경부로 고쳤다가 이듬해 이름을 회복했으나, 곧 경시청으로 바꿈.

9) 李東伯(1867~1950): 판소리 명창. '새타령'의 독보적 존재였음.

10) 金奉文(1885~1929): 동편제 판소리 명창.

11) 還子: 각 고을에서 백성에게 곡식을 꾸어주는 것.

일체로, 연극도 구경하고 부인석에 갈보 구경도 실컷 하겠더라. 에 참, 갈보도 많이는 모여들어. 아마 장안 갈보가 취군 나팔소리만 들으면 나 모양으로 신이 절로 내리는 것이더라.”

치마 쓴 계집, 인력거 탄 계집, 양복 입은 자, 모자만 쓴 자, 잘생긴 자, 못생긴 자, 떼떼로 작축[12]하여 사동 넓은 길이 뻑뻑하도록 모여 들어오는데, 이문[13] 안 언덕길로 의복을 선명히 입고 방망이 같은 여송연을 새로 피워 뻑뻑 빨고 조끼에서 보석시계를 내어 연해 보며 분주히 사동으로 내려오는 소년 명사는 이시종[14]이라. 이시종이 당시에 흔천동지[15]하는 모대관(某大官)의 조카로 부귀에 생장하여 아무것도 그릴 것이 없으니까 잘먹고 잘입고 지내며 주야로 한 가지 종사하는 일이 있으니, 이는 세세교목대가[16]로 편벽되이 입은 국은을 티끌만치라도 보답하여 만고사적에 불충의 이름을 씻자는 바도 아니요, 관혼상제 예절에 종사하여 말 한마디 행실 한 가지를 삼가고 조심한 결과로 우리 동방에 예문[17]을 저술한 대선생 되시는 자기 선조의 심법(心法)을 계적[18]하여 불초의 자손을 면하자는 바도 아니라. 근래 자기의 가

---

12) 作軸: 종이를 한 축씩 묶음. 여기서는 ‘무리’라는 뜻.

13) 里門: 동네의 어귀에 세운 문. 여기서는 현 청진동 근처.

14) 侍從: 조선시대 때 궁내부의 시종원에 딸린 주임관 벼슬.

15) 掀天動地: 천지를 뒤흔들 만하게 소리가 난다는 뜻으로 ‘큰 세력을 떨침’을 이르는 말.

16) 世世喬木大家: 여러 대에 걸쳐 중요한 지위에 있어 휴척(기쁨과 근심)을 나라와 함께하는 집안.

17) 禮文: 예법의 명문(明文).

정 문견으로 뇌 속에 아편 인 박이듯 하여 있는 것 한 가지는, 오직 무릉도원 범나비가 삼색 도화(桃花)를 덥석 안고 너울너울 춤을 추는 흥치 한 가지뿐이라.

장안에 기생[19]이라든지 삼패[20]라든지 은군자[21]라든지 한 년도 빼놓지 아니하고 모조리 상종을 할 뿐 아니라, 남북촌 남의 별실 네 중 인물이나 반즈구러하다 하면 노구장이[22]를 늘어놓아 기어이 잠통[23]하고 마는 민활 수단이러라. 이날은 또 무슨 음침스러운 계교가 있던지, 남 보기에는 볼일이나 있는 듯이 분주 불가히 사동 큰길로 나서서는 길 위 길 아래를 연해 치어다보고 내려다보며 시계를 또 한차례를 내어보더니 큰길로 한참을 나가다 한참 내려왔다 왔다갔다, 치맛자락만 어서 얼른해도 쫓아가 들여다보고 인력거 소리만 뜰뜰 해도 가까이 가 들여다보며, 곁엣사람도 듣지를 못하게 입속소리로 중얼중얼 하는 말이라.

"알 수 없다, 이게 웬일인고? 시간이 벌써 아홉시나 되어오는데 어찌하여 아니 오노? 아니 올 리는 만무하고 오기는 정히 올 터인데 무슨 곡절로 이때까지 소식이 없노? …신마마가 나를 속일 리는 만무하고 그분네가 신마마의 말 아니 들을 리도 만무한

---

18) 繼蹟: 조상의 훌륭한 업적이나 행적을 본받아 이음.

19) 妓生: 창류(娼類) 중 제일급. 일패(一牌).

20) 三牌: 몸 파는 유녀로 기생의 가무를 할 수 없으며 다만 잡가를 불렀음.

21) 隱君子: 몰래 매춘하는 이패(二牌). 기생에서 강등한 부류.

22) 뚜쟁이 노릇 하는 노파.

23) 潛通: 몰래 간통함.

데……"

하며 입맛을 떨쩍 다시고 노름에 등 단 사람같이 애를 부드등부드등 쓰는 모양이더니, 철물교[24] 병문으로 어떠한 여인 둘이 활개를 툭툭 치며 발길을 턱턱 던져 부악산[25]을 향하여 올라오는데, 머리에 쓴 갑삼팔[26] 치마가 바람결에 풀풀 날리며 모본단[27] 두루마기 앞섶이 이리저리 제쳐지니까,

"에그, 바람도 사오나워라."

하며 썼던 치마를 보기 좋게 홀떡 벗어 허릿도리를 검쳐[28] 잡아 윈편 어깨에다 척 둘러메이며, 연흥사 문을 바라보고 아장아장 걸어가는지라. 이시종이 그 거동을 눈결에 얼풋 보더니, 연흥사로 앞질러 바삐 들어가 표 파는 사람 귀에다 입을 대고 무에라무에라 몇마디를 하니까 표 파는 사람이 빙끗 웃으며,

"예, 처분대로 하십시오."

하고서 아무 말 없이 물러서니 이시종이 표 파는 자리에 가 선뜻 들어앉아 개 드나드는 구멍 같은 데로 끼웃끼웃 살펴보며 표를 팔더라.

이시종이 십여 일 전에 장동[29] 가서 새로 장만한 집구경을 하

---

24) 대사동(大寺洞) 입구에 있던 다리.

25) 삼각산을 일명 부아악(負兒岳)이라 일컫기도 함.

26) 甲三八: 품질이 썩 좋은 삼팔주(三八紬, 중국 명주의 한 가지).

27) 模本緞: 중국에서 나는 품질이 정밀하고 윤이 나며 무늬가 아름다운 비단.

28) 모서리를 중심으로 하여 좌우 쪽으로 걸쳐서 접어 붙이다.

29) 壯洞: 자하문 근처 동네. 자하동의 약칭.

고 경복궁 대궐 앞으로 황토마루[30]를 향하여 내려오는데, 인력거 위에서 지날 결에 힐끗 보니 앵무 같은 아해종이 따르는 사인교 (四人轎) 하나이 지나가는지라. 지각이 인사 체면을 차릴 만한 자이면, 사인교 속이 보일세라 하고 고개를 돌려 외면을 한다든지 외면은 아니한대도 본체만체 하고 지날 것이언마는, 이시종은 그 정도에를 가자면 죽었다 회생하기 전에는 가망 밖인 위인이라. 고개를 고기 쪼려는 따오기 모양으로 끼웃끼웃 하다가 눈이 간좌곤향[31]이 되며 입을 딱 벌리고 속마음으로,

'저것 보아라. 내가 계집은 남의 밑에 아니 들게 많이 보았어도 조 모양으로 나무에서 똑 딴 것은 처음 보겠는걸. 에라, 다시 한번 자세 보리라.'

하더니 인력거꾼더러,

'이애, 인력거 거기 얼풋 놓아라. 오줌이 급히 마렵다.'

인력거꾼은 물색도 모르지마는 얼풋 놓으려는 것이 앞으로 나가던 바람이라, 자연 삼사간[32] 거리는 지나가서야 인력거 앞채를 따에다 턱 놓는지라. 이시종이 창황히 내려 남 보기에는 오줌을 누려고 으슥한 곳이나 찾아가는 듯이 사인교 곁으로 슬쩍 지나며 눈이 뚫어지도록 들여다보니, 그 사인교를 따라갈 생각이 불현듯이 있지마는 하인소시(下人所視)에 차마 그럴 수도 없고, 하인배는 하여(何如)했든지 뉘집 내행[33]인지 알지도 못하고 쫓아가다가

---

30) 황토재. 광화문 동아일보 사옥 앞길.

31) 艮坐坤向: 간방(정북과 정동 사이)을 등지고 곤방(정남과 정서 사이)을 향한 좌향.

32) 間: 여섯자 길이.

망신만 하기 십상팔구(十常八九) 쉽겠으니까, 마지못하여 헛오줌을 잠시 눈 후 도로 와 인력거를 타고 가며 여러가지로 후회도 하고 계교도 내더라.

'허허, 내가 총망중에 잘못 생각했어. 하인더러는 빈 인력거로 가라 하고, 멀찍이 사인교 뒤를 따라 어디 가 그치는지 보아두었더면 유지사경성[34]으로 무슨 묘계를 쓰든지 원풀이를 아무 때든지 하고 말걸. 아니 지금도 상미만[35]이다, 그 사인교가 가면 얼마나 갔으며 또 '도막나무 끈 자리'로 저자하는 아해들더러 '이러저러한 사인교 지나는 것을 보았느냐?' 슬멋슬멋 물었으면 영락없이 알 것이다.'

하고 인력거꾼더러,

"나는 걸어서 다녀갈 곳이 있으니 너의들은 빈 인력거로 가거라."

한 후, 사인교 가던 곳으로 두 다리에서 비파소리가 나도록 가며, 반계곡경[36]으로 물어 급기(及其) 그 사인교 들어가던 집을 찾아 문패를 넌지시 쳐다보더니 휙 돌아서 오며,

"나는 뉘 집이라고. 그가 젊은 마누라를 데리고 사네."

하며 그 길로 신마마라 하는 여인을 찾아가보고 소경력(所經歷) 이야기를 하며,

---

33) 內行: 부녀자의 여행.

34) 有志事竟成: 뜻이 있으면 일은 마침내 이루어진다.

35) 尙未晩: 아직 늦지 않다.

36) 盤溪曲徑: 일을 순리대로 풀지 않고 옳지 않은 방법으로 억지로 함.

"나는 아주머니 재주만 믿소."

신마마는 나이 비록 젊은 터이나, 산전수전을 다 겪어 말 한마디라도 구석이 아니 비고 남의 염통을 살살 간질이는 수단이라. 평일에 이시종이 신마마를 연비[37]하여 별별 일이 많이 있었고 신마마도 이시종을 소개하여 별별 일이 많이 있는 고로, 피차에 요구할 바이 있기 곧 하면 어디까지든지 조르고 어디까지든지 힘써주는 터이라. 이날 이시종의 생각에는 자기가 간청 곧 하면 신마마가 선뜻 허락하고 주선하여줄 줄로 여겼는데, 급기 자기의 일장 이야기를 듣더니 천만의외에 신마마가 혀를 홰홰 내두르며 손짓을 절레절레 하면서,

신 에그, 영감도 망령의 말씀도 하시오. 그게 누구인지 알고 그리하십니까? 그가 박참령[38]의 작은마누라랍니다.

이 나도 그 집 문패까지 보았다오. 모르고 말하는 줄 아오?

신 그러면 더구나 망령이 아니오? 박참령이 영감께 존장[39]도 되시리다.

이 아따, 누가 아주머니더러 그 걱정 하라오? 덮어놓고 일 주선만 하여주시구려.

신 그도 그러하려니와 영감이 아무리 나를 조르신대도 또 한 가지 아니될 곡절이 있소?

이 곡절이 무슨 곡절이란 말이오?

신 그집네가 별호(別號)로 강릉집이온다. 본래는 는실난실했

---

37) 聯臂: 서로 이리저리 알게 됨.

38) 參領: 구한국 때 무관 장교의 계급. 오늘날의 소령.

39) 尊丈: 자기 나이보다 16세 이상 되는 사람.

지마는 저의 어머니 아버지가 박참령을 얻어 맡긴 뒤에 그 덕으로 먹고 입고 살면서 그 딸을 대단히 단속하여 발 한번 헛디디지 못하게 할 뿐 아니라, 그집네도 마음을 꼭하게 잡아서 남의 사내의 얼굴도 바로 거듭떠보지를 아니하는 처지니, 여보, 삶은 호박에 이 아니 들 말을 하지도 말고, 바로 외입할 생각이 있거든 나구나 하룻밤 잡시다.

이 아주머니도 미쳤소? 조카더러 그게 다 무슨 실없은 소리요?

신 영감이 좋다 꿈결이오. 요새 세상에 별별 기막힐 일이 모두 있는데, 나 같은 의아주머니가 무슨 관계가 있단 말이오? 하하, 에그, 망칙해라. 남이 들으면 내가 진정으로 영감이 마음에 있어 말하는 줄 알겠네.

이 어느 미친 사람이 아주머니 그 말을 참말로 여긴단 말이오? 그것은 다 웃음의 소리요마는, 과연 정말이지, 내가 강릉집을 한번 상종 곧 못하면 이팔청춘에 원혼이 될 모양이오구려.

이때에 신마마가 지나가는 말같이 한마디를 하였으나, 기실은 이시종의 용전여수[40]함을 미상불 흠선(欽羨)하여 중정[41]을 떠보느라고 문안침[42]을 놓은 것인데, 이시종이 냉담히 대답하는 것을 듣고 얼마쯤 마음에 앙앙하지마는, 원래 외입 많이 한 계집이라 슬쩍 농치며 사색도 아니 보이고 속마음으로,

'오냐, 내가 너 아니기로 서방이 어디 없으랴? 네가 내 손에

---

40) 用錢如水: 돈을 물 쓰듯 함.

41) 中情: 심중.

42) 問安鍼: 시험 삼아 미리 검사하는 것.

걸리기는 하였으니, 강릉집을 어떻게 하든지 빼어주고 중간에서 돈이나 움쑥이 빨아먹으리라.'

하고 생자리[43]를 뚝 떼어 이시종이 감질이 바싹 나게 한다.

신 여보 영감, 내가 언제라고 영감 신청 아니 들읍더니까? 그렇지마는 다른 청하시는 것은 열치가 한치가 되는 지경이라도 다 수응(酬應)해드리겠어도 진실로 이 일은 아니 되겠소.

이 그럴 것이 무엇 있소? 나도 박참령 모양으로 호강을 못 시겨줄 터이오, 제 부모 살게를 못해줄 터이오? 아주머니는 공연히 칭탁[44] 말고 힘 좀 써주구려.

신 영감이 인제 보니까 우거지 같은 떼꾼이오구랴. 그리지 말고 생각을 좀 해보시오. 그집네가 마음도 단단히 잡았을 뿐 외라, 영감은 지날결에라도 그집네를 보시고 흠모하여 저리시나보오마는, 그집네야 영감의 코가 어디로 붙었는지 보기나 했을세 수작을 아니 붙이기나 하오? 아니할말로 '개꼬리 삼년에 황모[45] 못 된다'고 우리네 외입하던 년이 마음을 잡으면 정렬부인이 되겠소? 생각이 어떻게 들었든지 행실을 고쳐 깨끗하게 가지려다가도, 인물이나 썩 동탕[46]하고 풍채가 기막히게 있는 남자를 보아 마음에 꼭 들기만 하면, 이왕 정한 바는 뜬구름이 되어 죽자 살자 하는 일이 없지 아니 있는 것이온다마는, '어둔 밤에 홍두깨 내밀기'로 내가 저를 보고 영감 말을 하면 핀잔이나 실컷 당하

---

43) 손을 대어 건드려보지 아니한 자리.

44) 稱託: 핑계를 댐.

45) 黃毛: 붓을 매는 데 쓰는 족제비의 꼬리털.

46) 動蕩: 얼굴이 토실토실하게 잘생김.

지 일이 될 듯싶소?

　이　그러면 어떻게 했으면 좋겠소? 내 얼굴에다 분대[47]나 좀 밀고 그 집 문간에 가 대령을 하여 그 눈에 한번 띄어보면 되겠소?

　신　여보, 엊그제 감자 지고 올라온 사람의 소리 작작하오. 영감의 풍채가 계집 하나 후릴 만치 못 되어서 구접시럽게 분을 발라? 못생긴 바탕이고 보면 분대말고 분을 켜로 올리면 소용 있나, 점점 더 보기만 싫지. 또 그집네가 어느 때 나올 줄 알고 문 밖에 가 등대(等待)를 하고 있을 터이오? 인제는 벼슬도 아니 다니시고 그 집 문간으로 사진[48]을 하려남? 설혹 천우신조하여 그집네가 나아오기로 무심히 본체만체 지낼 터이지, 저 사람이 나를 마음에 두고 제 와 섰거니 하고 영감을 눈여겨볼 터이오? 그리 말고 내 말대로만 꼭 해보시오.

하더니 이시종 귀에다 소곤소곤 한참 하니까 이시종의 입이 귀밑까지 벌어지며,

　이　그 말씀이 꼭 될 일이오. 내가 그날 저녁을 일쯔거니 먹고 그리로 갈 것이니, 아주머니, 응 응.

　신　'응 응'은 영감이 지금 사랑가를 하는 모양이오. 천천히 가시고 안주 없는 약주나마 내 술 한잔 잡수시오.

하며 손가방을 딸깍 열고서 돈을 내어들더니,

　"옥랑아, 옥랑아."

불러 가만가만히 무엇이라 이르더니,

이 아니 주더래도 달래서 먹을 터인데 주시는 술 아니 먹을 내가 아니오마는, 총총한데 언제 술을 먹고 있겠소. 먹으나 다름 없이 알고 가오.

신마마가 강릉집을 그 길로 가보고 이말 저말 하여가다가 말 한마디를 강릉집의 간잎[49]이 간질간질하게 한다.

신 여보게 아우님, 아우님은 바람도 자지. 나 같은 덜렁꾼이는 툭하면 이 모양으로 싸다니는데, 아우님은 늙은 노영감의 비위만 맞추노라고 꼼짝도 아니하고 들어앉았지. 갑갑하지도 아니한가? 아마 연흥사 구경도 이때까지 한번 아니했지?

강릉집 단성사[50] 장안사[51] 원각사[52] 구경은 몇번씩 다 하여 보았지마는 연흥사는 말만 들었지, 참 한번도 가보지를 못하였는 걸이오.

신 나도 이때까지 못 가보았더니 남들이 하도 구경이 좋다고 하기에 엊그제 한번 가보니까, 아따, 그것 참 썩 볼 만하던걸. 들어앉았을 때는 몰랐더니 게를 가니까, 우리의 동무는 모두 게와 모여 있데그려.

강릉집이 신마마의 말을 듣고 귀가 솔깃하여,

강릉집 형님이 하 좋다고 풍을 치시니 구경을 좀 가볼까? 형

---

49) 간(肝)의 한쪽 조각.

50) 團成社: 융희 원년(1907)에 종로에 지어진 극장으로, 현재는 영화관.

51) 長安社: 1908년에 교동(校洞, 탑골공원 오른쪽 동네)에 세워진 극장.

52) 圓覺社: 오늘날의 새문안교회 자리에 1908년에 세워진 극장.

172

님, 같이 가보시려오?

신 아우님이 간다고 하면 내야 열 일 제치고라도 같이 갈 터이지마는, 아우님이 구경을 나섰다가 영감께서 바가지나 아니 긁으실지?

강릉집 바가지는 무슨 바가지? 우리 영감이 남의 집 사내들처럼 의혹이 많거나 다심(多心)시럽지는 아니하시다오. 내가 구경을 즐겨 아니하여 별로 가지를 아니했지, 간다기만 하면 노자도 주고 치행도 하여주실걸.

신 똥을 쌀 계집아해, 서방 칭찬은 아주 입에 침이 없이 하네. 구경을 아니 가고 사신 행차나 떠나더냐, 노자이니 치행이니 하게? 그래, 오늘 가려나 내일 가려나? 오늘이야 늦어서 언제 영감께 여쭙고 말고 할 겨를 있겠나? 마침 준비했다 내일 일찍이 나가보세.

강 그러면 형님께서 내일 일쯔가니 우리 집으로 오시려오?

신 그리지. 이런 제 아우님 구경 좀 시기려고 오늘 오고 내일 또 온담.

강 에그, 형님도 망령이셔라. 아우 집에를 구경가는 일 아니기로 날마다 좀 오시면 어떠하단 말씀이오?

신 나는 꼭 올 것이니 걱정 말고 오늘 밤에 베개 위에서 영감의 신다리[53]를 주물러서라도 허락을 단단히만 받게.

강 형님은 우순 소리도 툭하면 잘하지, 하하하.

신 하하하.

---

53) 넓적다리.

신마마가 집으로 돌아와 즉시 편지를 써 옥랑이를 시켜 이시종에게로 보냈더라. 그 이튿날 이시종이 춘향이 만나려던 이도령 모양으로 해 넘어가기를 성화를 하며 기다려 연흥사로 허둥지둥 온 터이라.

강릉집이 신마마와 같이 앞서거니 뒤서거니 연흥사 문앞에를 당도하여 신마마더러,

강 형님, 돈은 내가 드릴 것이니 구경표를 내 것까지 형님이 좀 사주시오.

신 이런 데 와서 돈도 제 돈을 내고 표도 제 손으로 사야 재미가 있나니, 표 살 돈을 나도 가지고 왔네. 도섭스러운[54] 말 말고 우리 제각기 표를 사가지고 들어가보세.

강 부끄러워 어떻게 표를 사나? ……그러면 형님부터 사시오.

신 이애, 아양부리지 말아라. 부끄럽기는 쥐 밑구멍이 부끄러워?

하며 표 파는 구멍 앞으로 앞서 가더니 주머니에서 돈을 내어 구멍 앞에다 탁 놓으며,

"여보, 특등표 한 장 파오."

신마마가 표를 받아들고 나서니, 강릉집이 나오는 웃음을 억지로 참고서 마침 꺼내들었던 돈을 구멍 앞에다 여전히 놓으며,

"나도 특등표 한 장만 주오."

하고 표 주기를 기다리느라고 그 구멍을 들여다본즉, 표 파는 사

---

54) 능청스럽게 변덕을 잘 부리는.

람이 표 한장을 쭉 찢어 주더니,

"아차, 그것은 이리 도로 주십시오. 중등표올시다."

강릉집이 표를 받았다가 도로 들이밀고 섰노라니, 표 파는 사람이 이 표 저 표 여러 장을 들고 한참을 뒤적뒤적하며 찾는 모양을 하다가 표 한 장을 들고 문밖으로 나아오더니 강릉집 앞에 와 공순히 서며,

"이렇게 오래 서 계시게 하와서 가이없습니다. 특등표가 다 팔리고 이것 한장뿐이온데, 이것은 돈을 받고 파는 것이 아니라 무료로 구경하는 찬성표[55]올시다. 돈은 도로 넣으시고 이 표를 가지시고 들어가십시오."

강릉집이 그 대답은 아니하고 신마마를 돌아보며,

"형님이나 구경을 하고 오시오. 표가 다 팔리고 없다니까 나는……"

신 우리가 조금만 부지런히 올 걸 그리했지. 아우님 도로 가는데 나 혼자 뒤처져 구경하고 있을 의리가 있나? 아우님 가면 나도 가지.

표 파는 자가 강릉집더러는 대답 없는 말을 또 하기 몰렴[56]하던지 신마마를 보고,

"왜 구경을 아니 하시고 가신다고 하십니까? 이 표는 당장 돈을 주시는 것보다, 가지고 구경을 하여주시면 본사에서 얼마쯤 더 감사히 여기는 터이올시다. 아무 관계 말으시고 어서 들어가 구경을 하시지요."

---

55) 요즘의 초대권.

56) 沒廉: 몰염치. 염치없음.

신 이왕 저처럼 말씀을 하니 그 표를 받게그랴. 말이 쉽지, 우리가 날마다 밤마다 오겠나? 벼르고 별러 온 길인데 공행(空行)을 하면 절통하지 않은가?

강릉집이 마지못하여 그 표를 받아들고 신마마의 뒤를 따라 장내로 들어가는데, 표 팔던 자가 앞에서 연해 인도를 하며,

"이리로 들어오시오. 이리로 올라오시오. 여기가 특등이오. 변소는 저리 가오."

하며 손바닥을 두어 번 딱딱 쳐 뽀이를 부르더니, 방석을 가져오너라, 화로를 가져오너라, 가비차[57]도 갖다주고 여송연도 갖다주며, 똑바로 마주 보이는 자리에 가 앉아 정신없이 강릉집 건너다보고 앉아서 헛기침을 연해 하더라. 그 기침소리 날 제마다 신마마가 강릉집의 치마채를 지근지근 잡아다니며,

신 여보게, 저기 좀 건너다보게.

강 나도 벌써부터 보았소. 에그, 그 사람이야, 외양이라든지 의복이라든지 쏙 빠진 경재상가(卿宰相家) 자제 같구려.

신마마가 그 말을 듣고서 강릉집 눈에 이시종이 얼마쯤 들어 있는 것이 반가워서 민활한 수단을 부려 강릉집의 마음을 건드려 본다.

신 제가 경재상가 자제가 다 무엇이야. 이런 데서 표나 팔아 범의 채반[58]으로 돈량 생기면 의복 호사나 하고 비다듬으니까[59]

---

57) 커피.

58) 채반은 진미의 음식. '범의 채반'은 모을 생각은 아니하고 생기는 대로 다 써버리는 것을 말함.

59) 모양을 내려고 곱게 다듬다.

반즈구러해 보이지. 왜 네 마음에 바싹 드나 보고나.

강릉집이 신마마의 어깨를 툭 치며,

강 에그, 형님도 미쳤소? 그러하단 말이지, 형님 듣는 데는 실없은 소리도 입을 뻥끗 못하겠지.

신 나 역시 웃음의 말일세마는 딴은 이상시럽기는 해. 저만치 좋은 신수가 요새 세상에 무엇을 못해서 연극장에 와 표 파는 생애를 하고 있을구? 그런데 그가 이왕 어디서 여러번 보던 얼굴 같구먼. 알 수가 있나? 저편간에 나 아는 사람이 있더라. 가서 좀 물어보고 와야.

하며 어디를 갔다가 즉시 도로 오더니, 강릉집 귀에다 입을 대고 ……하니까 강릉집이 상끗 웃으며, 이시종을 다시 한번 건너다보더니,

강 그이도 산화[60]요구려. 점잖은 처지에 예 와 그 노릇을 하고 있으니.

신 누가 아니라나? 젊은 협기에 장난 삼아 하는 것이겠지마는 그리기로 그 처지에는 참 어려운걸. 그 말을 듣고 다시 보니까 분명한 그가 그일세. 내가 이왕 면분이 약간 있으니 이따 이 근처로 혹 오거든 그 곡절을 좀 물어보아야.

하며 이시종의 칭찬을 물 퍼붓듯 한다.

신 세상 사람들은 그 집안을 욕도 하고 흉도 보지마는 지벌[61]로 말하든지 권리로 말하든지 가세로 말하든지 당시 누구인가 한번 쩡쩡하지. 두 계집 노릇을 하더래도 저런 이하고 사는 사람은

---

60) 아마도 散花. 바람둥이란 뜻인 듯.

61) 地閥: 지체와 문벌.

호강을 마음대로 할 터이니까, 하루를 살고 죽더래도 한이 없을 터이야.

강 별말씀도 하오? 잘살아도 제 팔자요 못살아도 제 팔자지, 세상일을 억지로 어떻게 한단 말이오? 우리만 못한 사람도 허구많은데 그네들은 하루도 못 살고 죽게?

신 자네는 영감이 늙었을지언정 기구 범절이라든지 알아주는 품이 남불지를 아니하니까 저렇게 말을 하는군.

하면서 강릉집 못 보게 무슨 군호[62]를 했는지 마주앉았던 이시종이 부인석 근처로 슬슬 돌아오며 연해 가래침을 곤도올리더라.

신 에그, 이시종 저기 오는군. 내 좀 청해서 까닭을 물어보아야.

강 청하기는 어디로 청한다고 이러시오? 남 보기에 망칙시럽게.

신 망칙할 것도 없던가 보이. 사대문 닫으면 한집안인데 남 보기에 어떠하단 말인가? 남을 위해서 이 세상을 살던가?

강 에그, 그래도 나는 싫소. 발 없는 말이 천리를 가는 세상에 남의 집 사내를 젊은 계집 있는 데로 청해오면 여러 눈에 다 이상시럽게 볼 터이니, 내일은 무슨 소리가 차포오졸(車包五卒)은 보태어 떡 벌어질 줄 모른단 말이오. 남을 발등걸음하여 쫓겨나게 하려남?

신 구더기 무서워 장 못 담그기로 남의 말 무서워서 아무 노릇도 못 하나배? 인생이 일장춘몽(一場春夢)인데 저 모양으로 겁을 내고 어찌 살아?

강 형님은 구변도 좋소. 그 소리 한마디 했기로 이렇게 여러

---

62) 軍號: 군대의 신호. 말짓이나 눈짓으로 가만히 연락하는 일.

말로 우박[63] 줄 것 무엇 있어? 그 사람을 정 만나고 싶거든 형님 마음대로 하거나 말거나 하시구려.

　신　아우님 싫어하는 일을 무슨 대사로 굳이 하겠나? 내가 소피 보러 나가는 체하고 저리 가서 속시원하게 좀 물어보고 오겠네.

하며 상등처소(上等處所)를 지나 어디로 갔다가 서초 한대 먹을 동안이나 된 뒤에야 도로 오더니, 강릉집을 보고 빙글빙글 웃으며 무슨 말을 할듯할듯하고 아니하니,

　강　형님, 무슨 좋은 일 보았소?

　신　좋은 일? 좋은 일이라면 좋은 일이고……

　강　어디 좀 들어봅시다. 무슨 좋은 일이 있어 나오는 웃음을 걷잡지 못하는지. 그래, 이시종은 만나보셨소?

　신　좋은 일이 되면 내 좋은 일이 아니라, 아우님 좋은 일이 될 터이지.

하고 강릉집 곁으로 바싹 가까이 가더니 가만가만 나직나직이 수용산출[64]로 수작이 나아오는데, 강릉집은 얼굴이 발개졌다 눈살이 꼿꼿했다 상긋 웃기도 하고 머리를 끄덕끄덕하기도 한다.

　한참 이리할 때에 어떠한 뽀이놈이 문밖에 와서,

　뽀이　신마마님, 어디 계십지오니까?

　신　왜 어서 왔느냐? 신마마가 내다. 그게 무엇이냐?

　뽀이　예, 저는 예서 사환(使喚) 하는 아해올시다. 이 아래에서 이시종 영감께서 가비차를 보내시며 일기가 치운데 한 곡보[65]

---

63) 타박.

64) 水湧山出: 물이 산처럼 솟음.

씩 마십시사 여쭈라고 하셔요.

신　에그, 다정도 하셔라. 이것은 또 무엇이야?

뽀　금구지 권련하고 서양과자올시다.

신마마가 받아 강릉집 앞에다 놓고,

신　이것을 우리가 아니 먹으면 남의 정을 막는 것일세. 어서
먹세.

강릉집　나는 싫소. 형님이나 잡수시오.

신　에그, 저런 말 보아. 나 먹으라고 보낸 줄 아나, 자네 위
해 보냈지.

강　여보, 망칙시럽소. 그 양반이 나를 왜 위하여 보냈단 말이
오? 형님 덕에 먹기나 합시다.

신마마가 첩첩이구[66]로 감칠 입맛이 썩 나게 꿀을 어떻게 담아
부었던지, 열번 찍어 아니 넘어지는 나무가 없는 모양으로 강릉
집의 귀가 점점 기울어져서 하던 구경을 못다 하고 신마마 가자
는 데로 따라갔는데, 그 집은 어떠한 사람의 집이든지 장황히 말
할 것 없이, 방안도 정결히 꾸몄거니와 말이 입에서 뚝 떨어지기
가 무섭게 거행을 줄줄 흐르게 썩 매우 잘하더라. 이시종은 이렇
게 앉고 강릉집은 저렇게 앉고 신마마는 그 옆에 가 앉아서 이
말은 저리 옮기고 저 말은 이리 옮기며 너털웃음을 연해 하여 두
사람의 인연을 송편 반죽하듯 한다.

신　내가 술 석잔을 얻어먹으려고 이 애를 쓰나, 뺨 세번을 맞
으려고 이 애를 쓰나?

---

65) 고뿌.

66) 喋喋利口: 거침없고 능란한 말솜씨.

이　아주머니 드리려고 삼편주[67]를 우리 집에 닥산(澤山)[68] 사두었는데 홀으로 석잔뿐이에요?

신마마가 강릉집을 돌아보며,

신　아우님은 어떻게 할 터인가? 술을 주려나, 뺨을 치려나?

강　……이 다음 보아야 알지, 무엇으로 대접을 할는지.

신　에그, 이 소리 보아. 뒤를 아주 앙칼시럽게 두고 말을 하는걸. 영감, 단단히 들어두시오. 공연히 잘못하다가는 애매한 사람 뺨 맞히시리다.

이　아주머니 부탁 아니기로 어련하오리까?

하며 벽상에 걸린 괘종을 쳐다보더니,

"어어, 밤이 벌써 이렇게 되었나, 두 점이 되어 들어가네."

신마마가 그 말을 듣더니 사람 많이 잡아먹은 범 모양으로 벌써 알아채고 벌떡 일어나며,

신　에그, 나 보아. 밤 가는 줄을 모르고 밑이 질기게 그저 앉았네.

하더니 이시종을 보고,

신　영감, 우리 아우님 다리고 참깨가 기니 저르니[69] 하고 이야기나 잘하시오.

이　아주머니 부탁대로 하오리다.

강　왜 어느새 가셔요. 더 놀다 같이 가십시다.

신　이애, 참말이냐? 혀끝에 침이나 묻히고 그런 말을 해라.

---

67) 샴페인.

68) 많이 (일본어).

69) 짧으니.

아마 말은 그렇게 해도 필경 속으로는 '저 원수 왜 아니 가노' 하여 소리 없는 총이 있으면 놓고도 싶을라, 하하하하. 에그, 웃노란 말일세. 노는 것이 한이 있나, 밤도 들고 집도 비어서 어서 가보아야 하겠네.

일변으로 강릉집의 말대답을 하며 일변으로 이시종을 보고 눈짓을 하니, 이시종이 뒤보러 가는 것같이 슬며시 밖으로 나아가니 신마마가 강릉집과 귓속말을 얼마쯤을 하고,

신 나는 더 부탁할 것 없으니 자네 수단대로 한껏 해보게.

강 ………

신마마가 아해년 시켜 등불을 켜 들리고 큰 성공이나 한듯이 마음이 매우 유쾌한 모양으로 나아가는데, 이시종이 대문 밖까지 줄줄 따라나와 신마마를 붙잡고 무슨 이야긴지 장구히 하고 들어가더라.

그 다음 일은 다시 말을 아니하여도 다 알 바어니와, 이시종과 강릉집이 그날 밤부터 정이 깊어 며칠 도리로 그곳으로 약회(約會)를 하여, 바다같이 깊은 맹세와 산같이 높은 언약이 두 몸이 죽어 진토되기 전에는 서로 잊지 못할 만치 되었는데, 매양 원되는 바는 화조월석(花朝月夕)에 거울같이 마주앉아 잠시라도 떠나지 말았으면 하는 일 한 가지라. 이시종이 신마마를 물산(物産)과 피륙을 펙펙 주어 자기 말이라면 어디까지 사양 아니할 만치 마음이 푸근하도록 하여놓고,

이 여보 아주머니, 아주머니 덕에 나의 소원성취는 하였소마는 수고하신 터에 아주 한 가지 더 좀 힘을 써주시구려.

신 영감이 내 손 빌 일이 무엇이란 말씀이오? 들어보아 나의

힘자랄 일이면 진심껏 다 보아드리다뿐이오. 무슨 일인지 말씀이
나 하시구려.

　이　다른 일이 아니라 강릉집을 아주머니 힘으로 상종하였는
데, 속담에 마루에 올라가면 방에 들어가고 싶다고 바로 제나 내
나 피차에 정이 아니 들었으면 모르거니와, 며칠만큼씩 꿈결같이
만나보니 사람의 살이 진정 슬슬 내리겠구려. 강릉집더러 내가
무슨 말은 못하겠소마는, 이 말은 아주머니 같으신 이가 곁매[70]
로 말씀을 해서 제 마음을 아주 돌려놓은 뒤에는 내가 직접으로
어떻게 말을 하든지 할 것이니, 아주머니 또 한번만 더 힘을 써
주시오.

　신마마가 그 소리를 듣더니 혀를 홰홰 내두르며,

　신　예, 알아듣겠소. 영감, 무슨 말씀을 그렇게 하시오? 계집
사내가 한번 눈이 맞은 이상에 담을 뛰어넘든가 울을 뛰어넘든가
단 둘이 할 터이지, 기지간사[71]를 나더러는 당치않은 말씀인 중,
타인이 넉넉히 참관[72]할 만한 일일지라도 나는 영감께 미안한 책
망을 당할지언정 간섭하기 과연 싫소.

　이　너무 야속하구려. 일껏 태산같이 믿고 말을 하니까 남의
말은 채 듣지도 아니하고 방패막이부터 하려 드시니.

　신　무엇을 채 듣지 아니했다고 그리시오? 내가 십년하방[73]에
눈치꾸러긴데, 이만하면 저만치 알아듣지 모르고 말씀하는 줄 알

---

70) 두 사람이 싸울 때 갑자기 곁에서 한쪽을 편들어 치는 매.

71) 其之間事: 그 사이의 일.

72) 參觀: 참견.

73) 十年遐方: 10년 동안 서울에서 멀리 떨어진 지방을 떠돎.

으시오?

하면서 이시종만 듣게 소근소근 몇마디를 하니까 이시종이 빙글빙글 웃으며,

　이　진작 그리하시지, 남을 그다지 시달리고야 말씀할 것이 무엇이오? 자, 나는 어서 가야 오늘 공고[74]를 치르겠으니 아주머니, 열 일을 제치고 주선을 좀 해주시오.

　신　염려 말으시오. 이 사람 힘자라는 대로는 하여보리다.

　신마마가 이시종을 보낸 뒤에 이리저리 연구를 하여본다.

　'이 일이 될는지 아니될는지 알 수 없지마는 내가 그 집에를 펄쩍펄쩍 드나들다가 일이 떡 벌어지면, 우물고누 첫 수[75]로 지목이 내게로 올 것이니 일절 현영할 필요는 없고, 저를 우리 집으로 슬며시 달라내다가 푹 삶아보겠다.'

하고 편지 한장을 써서 옥랑이를 주어 보내니 거미구[76]에 강릉집이 빙그레 웃으며 들어오더니,

　강　형님, 찰떡을 쪄놓았소, 메떡을 쪄놓았소? 왜 부르셨소?

　신　아무렴, 찰떡 메떡 다 쪄놓았지. 어서 들어오게.

하며 마루 아래까지 버선발로 마주 나아가 강릉집의 손목을 덥석 쥐고 앞서거니 뒤서거니 들어와 이말 저말 하다가,

　신　내가 아우님더러 일상 한번 조용히 물어본다면서도 아우님이 노할까봐 이때까지 말을 못했지.

---

74) 公故: 벼슬아치가 조회·진하·거둥 기타 궁중의 행사에 참여하는 일.

75) 한 가지 방법밖에 달리 변통할 길이 없음.

76) 居未久: 오래지 않아.

강 에구, 형님도 도섭시러워라. 형님이 나더러 못할 말이 무엇이오? 세상없는 말을 하시기로 내가 형님께 대하여 노할 리가 있소?

신 아우님이 참말로 노하지 아니할 터인가? 정녕 그럴 터이면 내가 말을 하지.

이 모양으로 뒤를 단단히 다지더니 천만의외의 딴 문제처럼 수작을 한다.

신 에구, 속 모르는 사람들은 아우님이 세상 재미가 다 있게 지내는 줄 알고 모두 부러하나 보데마는, 나는 일상 아우님이 한없이 불쌍하데.

강릉집이 그 말대답을 막 하려는 차에, 뜰 앞에 비둘기 한쌍이 마침 날아내려 떨어진 콩 한 알을 입에다 물고 꾸르륵꿍 꾸르륵꿍 하며 암놈 수놈이 멋거리지게 노는 양을 보더니, 신마마가 목석(木石) 간장이 녹을 듯이 한숨 한번을 쉬며,

신 에그, 저것은 짐승이라도 사람보다 낫지. 젊으나 젊은 두 자웅이 잠시 한때를 서로 떠나지 아니하고 재미있게도 잘 놀아. 아우님, 저것 좀 보아. 재미있게 놀지 아니하나?

강 ………

신 아우님, 말 아니하는 속종을 내가 다 알지. 속담에 황계(黃鷄) 수탉이 매 밥이 된다고, 저렇게 얌전한 우리 아우님이 어떻게 하다가 늙어 고불이[77]가 다된 박참령을 만나 아까운 청춘을 허송을 하게 되었을까?

---

77) 꼬부랑 노인.

강 ………

신 무얼 아우님이 못생겨 그렇지. 하늘 아래 중방[78] 들였나, 저 인물 저 자태에 어디 가기로 그만 대우 못 받고 살라구. 에그, 시들시러워라.

강 에그으 형님, 그 말씀 말으시오. 요새 세상에 누가 계집 한 몸도 아니요, 어미 아비까지 살릴 사람이 있겠소? 난들 젊으나 젊은 년이 늙은 서방이 좋아서 이때까지 살겠소? 에그으, 우리 어머니 아버지께서 늙게 쓸 자식 하나 없고 이 잘난 딸년 하나를 남의 열 자식 못지 아니하게 바라고 따라와 계신데, 오늘날까지 잘잡숫고 잘입으셔 아무 걱정 없이 몸 편히 계신 것은 우리 영감의 적지아니한 마음인데, 그 마음을 모르고 늙었다고 딴마음을 두면 여보 형님, 아청[79] 하늘의 벼락을 맞지 아니하겠소? 동지섣달 긴 긴 밤과 삼월 동풍 이화(李花) 도화(桃花) 만발할 때에 하루 몇 차례씩 무슨 생각이 아니 나겠소마는, 그 신세를 생각하고 혀를 깨물어 마음을 변치 아니하자고 작정을 하였소.

신마마가 강릉집의 얼굴을 물끄러미 건너다보며 그 말을 다 듣더니 박장대소를 하며,

신 저렇게 쥐면 펼 줄 모르는 사람은 처음 보겠네. 박참령의 마음쓰는 것도 무던하지 아닌 바는 아니지마는, 바로 시골고라리로 외 얽고 벽 친[80] 사람 외에야, 밥덩이나 두둑이 먹고 앞뒤 이

---

78) 中枋: 벽 한가운데에 가로지르는 나무.

79) 鴉靑: 검은빛을 띤 푸른빛.

80) '외'는 벽을 치려고 댓가지, 수숫대, 싸리, 잡목 등을 세로 가로 얽은 것. '외 얽고 벽 치다'는 담벼락을 쌓은 것같이 사물을 이해

면(裏面) 알 만한 사람 쳐놓고야 남의 딸을 데리고 살며 그 부모는 굶거니 벗거니 모르는 체할라구? 그까짓 당장 먹이고 입히는 것뿐이야, 움푹하게 분재(分財)는 못 해주고? 에그, 세상에 믿지 못할 것은 내 집이나 남의 집이나 늙은이 일일세. 바로 우리 뒷집 서강진[81]은 나이 칠십에 근력이 어찌 좋은지 산 호랑이도 쫓아갈 듯하여서 꽃같이 젊은 소실을 두셋씩 데리고 살더니, 지난달에 감기처럼 체증처럼 불과 이삼일쯤 앓다가 고만 모닥불 가무러지듯 물방울 꺼지듯 허무하게 세상을 버리니까, 목전 호강에 취하여 미리 변통을 아니하고 있던 소실들이 졸지에 끈 떨어진 뒤웅이가 되어 이리 뒤치고 저리 뒤치는 중, 그 얌치없는 것들이 그 영감이 천년 만년이나 살 줄 알았던지 적실네를 마음대로 휘둘렀던가보데. 예나 지금이나 찍으려는 황새와 아니 찍히려는 조개가 일반이 되어, 적실네와 윽각[82]이 되어 논도랑을 베더라도[83] 그 집만 면하려고 애쓰는 양을 내 눈으로 방장 보았으니까 말이지, 어찌자고 이팔청춘 자네가 늙은 영감을 태산같이 믿고 있단 말인가?

내가 아우님이 아니고 보면 탐탁히 사는 남의 내외지간에 이런 말을 하겠나. 여보게, 자네 영감이 한껏 상수[84]를 하기로 앞으로 몇십년이나 더 살듯 싶은가? 그 집안 인품을 나도 대강 짐작하

하지 못함을 비유하는 말.

81) 徐康津: 강진 원님을 지낸 서아무개라는 뜻.

82) 원래는 各各不同. 사람마다 의견이 다름을 뜻함.

83) 논두렁을 베다. 객사(客死)를 뜻함.

84) 上壽: 보통 사람보다 훨씬 많은 나이.

니 말이지, 그 영감만 끄떡해보게, 자네 어머니 아버지커녕 자네
는 개밥에 도토리가 아이 될 터인가?

이 모양으로 신마마가 강릉집의 염통 밑을 살살 간질이니, 늙
은 영감을 데리고 살기는 하면서도 항상,

'에그, 젊은 년이 무슨 재미로 이 늙은이와 같이 사나?'
하며 하루 몇 차례씩 은근히 긴 한숨 자른 한숨으로 세월을 보내
던 강릉집이라, 박참령이 제게 아낄 것 없이 구는 것이라든지 제
부모를 후대하는 것을 생각하고 종시 괄시를 못하다가, 급기 신
마마의 일장 설화를 들으니 손샅[85]이 저절로 후루루 풀어지며,
이왕 맺었던 마음이 비거석양풍[86]이 되어 넋이 없이 앉았다가,

강 에그, 그리면 형님, 내 일을 어떻게 했으면 좋겠소?

신 천 사람 백 사람이 다 걱정을 하기로 아우님이야 무슨 걱
정이 있어 저리해? 박씨 문전만 뚝 떠나기 곧 하면 은소반 금소
반으로 받들려 하는 이시종이 있는데.

강 형님 말씀은 좋지마는 그가 젊은 혈기에 아직은 마음을 잘
쓰지마는 장구하기를 어찌 믿을 수 있나요?

신 곤 닭의알 지고 성 밑에는 못 지나가겠네.[87] 의심이 그렇
게 나서야 백천만사에 한 가지도 해볼 수가 없게? **산천초목**이
다 변하기로 설마 이시종이 아우님에게 향한 마음이야 변할라구
의심인가?

강릉집이 왼손으로 턱을 고이고 가만히 앉아 은행 껍질 같은

---

85) 손가락 사이.

86) 飛去夕陽風: 석양 바람에 날아감.

87) 의심이 많은 사람을 비유함.

눈을 깜작깜작하며 한동안 생각을 하여보더니 싱끗 웃으며,

"형님이 보[88]를 두시려오?"

신마마가 고개를 연해 끄덕끄덕끄덕 하며,

"보만 두어? 다짐이라도 두지."

이쯤 수작을 하더니 두 입을 마주 대고 한나절은 소곤소곤하더라.

박참령은 본래 풍류 재상으로 애색(愛色)을 매우 하여 외입도 많이 하고 작첩(作妾)도 여럿 하였더니, 무정한 세월이 유수(流水) 같아야 두 살쩍[89]에 서리가 가득하여지니 소년 변화가 꿈결같이 지났도다. 그러나 몸은 늙었어도 마음은 변치 아이하여 강릉집을 작첩한 이후로 행여나 자기의 늙은 것을 혐의하여 다른 뜻을 둘까 하고, 인력으로 변통 못하는 자기 근력은 갱소년(更少年)을 못하지마는 기외의 의복 음식이라 세간 기명[90]은 제 소원대로 다 하여주고 나들이를 간다든가 구경을 간다든가 여일령(如一令) 허락하더니, 하루는 저의 동무의 집에를 다녀오겠다 하고 조반 후에 아해년만 데리고 나아간 사람이 낮이 지나 밤이 되고 밤이 지나 그 이튿날까지 눈이 감도록 기다려도 소식이 묘연한지라. 박참령이 잠 한잠 못 자고 들락날락 자취만 바싹 나도,

"거 누구냐?"

개만 컹컹 짖어도,

"누가 오나 보아라."

---

88) 保: 보증.

89) 鬢 위 귀 앞에 난 머리털.

90) 器皿: 세간에 쓰는 그릇붙이.

　아무리 이 모양으로 애를 쓴들 일본말 한가지로 벌써 사요나라를 부른 강릉집이 들어올 리가 있으리요? 그제야 자기를 배반하고 간 것을 깨닫고 두 눈에서 불덩이가 핑핑 돌아 반자[91]가 낮다고 뛰면서 사내하인 계집종을 모조리 불러 사면 각처로 내보내며 애매한 호령을 천둥같이 한다.

　"너희들이 이 길로 어디를 가든지 마마님을 찾아와야지, 만일 그렇지 못하면 다시 내 눈앞에 보이지 못하리라."

　그중에 입바르기로 유명한 동자아치[92]가 앞으로 썩 나서며,

　"쇤네들은 장하(杖下)에 죽이신대도 아무 죄도 없습니다. 밤낮 마마님 뫼시고 다니던 정월이년더러 물으시면 다 알으실 터인데, 쇤네들이 절인지 중인지 무엇을 안다고 걱정을 합셔요?"

　박참령이 그 소리를 듣더니 정월이를 벼락같이 부른다.

　"정월아, 정월아!"

　정월이가 천리만리 밖에 있는 것이 아니라 그 곁에 서 있었으니 가만히 한마디만 불러도 벌써 알아듣고 대답을 열쇠같이 할 터인데, 하도 서슬이 무섭게 소리를 지르니 어린것의 가슴이 덜컥 내려앉으며 사지를 발발 떨기만 하고 대답을 얼풋 못하이, 박참령 생각에,

　'옳지, 저년이 죄는 착실히 있는 것이다. 저년만 조겼으면 다 토설[93]을 하리라.'

---

91) 방이나 마루의 천장을 평평하게 만든 시설. 아래쪽 겉면이 천장을 이룸.

92) 밥짓는 일을 하는 여자하인.

93) 吐說: 숨겼던 사실을 비로소 밝혀 말함.

하고 급기 정월을 잡아내다 종아리에서 피가 튀어나도록 잔채질을 한들 저 모르는 말을 어찌 하리요? 다만,

"살려줍시오. 쇤네는 아무것도 모릅니다. 마마님 어디 가신 것을 쇤네가 어떻게 알읍니까?"

상전이 가까이 여기는 하인은 반하끼리라도 의례히 미워하는 법이라. 정월이가 아해종년으로 상전 앞에 가까이 돌아 의복 가지 음식 낱을 조금 나게 얻어입고 얻어먹는 탓으로 뭇 총부리를 일상 돌려대던 판이라, 말 한마디라도 발명을 하여주기는 고사하고 박참령 귀에 들릴 만치 저희끼리 지꺼리는 말이,

"에, 조런 도담스러운 년 보아. 걱정을 그만치 하시니 어린것이 겁이 나더라도 바로 여쭐 터인데, 백판 알지 못한다고 생자기를 떼네. 그년, 큰굿 할 년이로군. 날마다 마마님만 어디 가시려면 의례히 등불을 들고 앞서가던 년이 모른다고 해? 이년, 네가 아직도 보리[94]가 되지를 못한가 보다."

박참령이 그 말을 듣고 매질을 더욱 하며,

박 이년, 인제도 바로 대지 못할까? 그러면 마마님 어디 갈 때마다 등불을 어떤 년이 들고 다녔느냐?

정 등불은 쇤네가 들고 다녔습니다마는 일상 중간쯤 가서는 쇤네는 돌려보내시고 등불을 손수 들고 가셨으니, 어디를 다니셨는지를 죽사와도 모릅니다.

박참령이 정월을 반쯤 죽도록 닦달을 하나 실상 제 진정이 그뿐이니 어찌 강릉집의 간 곳을 알아 말하리요? 일자 이후로 박

---

94) 타작당한 보리.

참령의 마음이 하루도 몇 가지로 변하기를,

'이 일이 웬일인고? 강릉집의 본심을 내가 깊이 짐작하거니와 산천초목은 다 변해도…… 필경 어느 몹쓸것이 감언이설(甘言利說)로 꿀을 자꾸 담아부으니까 연한 마음에 속아넘어가서 이 거조를 한 것인즉…… 아니, 그도 그렇지 아니해. 제가 사람년 같고 보면 제 어미 아비를 내가 살리는 일을 생각하기로 여간 꼬인다고 그 말을 곧이듣고 나를 배반해? 이년이 어디 가 있든지 찾기만 하면…… 분한 대로 하면 아무렇게 한대도 관계치 아니하지마는 한번 실수는 병가상사라고 이번 일은 하여(何如)하고 이 다음이라도 개과천선만 하면 고만이지. 내가 첩 아니둘 수는 없고 새로 얻으면 별사람 있나? 아무 짓을 한대도 하루바삐 찾기나 찾았으면……'

하고 골똘히 강릉집 찾을 모계(謀計)만 생각하다가 한 가지 의견을 내어, 문객[95] 하인 등속을 사면 늘어놓아 장안의 남녀 뚜쟁이를 모두 불러들여 차례로 이르기를,

"자, 무론 누구든지 강릉집 가 있는 곳을 하루바삐 수소문하여 찾도록 하여주면 만금으로 보수[96]할 것이니, 그리 알고 각각 정탐을 하여보소."

소위 뚜쟁이라 하는 무리는 의리도 없고 사상도 없고 다만 전백(錢百) 전천(錢千) 얻어먹는 것으로 평생 기능을 삼아, 남의 집 청년자제와 유부녀를 유인하여 열에 둘 먹는 장사로 생애하는 무리라. 어떤 계집 하나이 발을 다 디뎠다든가 어떤 소년이 마음

---

95) 門客: 권세 있는 대가의 식객.

96) 報酬: 고마움을 갚음.

192

이 허랑하다든가, 전보통신보다 더 빠르게 소문을 듣고 있는 터이나, 강릉집 거취에 당하여서는 저희가 주선을 한 바이 아닐뿐더러, 약고 약은 강릉집의 꾀와 겪고 겪은 신마마의 수단과 두밤 중[97]이라도 구길 것 없는 이시종의 기구로 물 부어 샐 틈 없이 주선한 일을 저희가 어찌 용이히 채탐[98]하리요? 여러 년과 놈이 먹고 살 거리나 생긴 줄 여기고 의심 남직한 곳은 쫓아다니며 모두 귀를 기울여보더라.

이때 이시종은 으슥한 골목에 집 한채를 치우고 강릉집을 모를 옮긴 이후로 자기 집안 하인도 모르게 비밀히 왕래하며 재미가 깨 쏟아지듯 하게 지내는데, 속담에 싸고 싼 향내도 난다고 잠시 한때라도 서로 못 보면 십년이나 떠난 듯이 못 잊어하는 사이에, 이별살이 들었던지 궁극스러운 뚜쟁이 마누라가 방물짐을 차려가지고 남북촌 이집 저집을 들어가보다가 강릉집 있는 집에를 요행 들어가 강릉집 얼굴을 넌짓 보았더라. 강릉집이 미련하거나 아둔한 것 같으면 뚜쟁이 마누라를 보고도 예사 방물장사로 여기고 있다가 봉변을 했을 터이지마는, 원래 눈치가 썩 빠른 강릉집이라 벌써 알아채우고 천연한 낯으로 방물장사를 수작하여 보내고 그 길로 이시종을 청하여 피신할 계책을 하였더라.

그날 강릉집 있는 집에 들어왔던 뚜쟁이가 즉시 박참령을 가보고 강릉집이 아무 데 이러저러하게 있는 것을 당장 보았노라 고 하니, 박참령이 눈이 번쩍 띄어 판돌이를 불러라, 늦쇠를 불러라, 유사 사인교를 가지고 가거라, 인력거를 내놓아라,

---

97) 한밤중.
98) 採探: 모르는 곳을 물어가며 찾는 일.

"정월아, 너는 사인교보다 앞서가 그 집에를 쏜살같이 들어가 마마님이 어디로 가지 못하게 꼭 지키고, 김오위장[99] 자네는 저 인력거를 타고 가서 정월이 뒤를 따라 하인을 데리고 들어가 강릉집더러 어서 사인교를 타라 재촉하여 제가 만일 겁이 나서 자저하거든 내서 그리하다라고, 사람이 살다가 한번 실수하기가 예사의 일인즉 지금 들어온대도 내가 무엇이라고 할 리 만무하니 염려 말고 어서 오라 하더라고 자세자세 타일러서 이번에 꼭 데리고 오게. 이총순[100] 자네는 그 집 근처에 가 슬슬 돌다가 만일 어떤 놈이 나서서 그러니 저러니 하고 강릉집을 데려오지 못하게 하는 폐단이 있거든, 자네가 비록 지금 벼슬을 다니는 터는 아니지마는 경무청 속에 친한 동관[101]이 많을 터이니 고발을 하여 거기 있는 년놈을 모조리 묶어가게 하여주되, 강릉집은 아무쪼록 남우세 과히 아니하도록 하여주게."

이 모양으로 북벌(北伐)하러 가듯 설비를 하여 보내고 혼자 생각에,

'제가 그 대단히 멀리 가 있든가 감쪽같이 숨은 줄 알았다가 우르르 들어가는 것을 보면 기가 막히렷다. 응, 당초에 갈 제는 뉘 꾀음을 들었든지 그 동안에도 벌써 내 생각을 여러번 하고 후회

---

99) 金五衛將: 오위장은 조선시대 때 오위의 군사를 거느리던 장수. 임진왜란 뒤 군제의 개혁으로 훈련도감 등의 새 군영에 실권을 빼앗기고 명목만 남아 있다가 고종 19년에 없어짐.

100) 李總巡: 총순은 구한국 때 경무청에 두었던 판임 벼슬로, 경무관 다음 자리.

101) 同官: 같은 관청에 다니는 동급의 관리.

를 얼마쯤 했을란지도 알 수 없지. 내가 젊은 터이고 보면 제 눈에 눈물이 절로 쑥 솟도록 버르장이를 가르쳐놓겠구면, 늙어 후기[102]도 없을 뿐 외라 그리고 보면 계집의 편심(偏心)에 제 소위는 생각 못하고 야속히만 여길 것이니, 차라리 저를 보고 이대저대 눈치를 보이지 말고 좋은 낯으로 예란 듯이 구는 편이 옳겠다.'

그리하자 뜰 앞에서 기침소리가 두어번 나며,

"소인 판돌이 다녀왔습니다."

박참령이 반색을 하여 미닫이를 드르륵 열고 내다보며,

박 그래, 마마가 왔느냐?

판 마마님은 뵈옵도 못하였습니다.

박 마마를 보도 못하다니, 응? 그 사이에 어디로 갔더란 말이냐? 필경 너희들이 섣부르게 어루대어서 기미를 알고 은신을 한 것이로구나…… 장 떠먹듯이 일렀더니 정월이년은 무엇하러 갔길래 먼저 들어가 꼭 붙잡지를 못하고…… 글쎄, 그년은 무엇하러 갔더란 말이냐?

정월이가 뒤미처 쪼로로 들어오며,

정 쉰네가 아까 분부하신 대로 장바[103] 두어 길이는 앞서 들어가니까 그 집 안팎문이 모조리 꽉꽉 걸렸는데, 문을 찌꺽거리다는 눈치를 채을까봐 문지방 밑 개구멍으로 기어들어갔더랍니다.

박 그래, 들어가 보니까 마마가 어디로 가고 없더란 말이냐?

---

102) 後氣: 버티어 나가는 힘.

103) 긴 밧줄.

정 마마님만 아니 계실 뿐 외라 사람이라고는 어리친[104] 개새끼도 못 보았습니다.

박참령이 그 말을 들으니 기가 막혀 아무 말 없이 한동안 앉았다가 먼저 와서 말 전하던 뚜쟁이더러 하는 말이라.

박 여보소, 자네가 필경 집을 헷 일렀거나 사람을 횡보았길래[105] 그렇지, 정녕히 아까 그 집에서 보았을 말이면 그 사람이 어디로 갔단 말인가? 다시 찬찬히 생각을 하여보게.

뚜 정녕하고 말고요. 마마님과 이야기까지 얼마쯤 하였는데 사람을 횡보았겠습니까? 집도 정신이 사오나와 혹 잊어버릴까봐 대문 차례와 골목 모양을 자세자세 보아둘 뿐 아니라 그 집 맞은편 돌담 안에 회화나무[106]까지 단단히 표를 하였더랍니다. 별수 없이 그 꾀 많고 약은 양반이 제 눈에 들켰으니까 벌써 무슨 변괴가 날 줄 알고 피신을 한 일이올시다. 걱정 말으십시오. 어디로 멀찍이 훌쩍 가지만 아니하고 돌구멍안[107]에 있기만 곧 하면 어느 때든지 또 눈에 뜨일 날이 있을 것이니 그때 가서는 당장 두 손목을 막 끌어라도 내세울 터이올시다.

박 어, 열치가 한치가 되더라도 하루바삐 찾아만 주게, 그 신세를 당이별론[108]으로 갚을 것이니.

이시종이 박참령 집에서 남녀 뚜쟁이를 방방곡곡(坊坊曲曲)이

---

104) 정신이 흐릿한.

105) 橫보다: 잘못 보다.

106) 홰나무. 槐木.

107) 서울 성문 안. 곧 문안.

108) 當以別論: 상례에 따르지 않고 특별히 논하여 마땅함.

196

늘어놓아 강릉집을 수색한다는 소문을 듣고 잠시도 마음이 놓이지 못하던 차에, 수상한 방물장사가 다녀갔다 하는지라 잠시 지체 아니하고 치행을 곧 차려 강릉집을 수원(水原) 농막(農幕)으로 내려보낸 뒤에, 자기가 토요일 오후면 의례히 내려가 일요일 종일 행락을 하다가 월요일 첫차에 서울로 들어오니, 일경중[109]에 같이 있지만 않을 뿐이지 마음대로 내왕하기는 이웃집에 두나 조금 다를 바 없으나, 그래도 마음이 쾌히 놓이지 못하여 비밀히 사람을 늘어놓아 박참령의 동정을 탐지하더니, 박참령이 강릉집의 수원 가서 있는 것을 어떻게 알았는지 찾아올 차로 내일 첫새벽에 다수한 사람을 내려보낸다 하는지라, 그 밤에 경부선(京釜線) 막차를 타고 수원으로 내려가 강릉집을 데려다 인천(仁川) 서씨의 집에다 은신을 시킨 후 속마음으로,

'찾으려는 박씨도 궁극시럽거니와 숨기는 나 역시 지독하다. 자기가 인제야 세상없는 짓을 하기로 강릉집 그림자나 다시 볼 줄 알고? 나의 오르내리며 보기는 수원이나 인천이나 찻길이 일반이니 한동안 석이 푹 삭도록 있어, 박씨가 아주 잊어버릴 만하거든 다방골 이상 찬합집[110]으로 묘하고 탐탁하게 된 집 한채를 장만하고 데려올려다가 고기(顧忌)할 것 없이 마음 턱 놓고 재미있게 한번 살아보겠다.'

하고 조금도 의려[111] 없이 탄평히[112] 지내더라.

---

109) 一京中: 한 서울 안.

110) 饌盒집: 규모가 넓거나 크지는 않아도 구조는 탐탁하여 쓸모가 있게 지은 집.

111) 疑慮: 의심하여 염려함.

강릉집이 박씨 문전을 하직하고 나아온 때에, 딸만 바라고 와 있는 저의 늙은 부모를 의례히 데려갔을 일이나, 그리고 보면 하나 알고 둘 알아 왁자지껄하여 죽도 밥도 다 아니 될 모양이니까 감쪽같이 속였었는데, 급기 인천 와서 보금자리를 깊숙이 치고 있은 뒤에야, 이시종의 인품과 가세를 만지장설[113]로 칭도[114]를 하고 속히 인마를 보낼 것이니 딸도 없고 하릴없이 고향으로 가는 것처럼 내려오라고 편지를 하였더라.

본래 강릉집 부모의 심장이 별로 흉하지를 아니한 사람들로 팔자가 기박하여 자식이라고 다만 남매를 두었더니, 아들놈은 팔난봉이 되어 주색장으로만 돌아다녀 여간 있던 자본을 다 털어마친 후 끝도 없이 도망을 하여 근 십년 소식이 없으니, 비둘기 같은 두 늙은이가 돌에도 나무에도 댈 데가 없으니까 그 딸을 의지하고 서울 와 사는데, 그 딸의 효성은 있든지 없든지 사위 되는 박참령의 후한 대접으로 집을 산다 부정지속[115]을 장만한다 다달이 시량(柴糧)이며 의차[116]를 진진히[117] 대어주어 아무 근심 걱정 없이 몸 편히 잘 지내더니, 천만 뜻밖에 그 딸이 온다 간다 말 한마디 없이 종적이 없다 하는지라, 가슴이 덜컥 내려앉고 두 눈이 캄캄하여져서 어찌하면 좋을지 모르는 중, 제일 큰 근심은 만

---

112) 坦平히: 근심이 없이 마음 편히.
113) 滿紙長說: 사연을 길게 쓴 편지.
114) 稱道: 마음에 그리워하여 입으로 칭송함.
115) 釜鼎之屬: 솥·가마·냄비·번철 등 부엌 그릇의 통칭.
116) 衣次: 옷감.
117) 津津히: 끊임없이 솟아나듯 많이.

일 박참령이 네 딸 간 곳을 가르치라 하든가 네 딸 없는데 왜 있느냐고 축출을 하든가 양단간에 하게 되면 아무것도 모르고 있던 늙은이 내외가 속절없이 죽을 지경이니, 이 일을 어찌하면 좋으냐고 서로 걱정을 무수히 하더니 하루는 우체사령이 대문을 두드리며,

"편지 받으시오."

하는 소리 듣고 영감이 부지런히 나아가 편지를 받아 겉봉을 살펴보니 통호(統戶)와 택호가 바로 맞을 뿐 외라 필적이 반가워서 얼풋 떼어 자두지미(自頭至尾)를 자세자세 보며 안으로 들어와 마누라더러,

영   여보 마누라, 우리 아기가 인천 가 있으며 편지를 하였구려.

마   무엇이오, 인천 가 있다니?

하며 영감 가진 편지를 달래어 보고 또 보고 몇 차례를 보더니,

마   세상에 방정맞은 년도 있소. 사면팔방 까질러 다니다가 인제야 자리가 잡히어 남불지 아니케 살 만하다가 제 복에 겨워서 또 방정을 떨지 아니하나? 이시종을 하늘에 오를 듯이 칭찬을 하였으니 이시종이라는 사람이 대체 누구란 말이오? 영감은 짐작하겠소?

영   편지를 보면서도 그리하오? 아따, 이대신(大臣) 아무씨의 아들이요, 아무씨의 조카요구려. 소갈머리 없는 년, 무슨 생수나 있을 줄 알고서 어떤 것의 꾀음을 또 듣고 이 짓을 하였는지, 제 아비 어미더러는 의론 한마디 없다가 인제야 편지, 응, 방정맞은 것!

마   이왕 그릇된 일을 욕만 하면 쓸데 있소? 상담[118]과 일반

으로 불 없는 화로요 딸 없는 사위지. 인제야 박참령이 우리를 돌볼 리가 없으니, 아무것 날 데 없는 살림에 백사지[119] 땅에서 견딜 수는 없고, 자식이라고 저 하나를 태산같이 믿던 터에 제 소위(所爲)는 잘했다 할 수 없으나, 이왕 오라고 편지를 이처럼 하였으니 내 생각에는 바늘 가는 데 실 따라가는 일체로 넌지시 떠나가는 것이 좋을 듯하오마는, 영감 생각은 어떠하오?

  영 글쎄, 가자기도 딱하고 아니 가기도 어렵소구려. 만일 제 기별대로 우리마저 갔다는 박참령 알기에 함께 부동(符同)한 모양이 될 것이요, 그대로 여기 있자니 제 소위를 괘씸히 여겨서 우리 시량을 다시 대어줄 리가 만무하니, 이런 앉도 서도 못할 일이 또 어디 있단 말이오?

  내외가 한참 이 모양으로 공론[120]을 하는 즈음에 마루 밑에 있던 강아지가 쪼루루 나아가며 자지러지게 짖더니 별안간에,

  "안문 닫칩시오."

하며 삯꾼이 쌀 섬과 나무 짝을 끙끙 지고 들어와,

  "쌀 섬은 어디로 놓고 나무 짝은 어디다 쌓랍시오?"

  이왕 같으면 나무가 떨어진다든가 양식이 없어졌게 되면 자기 딸에게 연해 재촉을 하여 갖다 먹고 때었을 일이나, 이것 저것 전당(典當)질을 하여 몇 때 지내면서도 감히 개구(開口)를 못하고 어찌하면 좋을지 모르던 그때라, 두 눈이 번쩍 띄어 염치불계하고 쌀은 뒤주에 받아 붓고 나무는 광에 들어 쌓아놓으니 두 늙

---

118) 常談: 보통 쓰는 평범한 말.

119) 白沙地: 흰 모래가 많아 초목이 무성치 않은 메마른 땅.

120) 空論: 쓸데없는 의론.

은이 심중에 자기 딸 소위는 더욱 가통하고 사위양반 인정은 못내 잊을 수 없어 딸의 편지대로 내외가 따라가려던 일이 부지중에 정지가 되었더라.

박참령이 강릉집을 찾을 듯 찾을 듯하며 이때까지 찾지를 못하니 더욱 조급증이 생겨서 침식이 불안하고 만사에 무심한 중, 친근히 다니는 사람마다 강릉집이 제 어미 아비는 속이고 갔을 리가 만무하니 진작 마저 어디로 가기 전에 잡아 닦달을 하면 짚고 찾으리라 무수히 권하나, 박참령은 아무 때든지 강릉집을 기어이 찾아 다시 한번 데리고 살 작정이라 만일 제 부모를 괄시하였다가 더욱 야속히 여겨 배심(背心)을 두면 어찌하리 싶어, 열 사람의 말을 다 들은 체 만 체하고 두 늙은이를 이따금 만나면 강릉집이 어떤 몹쓸 놈의 꾀옴을 듣고 이 거조를 하였는지 시시로 보고 싶다는 말만 할 따름이요 그 시량과 용돈을 여전히 대어주더니, 하룻밤에는 어느 친구 재상의 집에를 갔다가 돌아오는 중, 가뜩이나 심회가 좋지 못한데 달은 어찌 그리 밝은지 사람마다 없던 흥이 절로 나서 둘씩 셋씩 짝을 지어 이리로도 오고 저리도 가는지라, 점잖은 처지에 마음 상하는 말을 남 듣기에 발표하기는 창피하고 외양으로 천연(天然)히 걸음을 걸으며 혼자 입속말로,

"어, 천하에 몹쓸 것, 내가 제게 무엇을 박절히 굴었길래 이렇게 괄시를 하고 어디로 갔노? 저 곧 있으면 오늘 밤같이 월색이 좋고 목이 컬컬한 판에 술 한잔 따땃이 데워 저와 같이 여북 재미있게 먹었을까? 어느 때 생각이 아니 나는 바이 아니로되 오늘 밤 같아서는 과연 견디기 어려운걸. 제 부모의 집이 예서 멀

지 아니하니 저 보고 싶은 대신에 그 늙은이들이나 좀 찾아보고
가겠다."
하고 그 길로 강릉집 부모 있는 집으로 찾아가더라.

그날 밤 그 달빛에는 박참령만 심회가 좋지 못할 뿐 아니라,
이 두 늙은이도 딸 생각이 간절히 나서 일찍 잠을 자지 못하고
영감 마누라가 마주앉아 눈물이 저절로 뚝뚝 떨어지며 이야기를
서로 하는데,

마 여보 영감, 우리 두 늙은이 신세가 그 아니 딱하오? 딸도
없는 사위에게 얻어먹고 있자기도 얼굴이 뜨뜻하고 동[121]을 아주
끊고 딸에게로 가자기도 의리에 박절하고, 이를 어찌하면 좋다
말이오? 그래, 이시종이라는 사람이 권리가 대단히 좋다니 그
애를 끝끝내 호강이나 시겨줄 만하기는 한가요?

영 마누라도 딱도 하오. 시속 젊은 사람들이 아직 재물이 좀
있고 권리가 좋으니까 똑똑한 젊은 계집을 보면 꽃 본 미친 나비
모양으로 처음에는 엎드러져서 살점이라도 떼어 먹일 듯싶지마는
세상에 똑똑한 계집이 하나 둘뿐이오? 또 다른 년 곧 보면 그
대신 정을 푹 쏟아 이왕 백년해로를 약속한 사람이라도 천리 만
리 돌아보도 아니할 터가 아니오? 우리 아기만 해도 앞 못 보는
고양이 모양으로 아직 이시종의 얕은 정에 빠져서 이 다음 일은
생각지 못하는 것이지, 왜 박참령 같은 남편이 어때서 방정을 떨
고 배반을 한단 말이오?

마 그야 그럴는지도 알 수 없지마는 이 다음에 다른 계집 얻

---

121) 사물과 사물을 잇는 마디.

어가지고 구정(舊情) 박대(薄待)하는 일은 하필 이시종만 그러하
고 박참령은 아니 그러하다는 데가 어디 있소? 사내양반들 마음
변하기는 그 나이나 일반이지, 내가 이시종을 위해서 이렇게 말
하는 것은 아니오마는.

　영　그렇지, 남자양반의 마음이 누구는 다르리까마는 그래도
그중에 다 분간이 있습니다. 내 말을 좀 들으시오. 이시종으로
말하면 그 집안 가도가 망칙 망칙한 터이라, 개천에서 용 나기가
쉽소? 그 위인이 역시 일반일 터이오. 또는 나도 젊은 때를 지
내보았소마는 그때에는 마음이 일정치를 못하여 이리 휘뚝 저리
휘뚝 깊이 믿을 수 없거니와, 박참령이야 연기(年紀)가 높아 요
량미정(料量未定)한 소년과 다르고 범절이 점잖은 터에 마음이
조변석개(朝變夕改)할 리 만무한 중 우리 아기 알기를 늙은 용의
여의주보다 더 귀히 여기고, 또 그 기구범절이 지금 세상이 아무
리 전만 못하더라도 우리 아기 하나는 남불지 아니케 호강시길
만할뿐더러, 요사이에도 우리 내외에게 마음쓰는 것을 보면 사람
은 늙어야 쓴단 말이 꼭 옳습니다. 만일 이시종과 땅을 바꾸어
되었어보오, 우리를 여전히 돌아보아주기커녕 벌써 경무청에 아
니 넣었을는지 알 수 있소?

　마　에그, 영감 이야기를 들으니까 그렇기는 그러하오마는, 팔
이 들이굽지 내굽지를 아니한다고 제가 눈이 어두워서 발길을 이
미 헛디딘 터에 한탄하면 무엇하오?

　영　한탄하면 무엇하다니? 나는 날만 밝거든 제 편지를 가지
고 박참령에게 가서 저 있는 곳을 바로 말하고 도로 데려오도록
하겠소.

산천초목　203

마누라는 차차 보아 하자거니 영감은 볼 것이 무엇 있느냐거니 한참 힐난을 하는 판에 누가 대문을 두드리며,

"문 열어줍시오, 문 열어줍시오."

두 늙은이가 그 소리를 듣더니,

영 누가 이 밤중에 문을 열어달라고 하나?

마 에그, 아기한테서 또 편지가 왔나보오.

영 글쎄, 어디 나가봅시다.

하고,

"거 누가 우리 집에 와 찾노?"

대문을 열고 보니 상노[122]놈이 등불을 들고 앞섰는데 그 뒤에서 박참령이 오락가락 거닐다가 영감을 보더니,

"허허, 그저 아니 자오?"

영감이 마주 나가며,

"이 밤에 어떻게 행차를 해겹시오? 들어가시지요."

하며 박참령을 맞아 안방으로 들어가 이 수작 저 수작 하다가 영감이 먼저 말을 자아내더라.

영 저는 뵈옵고 무엇이라 여쭐 말씀은 없습니다마는 그 동안 제 딸의 소식을 들어계시오니까?

박 소식을 어디 들을 수 있나? 서울서 수원으로 간 것은 짐작했지마는 수원서 어디로 간 것은 그리 수소문을 하여도 알 수가 없소그랴. 제야 필경 나보다 나은 사람을 취하여 갔겠지마는 나는 저 나아간 후로 잊자 잊자 해도 잊을 수가 없소그랴.

---

122) 床奴: 밥상 나르는 일과 잔심부름을 하는 아이.

영 영감께서 이처럼 하시는데 그 뜻을 못 받는 것이 사람이라고 할 것 있습니까? 저희 내외는 황송하와서 얼굴을 들고 무엇이라고 여쭐 말씀이 없습니다. 그까짓 년을 잊으시고 가합(可合)한 사람을 구하시기 곧 하면 장안에 그년만 못한 인물이든지 범절이 어디 없을라고 이리 합십니까?

박 허허, 사람이면 다 사람인가? 내가 구한다기만 하면 필경 영감의 딸보다 난 인물도 더러 있겠지마는 사람의 정이라는 것이 천하에 더러운 것이라. 저는 나를 배반하였으나 나는 저를 자나깨나 못 잊겠으니까, 곁에 서시[123)]나 양귀비가 죽으로 와 앉았대도 눈도 거들떠보기 싫여.

영감 마누라가 아무 말 없이 박참령의 얼굴만 물끄러미 보다가,

영 여보 마누라, 그 편지 어찌했소? 일리 주오.

마누라가 주저주저하며,

마 편지는 여기 있소마는 그것은 왜 찾소?

영 글쎄, 이리 주오. 세상사를 상을 타든지 벌을 타든지 이실직고하여야지. 그 잘난 자식으로 해서 점잖으신 터에 저처럼 못 잊어하시는데 바로 여쭙지를 아니하여 우리조차 죄를 지을 까닭이 있단 말이오? 어서 이리 주오.

영감이 마누라에게 어떠한 편지 한장을 달라고 재촉하여 박참령 앞에다 공순히 놓으며,

영 자식을 겉을 낳지 속을 낳습니까? 제가 마음을 잘못 먹는

---

123) 西施: 중국 월(越)나라의 미인.

줄을 손톱만치라도 저희 내외가 알았더면 저 보는 데 다갱이를
부딪쳐 죽기로 오늘날 이 지경이 되도록 하였을 가망이 있었겠습
니까? 어떻게 저희 내외를 통촉하셨던지 이때까지 큰 말씀 한마
디 아니하시니 그리하실수록 마음에 황송하옵기가 등에 가시를
짊어진 것 같삽더니, 지금이야 이 편지를 받아보옵고 오늘은 밤
이 들었으니까 할 수 없거니와 내일은 일쯔가니 댁으로 가 여쭙
자고 두 늙은이가 방장[124] 의론을 하는 중이올시다.

  박 이 편지가 뉘게서 온 것이길래 그리하오? 영감 딸이 한
편지인가?

하며 반가움을 이기지 못하여 분분히 그 편지를 시면(始面)부터
끝까지 내려다보는데, 자기는 아주 보잘것없는 늙은이로 돌리고
이시종은 세상에 다시없는 듯이 자랑을 한 구절에 당하여, 강릉
집 사모하던 정이 뚝 떨어지고 통분한 생각이 더럭 나서 두 눈이
부지중 실룩하여지고 얼굴이 붉으락푸르락하며, 당장 사력(私力)
으로 못 되면 경찰서에라도 고발을 하여 족불이지로 잡아올려다
욕을 기껏 보이고 말려다가, 다시 생각한즉 두 늙은이가 그 편지
를 보고 아는 듯 모르는 듯 슬머시 몰래 가버렸으면 끝끝내 움도
싹도 알지를 못하고 헷애만 무수히 썼을 것인데, 자기에게 그 편
지를 보이고 일호 기망[125] 아니하는 두 늙은이의 마음이 고마워
서 탱중[126]하였던 분심이 스르르 풀리며 강릉집 못 잊히던 마음
이 도로 나더라.

---

124) 방금.

125) 欺罔: 기만.

126) 撑中: 화나 욕심이 가슴속에 가득 차 있음.

박　허허, 제가 다시 오기 곧 하면 한번 실수는 병가상사라고 내가 일호라도 개의(介意)할 리 만무하지. 계집이라는 것이 여북하여 궐문(闕門)에 하마(下馬)가 없나? [127] 엇구수하게 백방으로 꾀이니까 속아넘어가기가 첩경 쉬운 일이지마는 이시종이라는 자식으로 말하면 그런 후레 개자식이 어디 있을구? 내가 제 아비 친구인데 제 아비 친구의 계집을 빼어돌려, 응? 천참만륙[128]을 할 놈! 이런 말이 내가 도리어 점잖지 아니하지마는 추일사가지[129]로 이 일 한 가지로 보면 세상에 못할 것 없이 다 할 놈이지그랴. 네 집안도 가히 알겠다. 오늘날 부귀세력이 며칠이나 부지하리?

여보, 일이 분해도 내가 기어이 영감의 딸을 도로 데려다 여전히 살아보고 말 터이니 내일 첫새벽에 내 하인과 같이 내려가 꼭 붙잡아 데려오오. 그런데 만일 어떤 놈이 무엇이라고 아니 보내거든 곧 전보를 놓으면 내가 내려가든지 그렇지 아니하면 해(該)경찰서로 주선을 하여 그 놈이나 년을 깡그리 묶어가게 할 터이오.

영　제가 가기 곧 하면 그년의 모가지라도 매어 끌어올 터인데 어떤 년놈이 나서서 무엇이라 말을 한단 말씀이오니까?

박참령이 마음에 든든하여 혼잣말로,

'오늘 밤 출입은 썩 신통하게 된 일이로구나.'

---

127) 대궐 문에서 말을 내리지 못함. 곧 여자는 벼슬 못함을 가리키는 듯.

128) 千斬萬戮: 수없이 베어 여러 동강을 내어 죽임.

129) 推一事可知: 한 가지 일로 미루어 가히 앎.

하며 즉시 집으로 돌아와 여러 구종[130]놈 중, 그중 기운차고 어거지 있는 놈으로 택차[131]하여 첫새벽에 앞세우고 강릉집 부모의 집으로 와 영감더러 어서 떠나가라 재촉하더라. 영감이 그 마누라를 불러내세며 하는 말이,

"여보, 마누라도 갑시다. 다른 때 같으면 제 아비 목소리를 들으면 버선발로라도 뛰어 나아오겠지마는 세상일을 몰라. 이렇게 내려가는 일이 바람이 났으면 한구석에 꼭 들어백여 여기 없다고 외꼭지 돌리듯 하면 남의 집 내정돌입[132]할 수 없고 속절없이 허행(虛行)되지 아니하겠소? 마누라는 그 집안으로 서슴지 말고 쑥 들어가보고 나는 밖에서 물어 움치고 뛰지를 못하도록 하여야 할 일이 아니오?"

마누라 영감이 구종을 따라 두어 걸음 나아가다가 다시 돌아서더니 박참령을 보고,

"이번에 가면 제 자식을 꼭 데려오기는 할 듯합니다. 제 소위는 열번 죽어 싸오나 두 늙은이 낯을 보셔서 과도히 하시지 말으시고 차차 마음이 가라앉거든 단단히 조속[133]을 하십시오. 소견 없는 것이 저 잘못한 것은 생각지 아니하고 저 어미 아비부터 야속히 여겨 무슨 지저귀를 할란지도 혹 알 수 없사와 이 말씀이올시다."

박참령 고개를 끄덕끄덕하며,

---

130) 驅從: 관원을 모시고 다니는 하인.

131) 擇差: 인재를 골라 벼슬을 시킴.

132) 內庭突入: 남의 집 안뜰에 주인 허락 없이 불쑥 들어감.

133) 操束: 단단히 잡아서 단속함.

"그대 걱정은 두번도 말오. 영감의 부탁 아니기로 내가 그만 생각 없으며 또는 내가 저와 다시 아니 살려면 모르거니와 왁자 지껄하면 제 망신뿐인가, 내 망신이 더 되지. 저를 보고 아무 말 없이 여전히 지낼 것이니 그대 염려는 두번도 말고 어서 가서 데리고만 오오."

이때에 강릉집은 저의 부모에게 편지한 일이 있으니까 두 늙은 이가 들어오는 양을 보고 반가운 마음뿐이지 딴 염려는 조금도 아니하고 있더니, 평일에 하루만 떠났다 보아도 그 사이에 그리던 일을 생각하고 반갑기가 한이 없었는데, 더구나 이번으로 말하면 달포를 못 보았으니 그 반가워하는 품이 어지간치 아니하련마는, 반가워하기는 고사하고 첫마디에 가슴이 뚝 떨어질 말을 내어놓는다.

영 너 이게 웬 짓이냐? 어서 가자, 나서라.

강릉집 가기는 어디를 가자고 하셔요?

영 어디를 가다니? 여기는 네가 무슨 곡절로 와 있느냐? 속담에 서방 있는 계집은 범도 아니 물어간다는데, 개 도야지 아니고 사람년이 이게 무슨 행실이냐?

경난[134] 못한 계집 같으면 이 지경을 당하면 부모가 야속한 마음이 독살과 악착과 병발(倂發)하여 내일은 금갑도[135]를 갈지라도 포달을 나오는 대로 부릴 것이지마는, 강릉집은 눌 때 설 때를 다 지내보아서 외 얽고 벽 칠 지경은 아니라 저의 아버지 말이 첫 문제에 빗나오니까 나오던 독살을 슬쩍 놓치며,

---

134) 經難: 어려운 일을 겪음.

135) 金甲島: 진도(珍島) 옆의 섬. 유배지.

강 에그 아버지, 갈 제 가더라도 좀 앉이시기나 하십시오. 제가 말씀을 여쭐 것이니.

영 말이 무슨 말이냐? 오, 지체를 시기고 뒷구멍으로 이시종에게 전화라도 하여 아니 갈 방도를 하여보자는 계교로구나. 나는 말 듣기도 싫다. 어서 가자, 나서라.

강 글쎄 아버지, 내 말씀 좀 들으시오. 이팔청춘 젊으나 젊은 년이 늙은 서방을 무슨 재미로 데리고 살읍니까? 이때까지 참아 오기는 쓸 자식 하나 없는 어머니 아버지 일이 딱해서 나는 세상 재미를 알거나 모르거나 두 분 아직 굶지 않고 벗지 아니하시는 것만 생각한 것이러니, 이시종은 연기도 젊고 두 분께 향하여 말 한마디라도 더 고맙게 하는데, 내일 모레 두 귀에서 요령[136] 소리가 땡강땡강 나는 꼬부라진 영감을 지키고 있다 팔자에 없는 생과부 노릇을 하여 개 밥에 도토리가 되어요? 나는 죽여도 아니 가겠습니다.

영감이 그 말을 듣더니 여간하여서는 눈도 깜짝이지 아니할 모양이던지,

"그래, 못 갈 터이냐? 오냐, 자식이라고 너같이 의리부동한 것을 지고 내가 이 세상에 낯을 들고 살아 무엇하니? 네 앞에서 죽었으면 고만이로구나."

하고서 의관(衣冠)한 채 그대로 몸부림을 땅땅 한바탕을 어찌 되게 하였던지, 곁에 놓였던 요강 타구[137]는 공방울 굴러다니듯 하고 입살과 눈퉁이는 깨어지고 으스러져서 유혈이 낭자한데, 마누

---

136) 搖鈴: 상여 나갈 때 흔드는 방울.

137) 唾具: 가래침을 뱉는 그릇.

라가 수각이 황망하게 붙들어 말리며,

"영감, 왜 이리오? 아기 말은 채 듣지도 아니하고 그렁성저렁
성하노라니까 제 사정 이야기지 왜 설마 아니 갈라고 이리시오?
좀 참고 내 말을 들으시오."

영감은 들은 체 만 체하고 일향(一向) 머리를 땅땅 부딪치며
서두는 품이 당장 큰일이 날 것 같은지라.

강릉집이 가기 싫은 마음은 비록 탱중하였으나 종시도 계집사
람이라, 연약한 소견에 겁이 어떻게 나던지 이 다음 일은 생각하
여볼 여부 없이 고만 항복이 나아온다.

강릉집 왜 이리십니까? 제가 지금 아버지를 뫼시고 가겠습니
다. 고만 진정하십시오. 글쎄, 왜 이리셔요? 어서 일어나셔서
시장하신데 진지나 잡수시고 떠나가십시다.

영 누가 배고프다더냐? 나는 밥도 싫고 술도 싫다. 갈 터이
거든 지금 당장 나서라.

하며 일변 하인을 불러 교군을 들여놓는다, 일변 마누라를 재촉
하여 내세운다, 어떻게 부리나케 서두는지 강릉집이 옷도 갈아입
지 못하고 붙들려 기차를 타고 서울로 올라왔더라.

적이[138] 오장(五臟)이 사람스러운 것 같으면 그 모양으로 도로
잡혀왔으니 그 남편 보기에 얼굴이 뜨뜻하여 고개도 바로 못 들
고 석 삭도록은 한풀이 죽어 지낼 터이지마는, 강릉집은 제가 도
담스러워 그렇든지 박참령을 담뿍 넘겨보아 그렇든지 들어오는
길로 박참령은 반가움에 겨워서 아무 말 못하는데 첫마디 내놓는

---

138) 약간. 다소.

말이 썩 몰풍스럽다.

"나는 왜 이렇게 데려왔소? 음식 싫은 것은 개나 주지마는 사람 싫은 것은 백년 원수라는데 나고[139] 무슨 전생에 업원이 있습더니까? 나 싫어 나간 것을 왜 남의 늙은 부모까지 못살게 굴어 데려왔소? 나를 육포를 켜보구려, 이 집에서 골을 뉘고 있을 터인가."

아무라도 계집이 그 지경쯤 하고 보면 눈에 불이 번쩍 나고 오장이 부풀어 올라와서 막말 하자면 어디가 시큰하도록 때려라도 줄 것이요, 그렇지 아니하면 말로라도 눈물이 푹푹 나도록 야단을 칠 터인데, 박참령은 제야 무슨 소리를 하든지 자기 집으로 온 것만 천신만기[140]하게 반가이 여겨서 이 빠진 호랑이 살진 암캐 어르듯 컬컬 한번을 화기가 뚝뚝 듣게 웃더니,

박 내가 너더러 무엇이라 하길래 이리하느냐? 내가 아무 말도 아니 하니 너도 아무 말 말고 왕사[141]는 하여(何如)했든지 다시 이런 일 없이 재미있게 살아보자. 내가 조금도 간사한 말이 아니라 꿈같이 너 나간 일자 이후로 잠도 아니 오고 밥도 맛이 없어 내 얼굴이 이 모양으로 환형[142]이 되었으니, 오늘날 너를 다시 보니 세상 근심이 절로 없어진 것 같고 지금 죽어도 한이 없것다.

강 ………

---

139) 나하고.

140) 千神萬奇: 아주 신기함.

141) 往事: 지난 일.

142) 幻形: 병이나 노쇠로 얼굴 모습이 아주 달라짐.

박 내가 비록 늙기는 했다마는 지금이라도 아들을 못 낳겠느냐, 딸을 못 낳겠느냐? 너 한 몸 호강 못 시킬 리도 만무하고 너의 부모 생전에 옷 밥 걱정인들 시기겠느냐? 몇해 같이 살아 내 마음을 아마 짐작하겠구나.

강 ………

박참령이 강릉집의 시원한 대답은 못 들었으나 혼자 눌러 생각하기를,

'내가 저더러 중언부언 말할 것 없다. 그만하면 저도 알아들을 터이요 또 제 마음 감동하고 아니하기는 나 하기에 달렸지.'

하고 의복 음식이라든지 세간 기명 패물 등속이며 색나고 절묘한 것이면 돈 아까운 줄 모르고 강릉집의 말을 기다릴 것 없이 모두 다 사들여주며 아무쪼록 정이 자기에게 쏠치도록 애를 쓰나, 강릉집은 모두 다 눈에 차지도 아니하고 귀에 들리지도 아니하고 일구월심[143]이 이시종과 한번 살아보았으면 금방 죽어도 한이 없을 지경이나, 첫째는 저의 부모가 덜미에 앉은 호랑이 모양으로 으르렁대고 둘째는 박참령이 하인배를 단속하여 어디를 번쩍 곧 하면 벌써 봉화를 드는 고로, 인천서 올라온 이후로는 편지는 이따금 비밀왕래를 하나 대면을 한번도 할 도리가 없으니 독살이 있는 대로 나서, 박참령은 힘들여 말을 해도 낯살 펴고 대답하는 일도 없고 잠자리에 들어도 동인 말같이 치마끈 하나 아니 끄르고 벽을 안고 돌아누워 자니, 외기러기 짝사랑하는 박참령은 그리할수록 어떻게 하면 회심(回心)을 시킬꼬 하고 비위 맞춰주기

---

143) 日久月深: 날이 오래고 달이 깊어짐. 곧 골똘히 바람.

로 볼일을 못 보더라.

이 일을 공평한 의론으로 말하게 되면 찍으려는 황새나 아니 찍히려는 조개나 일반이라 하노니, 어찌해 그러냐 하면, 백발노인이 소첩을 두었다가 한번 배반하고 간 이상에 구구히 찾아들여 내소박[144]을 받아가며 심력(心力) 허비하는 박참령도 점잖지 못하다 할 것이요, 일시 부강을 자세[145]하고 부집존장[146]의 가속[147]을 통간하여 기어이 뺏어서 동거하려다가 기위(旣爲) 탄로되었으니 자기 죄를 회과[148]하여 다시는 엿보지 아니하여야 가하거늘 백가지 계교로 강릉집의 마음을 유인하는 이시종도 인사불성[149]이라 할 것이요, 계집의 몸이 되어 개 짐승 아닌 바에 몸을 기위 점잖은 재상에게 허락을 하였으니 행실을 단정히 가져 남편의 낯을 아니 깎이도록 하여야 옳거늘 간부(姦夫)에게 침혹[150]하여 배부도주[151]를 하였으며 다시 온 이후로 말한대도 아무쪼록 개과천선(改過遷善)하여 그 남편의 후한 뜻을 저버리지 않이 가하거늘 도리어 내소박을 할 궁흉극악한 계교를 품고 있는 강릉집도 살지무석[152]한 인물이로다.

---

144) 아내가 남편을 소박함.

145) 籍勢: 자기나 남의 세력을 믿고 의지하는 것.

146) 父執尊長: 아버지의 친구로 아버지와 나이가 비슷한 어른.

147) 家屬: 아내의 낮춤말.

148) 悔過: 허물을 뉘우침.

149) 人事不省: 사람으로서 예절을 차릴 줄 모름.

150) 沈惑: 몹시 좋아하여 정신없이 빠짐.

151) 背夫逃走: 남편을 배반하고 도망함.

박참령 집에 안잠 자는 마누라 하나이 있으니 제 자식의 이름이 쥐불인 고로 그 마누라를 쥐불어멈 쥐불어멈 하는데, 쥐불어멈이 장안 굵직굵직한 재상가집 처놓고 안잠 아니 자본 집이 별로 없는데 간 곳마다 종용하던 집안에 큰소리 내놓기로 유명짜한 위인이라. 어디로 굴러 박참령의 집에 와 안잠을 자고 있으며, 강릉집과 두 뜻이 어떻게 찰떡처럼 맞았던지 강릉집 도망했을 때에 박참령이 죽을 힘을 다 들여 있는 곳을 수소문하고 찾으려 하면 영락없이 뒷구멍으로 통기를 하여주어서 서울서 수원으로도 갔고 수원서 인천으로도 갔었더라.

급기 인천서 잡혀올 때에는 일이 출기불의[153]로 급히 되어서 미처 통기를 못하여준 탓으로, 제 마음에 밤새도록 길을 가다가 문 못 찾은 이 같아서 강릉집에게 내로라 공치사할 말이 없으니까, 아무쪼록 강릉집이 박씨 문중을 면하고 나서도록 운동을 하여주어 제 성공을 해볼 작정이든지, 강릉집이 가슴에 서려 있는 말을 향하여 말할 곳이 없는 중 쥐불어멈이 그중 심복이니까 은근히 불러 의론을 하였든지, 장사 나자 용마 나기로 국과 장이 맞아서 각종 요악을 다 부린다.

강 에그 어멈, 문 좀 열어보게. 누가 와서 엿듣지나 아니하는지?

쥐 엿듣기는 어떤 년놈이 엿들어요? 에그, 그래도 세상일을 몰라.

하며 문을 슬며시 열고 이리저리 둘러보더니,

---

152) 殺之無惜: 죽여도 아깝지 않음.

153) 出其不意: 일이 뜻밖에 일어남.

"어리친 개새끼도 없습니다. 걱정 말으시고 아무 말씀이라도 다 하십시오."

강릉집이 두 눈에 눈물이 핑그를 돌며,

강 내가 자네더러 말이지, 이시종 영감이 보고 싶어 못 살겠네그랴. 내가 이러할 제 그 영감인들 오죽하실까?

쥐 걱정 말으십시오. 두 분이 마음만 서로 변하지 아니하시면 설마 만나보실 날이 있지, 없을라구 그리하십니까?

강 이 사람 설마가 무엇인가? 설마가 말하나? 에그, 남들은 과부도 몇 차례씩 되더구면, 이년은 과부복도 태어나지를 아니한 게야.

쥐불어멈이 그 말을 듣고 우두커니 앉았다가 모시 바구니 같은 머리를 흔들흔들하며,

쥐 에그, 아씨도 방수에 끄리게[154] 그런 말씀을 왜 하셔요? 세상에 원통하고 설운 것은 과부밖에 없는데 그것을 원하신단 말씀이오? 제가 쥐불아범 만나기 전에 과부로 남의 업수이여김을 얼마쯤 받았던지 잇살마다 신물이 나서 생각다 못하여 후살이를 왔더니 아들 딸 낳고 다만 일시라도 속 아니 상하고 잘 지내는 모양이올시다마는, 바로 말씀이지, 과부 되기를 행여나 바라지 말으십시오. 천덕이 천덕이 해도 다시 그런 천덕이는 없습데다.

강 누구는 모르나? 그렇지마는 여북하여 이런 말을 하겠나? 차라리 과부나 되었으면 서발 막대 거칠 것 없이 나 보고 싶은 사람을 따라가 다만 하루라도 꼬리를 펴고 재미있게 살아보았으

---

154) 방소(方所)를 꺼리다. 어떠한 방위가 언짢다고 꺼리다.

면 싶어 하는 말일세.

쥐 에그, 가이없어라. 여북하여 저렇게 생각을 하시나.

강 내 일 위해서 걱정해줄 사람이 자네같이 누가 또 있겠나? 여보게, 자네가 내 심부름 한 가지만 꼭 해주게 되면 내 머리를 베어 신을 삼아서라도 자네 신세를 갚음세.

쥐 천만 의외 말씀이시지, 신세가 다 무엇입니까? 상하지 분[155]이 되어서 소금 섬을 물로 끌라 하셔도 거행할 뿐이지요.

강릉집이 그제야 쥐불어멈 귀에다 입을 대고 비밀한 말을 몇 마디를 이르더니 손가방에서 지전(紙錢) 몇 장을 내어주더라. 돈이라는 것은 좋고도 흉한 것이라. 자선사업에나 공익사업에나 쓸 만한 곳에 쓰게 되면 꽃다운 이름과 아름다운 것이 가득히 생기려니와, 만일 악한 마음으로 악한 일에 쓰게 되면 천지간 용납치 못할 죄벌이 몸에 돌아옴은 자고 이래로 정한 이치라.

하루는 밤이 든 뒤에 박참령이 강릉집 방에를 들어가니 예없이 강릉집이 반가이 맞으며,

"오늘은 왜 이리 늦게 들어오십니까? 내가 너무 소견 없이 굴었더니 분하셔서 인제 들어오시지요? 내가 죽을 혼이 들어 영감의 은혜를 저버리고 딴마음을 두었건마는 영감이 내게 향하신 뜻도 이 세상에 다시 없으려니와, 제일 우리 어머니 아버지 구제해주시는 덕택을 생각하오면 오늘날까지 내가 한 일이 열번 죽어 싼 년이오. 영감 영감, 이왕 잘못한 일을 용서해주시면 다시는 이심(二心)을 두지 아니하고 영감 댁에서 골을 뉘오리다."

---

155) 上下之分: 위 아래의 분별.

박참령이 그 말을 들으니 뜻밖에 어찌 기꺼운지 입에 침이 없이 대답을 한다.

"그게 무슨 소리냐? 나도 소시적 외입쟁인데 만색당혜[156] 신고 똥 밟기가 예사의 일이지, 옹졸하게 그만 일을 마음속에다 품어둘 리가 있단 말이냐? 웬만하고 보면 당초에 눈 딱 감고 잊어버려 너를 찾을 염도 아니 두었을 일이지마는, 전생에 피차에 무슨 업원이던지 모진 잠 들기 전에는 진정 잊을 수 없어서 죽을 애를 다 쓰고 궁심멱득[157]하여 천행으로 지금 다시 만났으니, 이는 너와 나와 천정연분(天定緣分)으로 잠시 이별수가 들었던 일이지 정(情) 부족하여 그리했겠느냐? 일자 이후로 네가 항상 앙앙불락하므로 내 마음이 얼마쯤 가이없더니, 지금 이처럼 훨쩍 풀어 말을 하니 내외지간에 너의 마음을 도리어 모른 모양이니 무안시럽고 불안도 하다. 오냐, 이왕에는 어찌하였든지 이 다음에는 조금도 흑백[158] 없이 재미있게 잘 살고 보면 무슨 관계가 피차에 있겠느냐?"

그날부터는 내외 금실이 이왕보다도 더 두터워져서 밤참 자리조반[159]이며 간간이 별미를 연해 대접하며 하룻밤이라도 아니 들어오면 아해년을 펄쩍 늘어놓아 여쭈어 들이더라.

그 모양으로 며칠을 지내는데 어느 날 밤에는 강릉집이 행주치

---

156) 萬色唐鞋: 온갖 색깔의 당혜. 당혜는 앞뒤에 당초문을 새긴 가죽신.

157) 窮心覓得: 온갖 힘을 다 들여 간신히 찾아냄.

158) 黑白: 잘잘못.

159) 아침에 깨는 길로 그 자리에서 먹는 미음이나 죽.

마를 앞에다 두르고 쥐불어멈과 분주히 별미로 밤참을 차리는 모양이라.

　박　허, 오늘은 썩 잘 먹는 것이로구. 무엇을 이리 야단시럽게 장만할까? 여보게, 저 어멈 혼자기로 못할라고, 자네까지 나서서 이리하나?

　강　마침 생치[160] 마리가 생겼길래 만두 두엇 해드리려니까 잔손이 그리 많이 가구려.

하더니 쥐불어멈을 돌아보고,

　강　에그 어멈, 고만두고 나아가서 어서 장국을 끓이게. 우리 먹을 만치 만두는 차차 빚지. 시장하시겠네.

　쥐　예, 걱정 말으십시오.

조금 있더니 쥐불어멈이 장국상을 차려가지고 들어오는데 강릉집이 마주 받아 꾸미[161]도 넣고 후춧가루도 넣고 갖은 양념을 다 하는 모양이더니 박참령 앞에다 다정히 갖다 놓으며,

“에그, 밤이 벌써 이윽하였소. 시장하신데 어서 잡수시오.”

박참령이 강릉집의 눈살만 날로 맞다가 그 모양으로 오장이 녹을 만치 정답게 하는 양을 보니 세상 근심이 다 없어진 듯싶어, 그 장국을 한입에 들이마시어도 오히려 나쁠[162] 것 같은데 사람의 정이라 하는 것은 의례 오고가는 품앗이가 있는 법이라 수저를 들려다가 도로 놓으며,

　박　여보게, 나 혼자 먹으라나? 우리 같이 먹세.

---

160) 生稚: 익히지 아니한 꿩.

161) 쇠고기의 작은 조각. 국·찌개 같은 데 쓰는 것.

162) 양이 차지 않을.

강 걱정 말고 어서 잡수셔요. 나는 저녁을 늦게 먹었더니 배가 그저 부르오. 차차 또 끓여서 먹을 터이오.

박 나는 이것을 다 먹나? 우리 같이 먹고 이따 또 먹게그라. 이애 쥐불어멈아, 아씨 수저 이리 가져오너라.

쥐불어멈은 주저주저하고 강릉집은 이따 먹겠다 앙탈을 하고 박참령은 기어이 같이 먹자고 서로 한참 승강하는 판에, 강릉집 어머니가 천만 의외로 달려들어와 수인사 몇 마디 한 후에 그 광경을 물끄러미 보다가 박참령이 권에 못 이기어 막 먹으려 하는 것을 보고서, 상 앞으로 와락 달려들어 장국합을 번쩍 들고 나아가며,

"진작 잡수시지 아니하고 다 식어서 쓰겠습니까? 더운 장국에 다시 토렴[163]을 해오리다."

강릉집이 독살을 바락 내며,

"어머니는 주무시도 아니하시고 공연히 오셔서 수선을 떠시네. 끓여온 지가 얼마나 되어 식었다고 이리시오? 식어서 못 잡수시게 되었으면 쥐불어멈더러 데워오라고 못 해서 어머니께서 손수 이리시오?"

마누라가 마주 기를 내며,

"속담에 사위 사랑은 장모란다. 내 손으로는 왜 잡수시도록 공궤 못할 것이 무엇이란 말이냐?"

강릉집은 그 장국그릇을 빼앗으려거니 마누라는 아니 주려거니 이르거니 대답커니 한참 힐난하다가 마누라가 열을 버럭 내어 미

---

163) 退染: 밥이나 국수에 뜨거운 국물을 부었다 따랐다 하여 데우는 것.

220

닫이를 열어붙이고 그릇째 마당에다 둘러메어치니, 그 그릇이 마루 끝에서부터 뒤군뒤를 하여 떼굴떼굴 섬돌로 마당까지 굴러가며 장국이 푸닥거리에 죽 쑤어 버린 일체로 좍 헤졌는데, 천하의 눈치 없는 것은 짐승이라 마루 밑에 엎드렸던 암캐 한 마리가 저 먹으라고 준 줄 알고 새끼를 주렁주렁 데리고 텁석텁석 다 집어먹더라.

그날 밤 풍파에 참예한 사람이 엎질러진 장국 한 그릇에 대하여 속마음이 다 각각 있으니, 강릉집과 쥐불어멈은 천신만고 하여 비밀비밀히 일껏 한 그릇을 장만한 일이 난데없는 중병이 나서 목적을 이루지 못하였으니,

'이 노릇을 어찌하면 좋은가? 오늘만 날이요, 이 다음은 없느냐? 내일이라도 아무도 모르게 다시 하였으면 그만이지.'
하고, 박참령은,

'어, 늙은이도 마음이 고지식하기는 하지마는 어떤 때는 한없이 별미쩍더라. [164] 제가 아무쪼록 나 먹도록 애를 써 만들어놓은 것을 나갔던 상제 제청[165]에 달려들듯 하여 무슨 객기로 엎질러버리노? 누가 식어서 못 먹겠다고나 하였나? 아무렇든지 개는 생일쉼 잘하였다.'
하고, 마누라는,

'내가 조금만 늦게 왔더면 큰일날 뻔 아니하였나? 그런 악독한 일을 옛날이야기로는 더러 들었지마는 자식이 이럴 줄이야 누가 알았어? 그것을 내버리지 말고 고년의 아강이에다 들입다 들

---

164) 別味쩍다: 말이나 행동이 상황에 어울리지 않게 멋없다.

165) 祭廳: 제사를 지내기 위해 마련한 대청.

이부었으면 좋을걸. 지킬 놈 열이 도적 한 놈을 못 당한다고는 하였지마는 네가 바로 나부터 죽여없애고 무슨 짓을 하면 모르거니와, 내 목숨이 실낱만치라도 붙어 있고서는 어디까지 훼방을 놀아 네 계교대로 못하게 하고야 말걸.'

이 모양으로 각기 시원하게 발표는 못하고 마음 각각 말 각각으로 한참 이르거니 대답커니 하는 판에, 별안간 안마당에서 무엇인지 기왓장이 드르렁드르렁 울리게 외마디 소리가 나며 몸부림을 쿵쾅쿵쾅하니, 그 방에 있던 사람이 너나할것없이 모두 깜짝 놀라 황급히 미닫이를 열어제치고 내다본즉, 마당 가운데 여기저기 무엇이 즐비하게 늘어졌는지라.

본래 박참령이 개를 사랑하는 성벽이 있어 암캐 수캐 병(併)하여 대여섯 마리를 집에다 두고 조석으로 육숫물을 사다 먹여 기름이 뚝뚝 듣게 살이 쪘는데, 온 이도 간 이도 없고 졸지에 그 개들이 곤두박이를 하며 즐비하게 거꾸러져 죽는지라. 상하노소가 모두 웬 곡절인지 알지를 못하고 눈들이 둥그래져서,

"에그, 저 개들 보게. 별안간에 왜 저렇게 죽을까? 이상도 시러워라. 심상치도 아니하지. 개에게도 쓰르치기병이 돌아왔나? 아까워라, 말만큼씩 한 것이 고만 죽었지. 살이나 좀 쪘나?"

"에그, 아갱이로 피를 토했지. 무슨 버력[166]으로 살을 맞은 게야."

이때 강릉집이 제가 한 소위는 있고 무망중[167] 무엇이라고 할 말이 없어 못 본 체 못 들은 체 쓰다 달다 입을 떼놓지도 못하고

---

166) 하늘이나 신령이 사람의 죄악을 징계하기 위해 내리는 벌.

167) 無妄中: 생각지도 못한 가운데 뜻밖에 벌어지는 판.

있더니, 무슨 버력으로 살을 맞았다는 말끝에 얼풋 꾀가 나서 두 손길을 마주 똑똑 치며 앙큼스럽게 말을 한다.

"에그 참, 그 소리가 옳은 말이야. 이 집이 터가 세어서 다달이 고사를 들여야 아무 일이 없는 것을, 그 동안 나도 집에 없었고 그렁성저렁성 하느라고 벌써 몇 달 고사나 지냈을 수가 있나? 필경 터줏대감이 덧나셨는 게지."

능청스러운 쥐불어멈은 그 앞에 섰다가 곁을 채서,

"에그, 그만한 것도 댁 운수가 대통하셨습니다. 이 동안 어쩐 일인지 꿈자리 몽사(夢事)가 하도 뒤숭숭하기에 말은 아니했어도 은근히 조심이 적지 아니하더니, 대수대명[168]으로 개가 저렇게 죽었으니 그런 천행이 어디 있습니까? 왼 돝[169] 잡고 고사를 어서 지내시지요."

계집의 얕은 꾀에 홀홀 잘 넘어 백히기는 남자밖에 없는 법이라. 저희끼리 주거니 받거니 하는 말을 박참령이 엇구수히 듣고 그러히 여기는데, 마누라는 그 딸이 악한 마음을 품고 쥐불어멈 시켜 독약 사온 소식을 어디로 연비하였던지 분명히 들어 알고 그 딸에게로 급히 와서 그 풍파를 일으킨 터이라. 그 개 죽은 곡절을 어찌 모르리요마는 이만저만한 일이 아니라 진정만 탄로되면 자기 딸 이하 몇 사람은 무슨 지경에 갈지 모를지라, 알고도 모르는 체 시치미를 똑 떼고 있다가 은근히 그 딸을 불러 눈이 빠지도록 꾸짖고 아무쪼록 회개하라 효유[170]하였으나, 개꼬리 삼

---

168) 代壽代命: 남에게 재액을 옮김.

169) 온 돼지.

170) 曉諭: 알아듣도록 타이름.

년을 묻어서 황모가 못 된다고 제 목숨이 끊어지기 전에는 이시
종을 못 잊겠고, 이시종 못 잊는 까닭으로 박참령 신상에 대하여
주사야탁[171]이 살해할 마음뿐인 중, 비상이나 아편 같은 독약을
또 사다가 조석밥에라도 타서 먹이지 못할 바가 없으나, 도적이
발이 저리다고 한번 실수를 하여 애매한 개만 여러 마리를 죽인
뒤에, 박참령은 바늘 끝만치도 의심을 아니하지마는 제 생각에는
참말 모르고 말을 아니하는지 대강 알고도 모르는 체하는지, 또
저의 부모가 그 일을 손살펴같이 알았은즉 사위라면 사족을 못
쓰는 터에 비밀 토설(吐說)을 정녕 하여주었을 듯싶어 약 먹일
계교는 다시 못하고 무슨 다른 획책을 생각하더니, 그리자 박참
령이 수원 따에 긴급히 소간사[172]가 있어 졸지에 길을 떠나며,
강릉집더러 아무쪼록 잘 있으라고 천번만번 당부한 후 은근히 하
인배에게도 단속을 하였으나, 생매영신[173]이 들었던지 주야장천
(晝夜長川) 달아날 생각뿐 있는 강릉집을 하인배의 능력으로 붙
잡는 도리가 어찌 있으리요? 쥐불어멈과 귓속말을 얼마쯤 하더
니 저의 부모 생재[174]를 올리러 노돌로 나간다 핑계하고 이시종
과 장맞이[175]를 하여 감쪽같이 돌아서서, 사동(寺洞)다가 으슥하
게 집을 정하고 앞뒤 동을 똑 끊고 들어앉아 대낮에도 대문을 걸
어 외인이라고는 어리친 개새끼도 들이지 아니하여, 혼자 생각

---

171) 晝思夜度: 밤낮으로 생각하고 궁리함.

172) 所幹事: 볼일.

173) 生埋靈神: 산 채로 매장당한 사람의 영혼.

174) 生齋: 살아서 미리 지내는 재. 生前預修齋.

175) 길목을 지키고 서 있다가 사람을 만나려는 짓.

에,

　'이왕에는 공연히 수원이니 인천이니 까질러 다녀서 모양 사오납게 잡혀다녔지. 인저는 우리 부모를 생전 다시 못 만난대도 알게 할 내가 아니요, 또는 하룻밤을 자도 만리성을 쌓는다는데, 그 만두를 박참령이 먹고 죽었던들 내가 아무 때든지 그 버력을 아니 받기 바랄 수 없고, 오늘 일이 이렇게 잘 되었을는지도 알 수 있나?'
하여 신통하고 장그럽고 재미가 깨 쏟아지는 듯이 여기는데, 이시종은 경박한 무리라 한때 강릉집에게 고혹하여 살점이라도 베어 먹일 듯이 굴었지마는, 장안에 그와 같은 인물이 하나 둘뿐이며 소박데기일수록 일색이 되는 법이라. 강릉집 생각에 산천초목이 다 변해도 이시종의 마음은 검은 머리 파뿌리 되도록 일호도 변치 아니할 줄로 태산같이 믿었던 일이라서 별안간에 역신(疫神)에 애 그릇되듯 하여진다. 이시종이 무슨 마음으로 강릉집 아니면 일시를 못 견딜 듯하여 애를 무진 써가며, 기어이 다시 한번 살아보면 만사무한[176]일 것 같더니, 급기 집까지 장만하고 데려다가 살림 배치를 한 후로는 윗논에 물 실은 것 같아 마음이 든든하여 그랬든지 여화여월(如花如月)같이 한다는[177] 미인에게 반하여 그랬든지 닷새에 한번 열흘에 한번 잠시 다녀갈 뿐이라. 시량일용(柴糧日用)을 간신히 지낼 만치 대어주는 외에는 엽전 한푼 더 구경시키지 아니하니, 강릉집이 처음에는 이시종이 내게 향하는 마음이야 설마 변할 리 없겠지 싶어 며칠 그러는 것도 심

---

176) 萬死無恨: 만번 죽어도 한이 없음.

177) 다 알아줄 만한.

상히 여기고 여간 군색한 것도 억지로 견디더니, 속담에 '어질병이 지랄병 된다'고 점점 이시종의 하는 거동이 십리 안에 점심 싼 이만 하여지니, 본래 야속한 마음이라는 것은 친밀하던 사이에 깊이 나는 법이라. 이시종을 시시로 원망하는 그 시(時)에 박참령 옛정이 자연 생각이 나서 달 밝은 창 아래서 혼자 한탄하는 소리라.

"에그, 내가 역적년이지, 도척이년이지. 한갓 늙었다뿐이지, 내게 향하여 그렇게 고맙게 구시는 박참령을 그 몹쓸 사람에게 눈이 어두워서 배반을 하고 나왔으니 하나님이 무심하실 리가 있나? 오늘날 이 괄시를 받아 싸지. 천하에 말아라, 나무에 올리고 흔드는 일체로 나오라 나오라 하여 나를 데려다놓고 이 모양으로 나를 괄시하니, 내 죄도 부어터져 죽으려니와 너는 와석종신[178]을 해볼 줄 아느냐? 고만두어라. 네까짓 잡놈을 믿고 고생을 하느니 나를 못 잊어하는 내 서방 도로 찾아가겠다."
하고 그 길로 나서 박참령 집으로 도로 갔더라.

박참령은 강릉집과 아무쪼록 옛 인연을 다시 이어 재미있게 살아보려고 평생 힘을 다하여 반계곡경(盤溪曲徑)으로 요행 데려다놓고 만단개유[179]를 하여가며 회심(回心)하기만 바라더니, 잠시 자기 없는 승시(乘時)하여 또 도망을 하였는지라 사랑하던 마음이 변하며 가통(可痛)한 생각이 와락 나서, 다시는 찾을 생의(生意)도 아니하고 치지도외[180]하니 썩은 나무에 좀 나는 것은 당연

---

178) 臥席終身: 자기 명에 죽음.

179) 萬端改諭: 여러가지 좋은 말로 친절히 타이름.

180) 置之度外: 내버려둠.

한 이치라. 박참령이 강릉집을 못 잊어할 때에는 상하노소가 말한마디를 해도 그 귀에 듣기 좋도록,

"에그, 마마님 얌전하지. 이 천지에는 다시없을 터이야. 정녕 마마님 마음으로 이렇게 가시지를 아니하셨을 터이야. 열번 찍어 아니 넘어지는 나무가 없다고, 어느 몹쓸 년놈이 감언이설(甘言利說)로 꾀이니까 귀 여린 마마님께서 발을 고만 헛디디셨지."

이렇게 지꺼리는 하속배도 있고,

"에그, 이런 변이 있나? 우리가 남의 별실도 많이 보았지마는 강릉집같이 마음이 꼭하고 참된 사람은 처음 보았는데 이 일이 웬 곡절이야? 아무리 남의 꾀임에 들어 실수는 하였지마는 다시 곧 데려오면 박씨댁에서 골을 뉘일 사람인걸."

이렇게 지꺼리는 친척 부인네도 있더니, 급기 강릉집이 또 도망한 이후로 박참령의 정이 떨어져서 치지도외하고 다시 생각도 아니하는 양을 보고 뭇 발길질이 들어가는데, 바로 박참령을 대하여 말은 아니해도 비스름히 알아들을 만치, 이시종과 미쳐서 장맞이하고 다니던 일로 쥐불어멈과 배합이 되어 만두에 약 넣던 일을 묻거니 대답커니 욕설을 비 퍼붓듯 하니, 처음에는 엎드러져서 이 말 저 말이 다 귀에 들어오지 아니하였으나, 소위(所爲)를 가통히 여기는 차에 말 한마디일지라도 지내들리지를 아니하던지 그 말하는 사람을 차례로 종용히 불러 일일이 물어보더니, 하마하더면 자기가 비명횡사(非命橫死)하였을 일을 비로소 깨닫고 분심이 탱중하여 강릉집이 어디 있다고만 하면 당장 잡아다 전후수죄를 모두 하며 북을 지어 조리라도 돌리고 싶던 차에, 하루는 제풀에 강릉집이 들어오더니 박참령 앞에 와 척 들어앉으며

꿈에도 보기 싫은 얼굴을 되들고 소견(所見)이 빤히 보이는 소리
로 지꺼린다.

"대감, 내가 야청[181] 하늘에 벼락 맞아 싼 년이오. 대감 뜻을
만분의 일도 못 받고 나아가서 곰곰 생각하니 하루 몇번씩 발뿌
리를 무지르고 싶어, 상(喪)을 당하나 벌을 당하나 대감을 찾아
오는 일이 옳거니 싶어 얼굴에 쇠가죽을 무릅쓰고 이렇게 들어왔
으니 대감 처분만 바라오."

하며 앵두 같은 눈물을 뚝뚝 떨어트리니 박참령은 본대 마음이
영악지 못한 터이라, 분하던 마음대로 하면 목전에 범강 장달
이[182] 같은 하인을 시켜 종그랗게 매달고 잔채질을 실컷 하거나,
그 일이 상스러우면 눈앞에 뵈이지 말라고 족불리지(足不履地)하
게 끌어라도 낼 일이나, 제 죄는 하여하고 정경이 측은한 생각이
들던지 뒷방구석 한곳에다 처소를 정하여주고 의복 음식은 여일
히 대어주나 다시는 곁에도 가까이 앉아 따땃한 이야기 한마디
아니하더라.   [1910년]

---

181) 검은빛을 띤 푸른빛.
182) 范彊 張達이: 원래는 『삼국지』에서 장비를 죽인 인물들인데, 키
　　가 크고 흉악하게 생긴 사람을 가리킬 때 씀.

애국계몽기의 이해조 소설

최 원 식

한때, 우리 문학사에서 1894년부터 3·1운동에 이르는 시기를 '개화기'라고 통칭하는 일이 바짝 유행한 적이 있었다. 이 관행을 승인한다고 하더라도 신소설의 홍기와 쇠퇴를 기준으로 삼으면 이 시기는 셋으로 구분된다. 첫째는 1894년에서 1905년까지, 둘째는 1905년에서 1910년까지, 셋째는 1910년에서 1919년까지. 그런데 신소설은 둘째 시기에 나타나서 셋째 시기 초기까지 명맥을 이어가다가, 정확히 말하면 일본신파소설 번안시대가 열리는 『장한몽(張恨夢)』(1913)의 출현 이후 급속히 쇠퇴의 길로 들어섰다. 물론 『장한몽』 이후에도 신소설이 창작·유통되긴 하지만 이미 문학사적인 의의는 거의 소진된 형편이다. 그러니까 신소설은 둘째 시기, 즉 애국계몽기에 전성기를 맞이했다고 보아도 좋다.

대한제국이 반(半)식민지로 전락한 애국계몽기에는 도시를 중심으로 한 합법적 애국계몽운동과 농촌을 중심으로 한 비합법적

의병전쟁이 민족운동을 양분하였다. 또한 주목할 것은 이 시기에
일제 및 그에 조종되는 조선의 괴뢰내각과 착종된 관계 속에 연
결된 매국운동이 준동했다는 점이다. 따라서 세 노선의 문학
──의병전쟁문학, 애국계몽문학, 친일문학이 병존했으니, 친일
문학은 이 시기에 이미 출현한 터이다. 그런데 이 삼자는 뚜렷이
구분되는 듯 얽혀 있다. 나라의 독립을 추구하는 문제를 중심으
로 하면 앞의 이자와 친일문학이 대립하고, 나라의 개명을 기준
으로 삼으면 의병전쟁문학과 뒤의 이자가 경계를 이루고 있기 때
문이다. 물론 애국계몽문학과 의병전쟁문학이 이 시기 문학사의
주류임은 말할 것도 없겠다. 이 시기 문학을 검토할 때는 우선
대상 작가 또는 작품이 어느 노선에 속하는가를 따져보아야 하는
데, 친일문학도 애국으로 위장하고 있어서 세심한 판단이 요구된
다. 요컨대 한국 계몽주의에는 개화를 자강의 방편으로 삼는 애
국계몽사상과 개화를 매국에 이용하는 친일개화론이 병존하는 것
이다. 혹자는 양자의 차이를 무시해도 좋다고 주장하지만, 백지
한 장의 차이가 때로는 엄중할 뿐 아니라, 변별할 점은 끝까지
변별하는 것이 학구의 기본자세일 터이다.

기존 문학사에서 신소설의 아버지로 받든 이인직 (李人稙, 1862
~1917)은 바로 애국계몽기의 친일문학을 대표하는 작가다. 나는
그동안 이인직을 중심으로 구성된 이 시기 문학사를 해체하는 일
련의 작업을 진행하면서 '개화기'라는 용어를 폐기하는 한편, 이
해조 (李海朝, 1869~1927)를 새로운 구심으로 삼을 것을 그 대안
으로 제시한 바 있다. 애국계몽기에 초점을 맞추면 두 작가는 선
명히 구별된다. 이해조가 대원군 집정기 (1864~73)에 득세한 왕족

출신이라면 이인직은 조선왕조에 대한 충성심이 거의 없는 한미 (寒微)한 출신이고, 전자가 중국 변법파의 사상적 세례를 주로 받았다면 후자는 이미 국권론으로 기울어진 일본 자유민권파의 영향 아래 있었으니, 출신이나 교양의 배경이 이처럼 판이했던 것이다. 그리하여 애국계몽기에 두 작가는 상반된 길을 걷는다. 전자가 당시 대표적 민족언론의 하나였던 『제국신문』의 기자로서 애국계몽운동에 투신한 반면, 후자는 이완용 내각의 기관지 『대한신문』의 사장으로 일제의 하수인 노릇에 분주하였던 것이다.

그렇다고 내가 친일 여부만 가지고 이인직보다 이해조를 높이자는 것은 아니다. 이해조의 문학적 업적이 이인직을 능가하고 있는 점에 더욱 주목한다. '인민의 자유'를 기반으로 한 국민 (nation)의 창출을 통해 '나라의 독립'을 추구하는 당대 최고의 계몽주의자 이해조는 중세적 구소설을 국민주의에 입각한 새로운 소설로 개량하는 고투 속에, 『빈상설』(1907)·『홍도화』상 (1908)·『구마검』(1908)·『모란병』(1909)·『산천초목』(1910)·『자유종』(1910)·『화의혈』(1911) 등 일련의 작품을 생산함으로써 우리 소설의 리얼리즘 발전 도상에서 중대한 역할을 수행하였던 것이다.

이 선집에서는 그의 작품 가운데 『자유종』『구마검』『산천초목』, 세 편을 소개하고자 한다.

『자유종(自由鍾)』은 광학서포에서 1910년 7월 30일, 그러니까 국치 (國恥) 직전에 간행된 애국계몽기 최고의 정치소설의 하나이다. 작가가 '토론소설'이라고 명명했듯이, 최소한의 소설적 의장마저 벗은 채 직접적인 정치토론으로 작품을 구성하고 있다. 이 때문에 혹자는 이 작품을 소설이 아니라고 주장하는데, 일종의 백과사전적 특성을 지닌 소설 장르 자체의 잡식성에 유의해야 할 뿐더러 양의 동서를 막론하고 계몽주의 시대에는 토론체 소설이 흔한 것이다. 우리 역사에서 처음으로 맞이하게 될 토착정권의 완전한 상실을 눈앞에 둔 이 절박한 위기의 시대를 염두에 둔다면 이 소설이 왜 이런 모양으로 출현했는지를 실감할 수 있게 된다.

또한 이 소설에 등장하는 토론 참가자가 모두 여성이라는 점도 이채롭다. 작가는 왜 여성의 관점을 채택했을까? 국권회복운동과 여성해방운동의 메시지를 결합하고 있는 이 선구적 페미니스트의 작품은 남성에 의해 독점돼온 당시의 민족운동들이 참담한 실패로 귀결되는 것에 대한 뼈아픈 반성을 내포하고 있는 것이다. 이 근본적 관점에서 그는 여성 토론자들을 내세워 민족운동의 다양한 형태들에 대해 신랄한 비판을 퍼부어댄다.

작가는 네 명의 개명한 양반 부인들의 수준 높은 토론을 통해서 기존의 개화파·위정척사파·민중적 저항파(갑오농민군)에 의해 주도되었던 일체의 급진적 운동방법에 회의를 표명하면서, 근대적 국민의 창출을 지향하는 국민주의를 꿈꾸었다. 요컨대 백성으로부터 국민으로——그의 계몽주의는 바로 여기에 근본 뜻이 있는 것이다.

중세적 의미의 백성이 근대적인 국민으로 전환하기 위해서 무엇이 요구되는가? 그는 여기서 사람다움의 본바탕인 자유의 문제를 제기한다. 외부적으로는 중세적 보편주의 즉 화이론(華夷論)에서 해방되고, 내부적으로는 신분적·지역적·성적 차별로부터 해방된 자유로운 개인들의 자유로운 결합으로서의 국민의 출

현을 열망하는 데서 이해조의 부르조아민주주의적 지향이 단적으
로 드러나는 것이다.

　그러면 국권회복의 주체를 국민에 두는 그의 사상은 국민혁명
론인가? 그렇지는 않다. 그의 계몽주의는 흥미롭게도 서구 기독
교를 모형으로 계급적인 유교를 국민적인 공자교로 개혁함으로
써, 다시 말하면 일종의 종교개혁을 통해 국권회복을 꿈꾸는 것
이다. 우리는 나라의 식민지화라는 미증유의 위기에 직면해서 자
연스럽게 솟아오른 이 실험적인 공자교 구상의 충정을 미루어 이
해할 수는 있지만, 이 또한 깨지기 쉬운 공상에 지나지 않을 것
이라는 점을 안다. 여기에 상승하는 평민의 사상이 아니라 개명
한 양반층에 기초한 이해조 계몽주의의 한계가 또렷한데, 한편
오늘날 횡행하는 유교자본주의론이 공자교 구상의 한 변형일지
모른다는 생각이 들기도 한다.

　『구마검(驅魔劒)』은 1908년 4월 25일부터 7월 23일까지 『제국
신문』에 연재되었다가, 같은 해 12월 대한서림에서 간행된 이해
조의 대표작 중 하나이다. 주로 서울 북촌의 명가를 중심무대로
삼은 다른 작품들과 달리 이 작품의 공간적 배경은 서울의 중부
다. 사람과 물화가 붐비는 종로통, 옛 육의전 거리의 묘사로 시
작되는 이 작품은 독특한 시정(市井)적 분위기 속에서 북촌 재상
가와 남촌 샌님 거주지역 사이에 자리잡은 다방골 부자들의 생태
를 생생히 전달해준다.

　주인공 함진해의 신분은 무엇인가? 이 집안은 원래 역관이다.
중인으로 치부(致富)하여 조선 말기 신분질서의 문란 속에서 양
반으로 행세하는 함진해 가문의 몰락과 재생을 형상화한 이 작품

은 구한말 서울의 중인사회를 본격적으로 다루고 있는 희귀한 예의 하나다. 이 점에서 『구마검』은 서울 중바닥 사람들을 세필로 그려낸 저 30년대, 염상섭(廉想涉)의 『삼대』와 박태원(朴泰遠)의 『천변풍경』의 선구인 셈이다. 이 작품이 『흥부전』의 패러디라는 점에도 유의해야 한다. 다방골 부자 함진해와 그의 가난한 사촌 함일청은 바로 놀부와 흥부에 비길 수 있을 터이며, 30년대의 신판 놀부전이라고 할 채만식(蔡萬植)의 『태평천하』와 연결되는 것이다. 『구마검』이야말로 고전소설과 현대소설을 잇는 황금의 고리가 아닐 수 없다.

함진해가, 박씨에 미쳐서 파멸하는 놀부처럼, 미신에 빠져 파산하는 과정이 이 작품 구성의 축을 이루고 있다. 함진해를 파멸로 이끄는 사기꾼들의 형상은 또 얼마나 리얼한 것인가? 무당·지관으로 행세하는 능란한 시정인(市井人) 군상의 탁월한 제시와 함께 이 작품은 그야말로 생활의 실감으로 흠쑥 무르녹았다. 생활의 실감이란 근대소설의 육체성의 핵심 중 하나인데, 이 점에서 '생활'이 부족한 이인직의 소설과 뚜렷이 대비된다.

작품은 양자 종표(함일청의 아들)가 평리원 판사가 되어 사기꾼 일당을 체포하고 이에 미신꾸러기 최씨부인이 온갖 귀신단지를 불태우는 것으로 마무리된다. 미신으로 대표되는 중세적 비합리주의를 반대하고 이성에 대한 신뢰를 근거로 한 합리주의를 주창하는 것이 근대 계몽사상의 세계관적 기초임을 생각할 때, 이 마지막 장면은 비합리주의에 대한 근대 시민계급의 준엄한 선고라고 할 수 있다. 최씨부인은 마침내, 칸트(Kant)를 빌려 말하면, 자신의 이성을 사용할 수 있는 결단과 용기의 결핍, 즉 미성년상

태에서 벗어나 계몽의 표어 '너 자신의 이성을 사용할 용기를 가져라!'에 도달한 것이다(「계몽이란 무엇인가에 대한 답변」). 이것이 어찌 최씨부인에게만 한정되랴. 우리 민족 전체가 계몽의 빛 속으로 나아가기를 열망하는 작가의 메시지가 절실하게 울려온다. 이 작품의 시정성은 단순한 시정성에 그치는 것이 결코 아니다.

『산천초목』은 원래 '박정화(薄情花)'란 제목으로 『대한민보』 1910년 3월 10일부터 5월 31일까지 총 62회에 걸쳐 연재되었던 작품이다. 1912년 유일서관에서 간행할 때 이 제목으로 바뀌었다. 「이해조문학연구」(1986)에서 나는 원 제목을 선택했다. 아마도 검열을 의식하여 비관적인 원 제목을 바꿨을 것이란 추측 아래. 그런데 이번에 다시 읽어보니, 작가가 '산천초목'이란 제목을 강조하고 있었다. 이 말이 작품 속에 세 번이나 나온다. **"산천초목이 다 변하기로 설마 이시종이 아우님에게 향한 마음이야 변할라구 의심인가?"**(188면)와 같이 고딕으로 강조하기까지 했다. 그래서 이 기회에 작품의 제목을 '산천초목'으로 삼는다. 이 제목에는 국치를 겪은 작가의 깊은 탄식이 배어 있다. 변화무쌍한 인심, 사람 마음의 간사함에 대한 그의 우울한 통찰에는 자신의 계몽주의에 반해서 결국 일제와 타협한 스스로에 대한 얼마쯤의 회한도 내비치는 것은 아닐까?

이 작품에는 희대의 호색한 이시종이 등장한다. 전통적인 명문의 후예로서 친일파로 떵떵거리는 가문을 배경으로 엽색에 온갖 정성을 바치는 그의 형상은 당시 친일 권력층의 성적 방종을 반영하는 것이다. 그런데 이런 행각이 극장을 매개로 이루어진다는 점이 흥미롭다. 이 작품은 자료가 영성(零星)한 우리나라 초기

극장사의 재구성을 위해서도 매우 귀중한 기록을 제공하고 있다. 작품 표지의 연흥사(演興社) 그림은 아마도 이 극장의 실물을 알려주는 유일한 자료일 터인데, 이 소설 앞부분 곳곳의 묘사를 통해 우리는 당시 은성(殷盛)했던 극장 풍경에 관한 가장 구체적이고 풍부한 정보에 접하게 되는 것이다.

이 작품은 신소설답지 않게 현대적이다. 우선 분량이 200자 원고지 250장 안팎으로 꼭 중편감이다. 사건의 진행 역시 다른 신소설과 달리 군더더기없이 빠르다. 이시종과 강릉집의 짧고 뜨거운 불륜과 그 파탄을 실감나게 그리고 있어 초점도 분명하다. 염상섭의 『만세전』(1922~23) 이후 정착되는 중편으로서의 내용과 형식을 이미 갖추고 있는 것이다. 신소설에서 인물이 위기에 빠질 때마다 나타나는 구원자도 없고, 주인공들도 상투적으로 개과천선하지 않아 결말 또한 현실적이니, 신소설은 물론 이광수(李光洙)로까지 이어지는 구소설적 아이디얼리즘을 벌써 척결하였다.

그리고 무엇보다 이 작품을 획기적으로 만드는 것은 파격적인 여주인공 강릉집의 출현이다. 늙은 박참령의 첩으로 자신의 운명에 순종하던 이 여성은 이시종의 화려한 유혹에 격발된 자신의 열정이 지시하는 방향으로 거침없이 몸을 맡긴다. 이해조는 대담한 소설가다. 우리 소설의 여주인공들은 춘향이처럼 변사또의 유혹에 저항하면서 이도령과의 약속을 끝내 지켰거늘, 이해조는 이처럼 완강한 일방적 삼각관계의 틀을 처음으로 해체하였던 것이다. 부모를 봉양하기 위해 사랑 없는 첩살이를 감내하던 강릉집이 늙은 영감과 사랑을 호소하는 화려한 귀족 청년 이시종 사이에서 갈등하는 이 작품의 삼각관계는 '돈이냐 의리냐' 식의 『장한몽』 이후의 삼각관계보다 훨씬 절실하다. 산문적 생활로부터 해방되려는 강한 욕구를 지닌 강릉집은 비록 첩이라는 한계는 있지만 보바리 부인이나 안나 까레니나로 발전할 소지를 다분히 갖춘 여성이니, 이 작품의 현대성은 이미 신소설의 계몽주의를 넘쳐나고 있는 것이다. 이 점에서 이해조의 근대소설 실험이 대한제국의 멸망이라는 외재적 조건에 의해 중단되고 만 일은 애석하기 짝이 없다.

백낙청 선생의 끈질긴 권유와 창비 편집부의 채근 덕분에 이제 선집 작업을 마무리하니 오래 묵은 빚을 청산한 듯 기쁘다. 교주본이라는 이름에 부끄럽지 않게 애를 썼지만 아직도 부족한 점이 많을 줄 안다. 원문의 맛을 되도록 살리면서 현대어로 푸는 것을 원칙으로 삼았다. 이 일에 끝까지 동참해준 창비 편집부 고은명 씨의 수고를 특기하고 싶다. 주를 다는 일에도 공을 들였다. 이 과정에서 여러 분의 도움을 받았는데, 『구마검』에 나오는 풍수용어들에 대해 자세히 자문해준 최창조 학형께 특히 감사하고 싶다. 그리고 이 작품들의 더 자상한 분석은 졸저 『한국근대소설사론』(창작과비평사 1986)을 참고하시기 바란다.

이해조 연보

1869. 2. 27.　　경기도 포천(抱川)에서 이철용(李哲鎔)과 청풍
　　　　　　　　김씨의 장남으로 태어남. 인조의 셋째왕자 인평대군의
　　　　　　　　후손. 대원군 집정기에 득세한 왕족가문 출신으로 호는
　　　　　　　　동농(東儂).

1871.　　조부 재만(載晩) 알성과 급제, 홍문관 수찬에 제수됨.

1873.　　대원군 실각.

1883.　　민씨 세도정권에 의해 조부 처형됨.

1894.　　갑오경장 내각에 의해 조부 복관됨.

1906.　　부친이 포천에 화야의숙(華野義塾) 설립.

　　11.　　처녀작 「잠상태(岑上苔)」를 『소년한반도』에 연재
　　　　(~1907. 4).

1907. 2.　　철도권회수운동 단체 광무사의 발기인으로 참여.

　　6.　　제국신문사에 입사.

　　6. 5.　　『제국신문』에 신소설 「고목화(枯木花)」 연재 (~10.
　　4).

　　10. 5.　　『제국신문』에 신소설 「빈상설(鬢上雪)」 연재
　　　　(~1908. 2. 12).

　　11.　　대한협회 교육부 사무장.

1908. 4.　　워싱턴 전기 『화성돈전(華盛頓傳)』(번역)을 회동서관
　　　　에서 간행.

4. 25.　　　제국신문에 「구마검(驅魔劍)」 연재(~7. 23).

5.　　　기호흥학회 기관지 『기호흥학회월보(畿湖興學會月報)』 편집인(~1909. 7).

7.　　　대한협회 평의원.

7. 24.　『제국신문』에 「홍도화(紅桃花)」 상편 연재(~9. 17).

11.　　　번역소설 『철세계(鐵世界)』를 회동서관에서 간행.

11.　　　대한협회 평의원 재선.

12.　　　기호흥학회 평의원.

1909. 2. 13.　　　『제국신문』에 「모란병(牧丹屛)」 연재(~?).

4.　　　기호학교 교감.

1910. 3. 10.　　　『대한민보』에 「박정화(薄情花)」 연재(~5. 31).

5.　　　유일서관에서 『홍도화』 하편 간행.

7.　　　광학서포에서 『자유종(自由鐘)』 간행.

국치 후 총독부 기관지 『매일신보』에 입사.

10. 21.　　　『매일신보』에 「화세계(花世界)」 연재(~1911. 1. 17).

1911. 1. 18.　　　『매일신보』에 「월하가인(月下佳人)」 연재(~4. 5).

4. 6.　　　『매일신보』에 「화(花)의혈(血)」 연재(~6. 21).

1912. 1. 1.　　　『매일신보』에 「옥중화(獄中花)」 연재(~3. 16).

5. 2.　　　『매일신보』에 「소학령(巢鶴嶺)」 연재(~7. 6).

1913(?).　　　매일신보사 퇴사.

1914.　　　신구서림에서 『정선 조선가곡(精選朝鮮歌曲)』 간행.

1918.　　　역사소설 『홍장군전(洪將軍傳)』과 『한씨보응록(韓氏報應錄)』을 오거서창에서 간행.

1927. 5. 11.　　　포천에서 59세를 일기로 서거함.

창비교양문고 45

자유종

ⓒ (주) 창작과비평사 1996

1996년 12월 15일 초판 인쇄
1996년 12월 20일 초판 발행

지은이   이해조
교주자   최원식
펴낸이   김윤수
펴낸곳   **(주)창작과비평사**

121-070   서울 마포구 용강동 50-1
전화   718-0541·0542(영업)
      718-0543·0544(편집)
      716-7876·7877(독자관리)
팩스   713-2403
하이텔·천리안·나우누리 ID. Changbi
지로번호 3002568
대체구좌 010041-31-0518274
등록 1986. 8. 5. 제10-145호
조판 동국전산주식회사／인쇄 경문인쇄

ISBN 89-364-5043-3

*책값은 뒤표지에 표시되어 있습니다.